村上春樹 翻訳ライブラリー

熊を放つ 上

ジョン・アーヴィング

村上春樹 訳

中央公論新社

目次

第一章　ジギー　7
第二章　ノートブック　231

熊を放つ　上

本書を
ヴィオレットと
コーに捧げる。
ジョージの思い出に。

第一章　ジギー

ダイエット・ウィーン風

毎日お昼どきに、僕は市庁舎公園《ラートハウス》のベンチにその青年の姿を見かけた。彼はハウスものラディッシュがぎっしりとつまった紙袋を膝にのせ、片手にビール壜を持っていた。そしていつも塩入れを持ち歩いていたが、その数たるやずいぶんなものだったに違いない。というのは彼がたとえばどんな形の塩入れを使っていたかといわれてもひとつとして思いだせないからだ。でもとにかく塩入れはどれをとっても洒落た代物ではなかった。一度なんか使い終ると捨ててしまったくらいだった。彼はそれをラディッシュの空袋に放りこんでくるくると丸め、公園のごみ缶に投げ入れたのだ。

毎日同じ時刻に同じベンチ――公園のいちばん大学に近いかどの、壊れかたのいちばんマシなベンチ――に彼は坐っていた。時々ノートブックを手にしていることもあったが、着ているものはいつも同じコーデュロイの鴨撃ち《ダック・ハンター》ジャケットだった。両脇にスラッシュポケット、うしろに大きな背中ポケットがひとつついている。ラディッシュとビールの壜と塩入れ、それから時々のノートブック——それらはすべてぷっくりと縦長に膨らんだ背中ポケットからひっぱり出された。歩くとき、彼はまったくの手ぶらだった。タバコとパイプは上衣の切りポケットの方に入っていた。少なくとも三つの異なったパイプを彼は持っていた。

青年は僕と同様学生らしかったが、大学のどの建物の中でも彼を見たことはなく、その姿を見かけるのは早春のお昼の市庁舎公園に限られていた。彼が食事をしているあいだ、僕はだいたいむかい側のベンチに坐っていた。僕はいちおう新聞を手にしていたが、実はそこは道を歩く女の子の姿を眺めるのに絶好の場所だったのだ。そこからは女の子たちの冬のようにひやりとした白い膝をのぞくことができた。透明な絹のストッキングをはいて頰を赤くそめた骨太の女の子たちだ。でも彼の方は女の子をじろじろ眺めたりすることはなくて、リスのように注意ぶかくラディッシュの袋にむかってかがみこんでいるだけだった。ベンチの板のすきまを抜ける陽光が、彼の膝の上にしま模様を描いていた。

このような邂逅《かいこう》が一週間以上つづいたあとで、彼にはもうひとつべつの習慣性があることを僕は発見した。つまりラディッシュの袋に何かをさらさらと書きつけてはその部分をちぎってポケットにつっこむのである。しかし概してノートブックに書きつける時の方が多かった。
ある日、こんなこともあった。僕がじっと見ていると、彼は何かを書きつけた紙袋の切れはしをポケットに仕舞い、ベンチを離れたが、二、三歩道を歩いてからもう一度点検することに決めたらしく、紙袋の切れはしをひっぱり出して読んだ。それからそれを投げ捨てた。紙片にはこんな文句が書いてあった。

良き習慣は狂信的に維持する必要がある。

ずっとあとになって、彼のその名物のノートブック――本人に言わせれば「詩集」ということになるらしいのだが――を読んだとき、その文句が全面的に捨て去られたのではなかったことがわかった。それは単に手直しされただけのことなのだ。

良き習慣は狂信的になされるだけの価値がある。

でもそれがわかったのはずいぶんあとのことで、市庁舎公園でラディッシュの紙袋の切れはしを手にした僕には、彼が詩人なのかそれとも箴言家《しんげんか》なのか、どちらとも決めかねた。いずれにせよなかなか興味深そうな人物であることだけはたしかだけれど。

試練のとき

ヨゼフス通りの議事堂の裏手に、中古オートバイのいささか怪しげな取引で知られる一角がある。その場所を見つけたことについては、フィヒト教授に感謝しなくてはならない。僕はフィヒト教授の試験をしくじったおかげで、いつものお昼の市庁舎公園行きの習慣を変えてみようという気になったのである。

僕はどぶのにおいのする小さなアーチをいくつもくぐり抜け、白かびのはえたような衣類を並べた地下店舗の前をとおりすぎ、自動車関係の店が集まった地区に足を踏みいれた。タイヤ屋だとか自動車パーツ屋なんかが軒を連ねているところだ。つなぎ服をまっ黒にした整備工がごろごろと大きな音を立てながら舗道にいろんな部品を持ちだしていた。ひとつの店がふと僕の目にとまった。汚れたショウウィンドウには「ファーバーの店」という看板がぶらさがっているだけで、他には何の表示もない。開け放しになった戸口から聞こえてくる騒音がなければ、何の商売をやっているのか見当もつかないところだ。雷雲のような黒い煙、突如響きわたる耳ざわりな連続音、そしてじっと目をこらすと、ショウウィンドウのずっと奥の方に二人の整備工が二台のオートバイのスロットルをふかせている姿をかろうじてみとめることができた。ウィンドウ近くの台の上にはもっと沢山のオートバイが並んでいたが、こちらの方はみんなピカピカで、しいんとしずまりかえっていた。入口のそばの排気ガスで黒ずんだセメント床の上には工具やら燃料タンクのふたやらスポークやら車輪のリムやら泥よけやら被覆電線やらがちらばっていた。二人の整備工はそれぞれのオートバイの上にかがみこんで熱心にスロットルを上げたり下げたりしていた。彼らが真剣に耳を澄ましている様は、まるでショウの前に楽器の調整をしている音楽家みたいに見えた。僕は戸口から様子をうかがった。

入口の近くに油のしみた幅広襟の背広を着たすすけた色の男が立っていて、僕の方を見ていた。なんとも野暮ったいボタンのついた背広だ。男のわきには大きな鎖どめが戸口に向けて垂れさがっていた。だらんとした、ぎざぎざ模様の月だ。ぶ厚いグリースが明りを吸いこんで、ぎらぎらと僕の目を射る。

「私がファーバーです」と男は親指で自分の胸をつつきながら言った。そして僕を戸口から押し出すようにして、外の通りにつれだした。騒音のとどかないところまでくると、彼はにっこりと金歯を光らせながら、僕の様子を点検した。

「ふむ」と彼は言った。「大学生かね」

「神の御心にかなえばね」と僕は言った。「どうもそうは行きそうもないけれど」

「試練のとき、というわけかね、ん？」とファーバー氏は言った。「どういうバイクを探しているんだろう？」

「とくにどんなのというのはないです」

「ふむ」とファーバー氏は言った。「何かを決断するというのはいつもながらむずかしいことだからね」

「五里霧中です」と僕は言った。

「わかるなあ」と彼は言った。「バイクにまたがるのは時として獣にまたがるのと同じことなんだよ。まったくの正真正銘の獣さ。そしてある種の人々は実にそれを求めてここにやってくるんだ」

「そういうのって考えだすとむずかしそうですね」

「そうそう、そのとおり」とファーバー氏は言った。「実にそのとおり。君はヤヴォトニク君と話をするべきだな。彼もちょうど君と同じように学生でね、もう昼食から戻ってくるはずだよ。ヤヴォトニク君は人々が決心するのを手伝うことにかけては天才的なんだ。決断の巨匠さ！」

「そりゃすごい」と僕は言った。

「私にとっては喜びであり、また心の支えでもある」と彼は言った。「会えばわかるよ」。ファーバー氏はつるっぱげの頭を片方に傾け、オートバイの発するブルン、ブルン、ブルンという音に、いとおしそうに耳を澄ませていた。

獣にまたがる

ヤヴォトニク氏の正体は、そのコーデュロイの鴨撃ち《ダック・ハンター》ジャケットと、両脇の切りポケットからつき出たパイプですぐにわかった。彼は昼食のおかげでまだ口の中が塩からくてちくちくするといった風だった。

「むむ」とファーバー氏は言って小さく二歩、まるでダンスでもしてみせるみたいな感じで、脇に寄った。「ヤヴォトニク君」と彼は言った。「こちらのお若い方が決めかねていらっしゃるんだよ」

「なあるほど」とヤヴォトニクは言った。「——どうして公園に行かなかったんだい？」

「おお！　おお？」とファーバー氏はかんだかい声をあげた。「君たちは知りあいだったのかね」

「よく知ってますよ」とヤヴォトニクは言った。「すごくよくね。だからこれは友だちどうしの決断ということになりますね、ファーバーさん。どうです、我々二人きりにして頂けませんでしょうかね？」

「あ、そう」とファーバー氏は言った。「いいとも、いいとも」。そして彼は横歩きに我々のそばを離れ、戸口の排気ガスの中へと戻っていった。

「あの馬鹿たれが」とヤヴォトニクは言った。「君は何も買うつもりはないんだろう？」

「ないね」と僕は言った。「たまたまここに来たっていうだけさ」

「公園で君に会わないと、なんか調子狂うな」

「今、すごく落ちこんでいてね」と僕は言った。

「誰の試験で？」

「フィヒトさ」

「ああ、フィヒトか。いいこと教えてやるよ。あいつの歯ぐきは腐っててね、講義と講義のあいだに茶色の壺に入ったねばねばした代物で歯ぐきをみがくのさ。奴が息をかけりゃ草だってみるみるしおれてしまう。落ちこむのはむこうだって御同様さ」

「嬉しい話だね」と僕は言った。

「でも君はオートバイには興味なんてないんだろ?」と彼は言った。「僕の方はおおありなんだよ。ひょいとオートバイにとびのってさ、街を出ていくんだ。まったくのところウィーンというのは春を迎えるにふさわしい街とはいえないからね。しかしもちろん、僕の持ち金じゃここにあるいちばん安いバイクの値段の半分にも及ばない」

「こっちも同様さ」

「そうか」と彼は言った。「君の名前は?」

「グラフ」と僕は言った。「ハネス・グラフ」

「ねえグラフ、もし君が旅行のことに興味があるとしたら、おあつらえむきのがひとつあるんだけどね」

「そうだな」と僕は言った。「いまも言ったように、僕には一台の半分くらいのお金しかない。それに君の言い方は商売人みたいじゃないか」

「商売なんか関係ない」とヤヴォトニクは言った。

「じゃ、たぶんそういうのが習慣として身についちまったんだよ」と僕は言った。

「習慣だって馬鹿にできないからね」。彼は一瞬ぎゅっと背筋をのばし、上衣からパイプを出してかちんと歯にあてた。

「僕はまったくの衝動的な人間でもあるんだぜ」と彼は言った。「僕の名はジギー、ジークフリート・ヤヴォトニクだ」

そしてその時こそ何の書きつけもしなかったけれど、あとになって彼はこのアイデアをノートブックに書き記すことになる。それは例の習慣と狂信性に関する改訂版の記述の下に記されているわけだが、その新しい格言についてもやはり書きなおしがある。

真《まこと》の衝動に駆られることとの素晴しさよ！

しかしその昼下がりの路上では、彼はノートブックやラディッシュ袋の切れはしを持たなかった。そしてまた彼は不安げにじっとこちらをうかがっているファーバー氏のまだかまだかという思いを感じてもいたのだろう。ファーバー氏の頭は煙っぽいガレージの入口にまるで蛇の舌みたいにちょろちょろと見えかくれしていたのだ。

「こっちに来なよ、グラフ」とジギーが言った。「獣の上にのっけてやるよ」

　我々はつるつるとすべるガレージの床を横切って、向う側の壁についたドアの方に行った。ドアにはダート板がかかっていた。ドアもダート板も斜めにかしいでいた。ダート板はぐしゃぐしゃになっていて、中心部の黒丸とあたり一面べったりとへしゃげたコルク部分の区別もつかなくなっていた。それはまるでダート矢のかわりにレンチを投げつけられたとか、あるいは口の裂けた気違い機械工にもてあそばれたといった風情であった。

　我々はガレージの裏手の露地に出た。

「おお、ヤヴォトニク君」とファーバー氏は言った。「やっぱりあれかね?」

「いいもちです」とジークフリート・ヤヴォトニクは言った。

　それはつやつやとした防水シートをかぶせられて、ガレージの壁にたてかけてあった。後部のフェンダーは僕の指くらいの厚みのあるがっしりとしたクローム製である。リムの部分は泥よけの色を映してグレーに染まり、リア・タイヤにはくっきりと深く溝が刻まれ、タイヤとフェンダーのあいだには完全なすきまがあいている。ジギーは防水カバーを払った。

　旧型の、いかつい風貌のバイクだった。そこには優美なラインもなく、小綺麗に外見を整えたようなところもなかった。パーツとパーツの間には修理工が工具箱をちょっと載せておきたくなるくらいのすきまがあいていた。燃料タンクとエンジンのあいだにも、小さな三角形のスペースがある。燃料タンクは黒色のすらりとした流線形で、巨軀《きょく》についた小頭といった格好でそこに収まっていた。そのオートバイが美しいとすれば、それは銃器が時折感じさせるあのあからさまで無骨な機能美に似ていた。そこにはたしかにずっしりとした重みがあった。そしてぎゅっと腹をへこませたその格好は、まるで背を丸めた細身の犬が草原に立っているようだった。

「天才だね、この子は」とファーバー氏は言った。「喜びであり、心の支えだ」

「イギリス製なんだ」とジギーは言った。「ロイヤル・エンフィールド。何年か前に部品をあつめて復元したのさ。七〇〇ｃｃ。タイヤとチェーンは新品で、クラッチも分解修理した。新品同様だよ」

「この子はね、この旧式バイクにぞっこんなのさ」とファーバー氏が言った。「自分の時間をさいてこれにかかりきりだったんだよ。新品同様」

「それどころかまったくの新品なんだぜ」とジギーはそっと囁いた。「僕がロンドンに注文したんだ。新しいクラッチと鎖輪、新しいピストンとリングをさ。奴さんにはそれを別のバイクの部品だと思わせてあるんだ。あの悪党野郎にものの値うちなんてわかるもんかい」

「乗ってごらんなさいな！」とファーバー氏が言った。「さ、乗ってみて、獣にまたがった気分を味わってごらんなさいな」

「半々でいこうぜ」とジギーが耳もとで囁いた。「君が今ぜんぶ払って、僕があとで給料をもらって返す」

「動かしてみて下さい」と僕は言った。

「ああ、うむ」とファーバー氏は言った。「ヤヴォトニク君、これは今すぐに動くというものでもないのだろう？　ガソリンだって入っておらんだろうし」

「いいえいいえ」とジギーが言った。「すぐにでも動くはずですよ」。彼は僕の横に来てキックスターターを踏んだ。ほんのささやかな反応しかなかった。キャブレターがかすかに震え、スパークがぼそぼそと消えた。ジギーはつぎに僕の横でぐっと身を起こし、体ごとぐいっとキッカーを踏みこんだ。エンジンが息を吸いこみ、そして喘いだ。キッカーが彼に向けてはねかえってきたが、それを彼はまた踏みこんだ。それから素速くもう一度。今度はエンジンがかかった。店の中にある他のオートバイのぶるん、ぶるんという唸りではなく、もっと低くがっしりとしたボロン、ボロン、ボロンというまるでトラクター・エンジンのような厚い音だ。

「聞こえますか？」とファーバー氏は叫んだ。そして突然聞き耳を立てた。頭をちょっとかしげ、口もとに手をすべらせた。まるで今にもバルブがタッピングをはじめるんじゃないか、アイドリングの中に不整音が聞こえるんじゃないかという風だったが、それはないようだった。少なくとも耳につくほどはなかった。それで彼は頭を一層かしげた。

「名人《ヴィルテュオーゾ》だよ」とファーバー氏は言った。だんだん心からそう思いはじめたといった風だった。

ファーバー氏の獣

ファーバー氏のオフィスはガレージの二階にあった。こんなところに二階があったなんてびっくりだった。

「ここはまったく小便臭くて気が滅入るよなあ」とジギーが言った。彼の態度はファーバー氏の神経を逆なでしていた。

「あれの値段はちゃんと決まっていたっけねえ？」とファーバー氏がたずねた。

「ええ、決まってますとも」とジギーが言った。「二千百シリングということでしたよ、ファーバーさん」

「うん、そりゃ妥当な値段だね」とファーバー氏はもうひとつしっくりとしない声で言った。

　僕は金を払った。

「それからひとつ僕の方からお願いがあるのですが、ファーバーさん」とジギーが言った。

「なんだろうか？」とファーバー氏はうめくように言った。

「今日までのぶんの給料をいただけませんでしょうか？」とジギーは言った。

「なんと！　ヤヴォトニク君」とファーバー氏は言った。

「そうなんです、ファーバーさん」とジギーが言った。「そうして頂けますか？」

「君は年寄の金をひったくるような悪党だな」とファーバー氏は言った。

「おやおや、これまでずいぶんあなたのために結構な取引をまとめたじゃありませんか？」

「君は年寄の小づかい銭をひったくるような悪党だな」

「ほらね、グラフ」とジギーが言った。「ねえ、ファーバーさん。本当の獣はあなたのその優しい心の中にいるんじゃないですかね」

「変態め！」とファーバー氏は叫んだ。「どっちを向いても泥公の変態ばかりだ」

「あなたが給料を揃えてさえくれれば」とジギーは言った。「そうしてさえくれれば僕はグラフと一緒にあなたの前からぱっと姿を消しますよ。僕らはいろいろと細かい調整をしなくちゃなりませんのでね」

「そうかい！」とファーバー氏は叫んだ。「あのオートバイを風呂にでも入れてやりゃ良かろうよ！」

細かい調整

夕方になると我々はフォルクスガルテンのカフェに腰をおろし、石庭園の向うに見える木立ちを眺めた。テラスにさがった赤や緑の灯がくっきりと池の水面に映っていた。女の子たちはみんな外に出ていた。木立ちの中から彼女たちの声が、はっとするくらい唐突に聞こえてきた。この街の娘たちは小鳥と同じように、その物音によって存在がわかるのだ。舗道を踏むヒールの音、秘密をうちあけあうあけすけな声。

「ねえ、グラフ」とジギーが言った。「素晴しい夜じゃないか」

「そうだね」と僕はこたえた。それは春最初の、ぼってりとした感じの夜だった。空気は湿っぽく漠然とした熱気をふくみ、女の子たちは春になってはじめて袖をまくりあげていた。

「すげえ旅行にしようじゃないか」とジギーは言った。「このことについてはね、グラフ、俺はずっと案を練っていたんだよ。それで良い方法を思いついた。つまり無計画ってことさ、グラフ。それが肝心なんだ。地図もなし、何日にどこに行って何日に帰るというのもなし。考えてみなよ、山のことや、それから、えーと、海のこととかをさ。金持の未亡人やら農家の娘のこと。それでそういうのにでくわすんじゃないかという感じのする場所に向うのさ。道路も同じようにして選ぶ。カーブやら丘やらのありそうな方に進んでいくんだ。それが次に大事なことなんだよ。あの獣が好みそうな道をとるってことがね。君はあのオートバイのこと好きかい？」

「大好きさ」と僕は言った。実際にはファーバー氏のところからシュメルリング広場をまわってフォルクスガルテンまでの数ブロックを彼のうしろに乗っていたにすぎなかったのだけれど。シートに坐ってみると、それは御機嫌にうるさくて震動の大きい代物だった。交差点ですぱっととびだすところなんか、まるで用心深い大猫みたいなかんじだ。エンジンをアイドリングしている時でさえ、通行人たちはその不快げな目をオートバイから離すことはできなかった。

「これからもっと大好きになるさ」とジギーは言った。「山の方へ行く。イタリーに行こうよ！　身軽な旅――これが三番目に大事なことなんだ。身軽な旅さ。俺は大きなリュックを持ってくから、そこに二人ぶんの荷物をつめこんで、寝袋もふたつ丸めて上にくくりつける。それだけ。釣竿は持っていこうな。釣をしながら山を越えてイタリーに行くんだ！　フィヒト教授は糞喰らえ！」と彼はどなった。

「糞喰らえ」と僕は言った。

「歯もみんな抜け落ちちまえ！」

「そうとも」

「とことん糞喰らえ！」とジギーは言った。それから言葉をついだ。「なあグラフ、べつに落第してがっかりしてるんじゃないよな？　そんなのさ、たいしたことじゃないさ、きっと」

「あたりまえさ」と僕は言った。本当にたいしたことなんかじゃない。夜の風は若い娘の髪のような匂いがした。こんもりとした樹々の触手は石庭におおいかぶさるようにさわさわと揺れ、池のさざ波の音を消していた。

「朝の早いうちに荷物をまとめて出ていこう」とジギーは言った。「堂々たる音とともにね！　我々はあの老いぼれフィヒトが歯ぐきを掃除し始めないうちに大学の前を通りすぎるんだ。そして奴があのおぞましい壺を開ける前にウィーンの街とおさらばする。それから王宮の前を通りすぎる。我々はみんなを起こしてまわるのさ。みんなは俺たちのことを暴走する路面電車か河馬だと思うだろうね」

「おならをする河馬だね」

「いいや、おならおなら河馬の大群さ！」とジギーは言った。「それから我々はまがりくねった道に出る。頭上は樹に覆われ、コオロギがヘルメットにぶつかる」

「ヘルメットないよ」と僕は言う。

「君のぶんも持ってる」とこの旅行については万事怠りないジギーが言った。

「その他に何か要るかな」と僕は訊ねた。

「ゴーグル」と彼は言った。「それも持ってるよ。第一次大戦で飛行士が使ったやつさ。目が左右ふたつにわかれててレンズが黄色でね、すごいんだぜ！　ブーツもある」とジギーは言った。「御機嫌だろう？」

「荷づくりにかかろうよ」

「うんうん、その前にビールを空けようや」

「そして出発」

「轟音とともに！」とジギーは言った。「そして明日の夜は我々は渓谷の水を飲み、湖の水を飲む。草原に眠り、朝の陽光が我々の目を覚ます」

「唇に朝露が宿る」

「そして傍らには田舎娘！」とジギーが言う。「突発事故《アクト・オブ・ゴッド》さえなけりゃね」

我々はグラスを空けた。テラスでは人々の声が混じりあい、まわりのテーブルの人々の顔がビールの中でゆらりゆらりゆらりと揺れた。

それからキックスターターを踏みこむ。どこか遠くのほうでピストンが空気を吸いこむ音が聞こえる。まるでエンジンの何マイルも下から湧きあがってくるような音だ。それが点火するぶるぶるという音、そして規則正しいアイドリングのゆっくりとして乱れのない連続音《ドラミング》。ジギーがエンジンをあたためているあいだ、僕は生け垣ごしにテラスに並んだテーブルに目をやった。見物客たちはべつに腹を立てる風でもなかったが、それでもしゃべるのを止めて、顔をこちらに向けた。我々のエンジンのゆるやかなビートはもったりとした春の最初のそよ風とリズムを合わせていた。

ジギーの鴨撃《ダック・ハンター》ちジャケットのうしろポケットには新しくふくらみができていた。もう一度我々の坐っていたテーブルに目をやると、塩入れが消えていた。

最初の突発事故《アクト・オブ・ゴッド》

ジギーが運転した。我々は門をくぐって、勇士の広場に入った。僕は首を曲げて建物の上空を横切っていく鳩を見あげた。ずんぐりとしたバロック風のキューピッド像の列が庁舎の上から僕をじっと見おろしていた。件《くだん》の第一次大戦飛行士用ゴーグルの薄黄色のガラスをとおして見る朝の風景は、実際よりずっと輝かしく黄金色に光っていた。

マリアヒルファー通りでは口をもごもごさせたおばあさんが花をいっぱい積んだ手押し車を押していた。我々は歩道の縁にバイクを停めてサフラン・クロッカスを何本か買い、ヘルメットの通気穴にさした。

「若い衆は何をするやら」と歯の抜けた老女は言った。

我々はドライブをつづけ、バスを待っていた娘たちに花を投げた。娘たちはスカーフを頭から外して、それが首のところで風にはたはたと揺れていた。娘たちのおおかたははじめから花を持っていた。

朝もまだ明けたばかりだったので、我々は野菜や果物やもっと大量に花を積んで市場に向う荷馬車とすれちがった。中には普段見なれぬ都会の車に気が立っていて、我々のオートバイに対してはねあがる馬もいた。手綱をとる男たちは楽しそうに、御者台の上から大声でどなっていた。御者台に妻や子供を同乗させているものもいた。そのようなすばらしい天気の朝だった。

シェーンブルン宮はがらんとして、観光バスの姿もなく、カメラを下げた観光客も見えなかった。宮殿の庭には冷ややかに霧がかかっていた。薄いもやのような霧が這いつくばりながら刈り揃えられた生け垣に近づき、亀みたいにこっそりと濃い緑の芝生の上を横切っていった。我々は目の前に現われては後に消えていく田園風景をずっと眺めていた。

ヒーツィングの郊外の、王宮の敷地のいちばんはずれのあたりで、我々はヒーツィング動物園の最初の匂いをかいだ。

信号で停車すると、バイクのアイドリング音にあわせて象が鼻を鳴らした。

「時間はたっぷりあるよな」とジギーは言った。「つまりさ、時間は隅から隅まで残らず我々のものってことだよな」

「春がどんな風に動物園に舞い下りたかを見届けるまではウィーンを離れるわけにいかないね」と僕は言った。

さてさて——ヒーツィング動物園のゲートは石造りで、切符売りはひきがえる風にあごの肉のたれた男だった。彼は賭博師みたいに緑色の日おおい《アイ・シェード》をつけている。ジギーは樹液がかからないように木かげをさけてバイクを駐め、ギャンブラーの小屋《ブース》——つまりは丸天井の切符売り場——めがけてとんでいった。目をあげるとそこにはキリンの長い首があり、首の先の方でキリンの顔が揺れていた。首の下につづく巨体をゆすりながら、お椀のようなひづめのついた脚で、キリンは休みなく歩きつづけていた。薄べったい顎には毛の落ちた生皮の部分があったが、それは丈の高い風よけフェンスのてっぺんに顎をこすりつけたあとなのである。

　キリンはフェンスの上から首を出して、植物園の温室を見下ろしていた。温室のガラス板はまだ朝露に曇っていた。朝も早くまだ太陽も上りきっていなかったし、我々の他にはキリンを眺める見物客の姿もない。建物と檻にはさまれた丸石敷きの長い通路をずっと見渡しても、だらだらとモップをかけている清掃係の他には人影もなかった。

　ヒーツィング動物園自体はそれほど遠い昔からここにあるわけではないのだが、それでも、その建物はシェーンブルン宮と同じくらいに古いものである。動物園は王宮の敷地の一角にあり、建物は今ではどれもこれもぼろぼろだ。屋根もなく、壁は三方だけで、開いた部分には鉄棒や金網が入っている。要するに動物たちが廃墟を継承しているわけだ。

動物園ぜんたいが目を覚まし、一日の盛大な騒ぎがまさに始まろうとしていた。セイウチはどろんとした色のプールの中でげっぷをするような声をあげていた。プールの縁には彼が水の中から押しだした古い魚が落ちていた。ひげの先にはそのうろこが残っている。鴨池では朝食のざわめきが起こり、通路の奥の方ではどこかの動物ががんがんと檻を叩いていた。

鳥舎では我々の方に向って鳥たちが大声でわめきたてていた。飾り帽子を頭のてっぺんにのせた大小とりどりのレディーたちは不揃いなコーラスを聞かせ、見栄えしない衣裳に身をくるんだハゲタカたちは崩れかけた円柱の先にどっかりととまったり、見るかげもなく壊れたハプスブルク家の大物たちの胸像の上に腰を下ろしたりして、殿様風をふかせていた。彼らは彫像の台座を我がものとして、廃墟の頭上にはりめぐらされた金網をかっと睨みつけていた。分断された羊の死体が雑草のはえた床にちらばり、威嚇するように大きく翼を広げた南米産らしい鳥の胸には古い肉がこびりついていた。肉にたかっていた蠅が鳥の方にとび移ると、コンドルはそれに向って切れこんだ骨色のくちばしをぴしっと振った。

「羽のはえた我らが同胞」とジギーが言った。そして我々はどすんどすんという音のする檻の方へと向った。

　それはアジア・クロクマだった。熊は檻の隅っこに坐りこんで体を左右に揺すり、鉄柵に腰を打ちつけていた。世界地図と一緒に、熊についての小さな説明書きがあった。地図の上には熊の生息地域が黒いかげであらわされ、赤い星は捕獲地点だった。この熊はヒンリイ・ガウチなる人物の手によって、ヒマラヤ山中で捕獲されていた。説明書きにはアジア・クロクマは他の熊の檻とは向きあわないように収檻されているとあった。というのはアジア・クロクマは他の熊の姿を見ると「激怒」するからである。なにしろ獰猛なので、三方を囲まれた廃墟に入れられている、というのはこの熊はコンクリートさえ掘りおこせるから、ということである。

「そのガウチというおっさんはどういう具合にこの熊をつかまえたんだろう？」とジギーは言った。

「網じゃないかな」と僕は言った。

「あるいは、『ねえ君、ウィーンに来なよ』って誘っただけかもね」とジギーは言った。でも我々にはヒンリイ・ガウチがウィーンの人間だとは思えなかった。のこのことどこにでも出かけていく例のイギリス人の一人ではないかという気がした。百人からの屈強なシェルパと組んで、熊を落とし穴に誘いこんだといったようなことではなかろうか。

「熊とガウチをもう一回ひきあわせてみるというのも面白いだろうね」とジギーは言った。我々は他の熊には目もくれなかった。

この時間になると我々の後方の通路には見物客がぼちぼちと姿を現わしはじめ、何人かはかたまってキリンが顎をこすりつけているのをじっと眺めていた。我々の行く手には小型哺乳類の建物があった。それは補修された廃墟で、四面の壁はおおむね原型をとどめており、屋根と板ばりの窓がついていた。内部には夜行性動物が収められている、と表示にある。「それらは昼間はいつも眠っているので他の動物園においてはほとんど注目されることのないものである」。しかしここでは厚いガラスの檻の中に赤外線灯をとりつけ、動物たちが夜と同じように行動するべくしつらえてあった。我々は彼らの姿を紫がかった光の中で見ることができるのだが、ガラスの内側から外を見るとまっ暗闇なので、動物たちは自分たちが眺められているなんて露ほども知らずに、その夜行性の行動をくりひろげるという訳だ。

一頭のツチブタが天井からつるされたざらざらとした板に体をこすりつけて古くなった硬い体毛を落としていた。板はそのためにつるされているわけだ。オオアリクイはガラスにとまった虫をぺろぺろと食べていた。メキシコ産のキノボリネズミもいた。オオミミギツネもいたし、しっぽを丸めたキツネザルもいた。逆さにぶらさがったフタユビナマケモノはガラスの外にいる我々の動きを承知しているみたいに見えた。彼はその鼻孔より小さい黒いぽつんとした目で我々の動きをぼんやりと追っていた。彼の眼にとっては外側の世界はまるっきりの暗闇というわけではないようだった。しかし他の動物の眼には何も映らない。飛行性のユビムスビにとっても、のんびりとしたヤセドウケザルにとっても、ガラスに囲まれた赤外線の向う側は存在しないも同じだった。いやあるいはナマケモノにとっても本当は何も見えやしないのかもしれない。逆さにぶらさがっているおかげで目がくらんで、それで眼が我々の姿をぼそぼそと追いかけているような格好になるのかもしれない。

檻と檻にはさまれた通路はまっ暗だったが、赤外線のおかげで我々の両手は淡い紫に、唇は緑色に染まっていた。オオアリクイのグラス・ハウスにはとくべつなマークがついていた。矢印がガラスのいちばん下の隅っこにある小さな穴を示し、その穴はアリクイたちのねぐらにじかに通じていた。穴に指先を置くと、アリクイがやってきてペロリと舐めた。穴は迷路になっていてガラス・ケースの内と外をきちんと隔てていたのだが、その迷路をつたってアリクイの長い舌がつるつるとのびてきた。暗闇の中で指先をさぐりあてると、アリクイの眼にはあらたな光が宿った。でも舐めかたそのものはしごくまともなもので、普通の舌先の感触ととりたてて違ったところはなかった。そのことで我々は夜行性動物の振舞いに対していくぶん親しみを持った。

「わあーすげえや」とジギーが言った。

そうこうするうちに、見物客たちが小型哺乳類館を見つけた。子供たちは赤外線に照らされた通路に入って嬌声をあげた。子供たちの髪は藤色に、眼は明るいピンク色に染まり、そのべらべらと動きまわる舌は緑色に染まっていた。

そこで我々は順路から外れて舗装されていない道を進むことにした。廃墟見物はもううんざりだった。少し行くと広々とした空地があって、そこにはいろんな種類の牧畜動物がいた。レイヨウも幾種か集められている。うん、これならいい。シマウマたちはフェンスに鼻を押しつけるように歩をすすめ、互いに尻を寄せあったり、耳に鼻息を吹きかけあったりしていた。シマウマの縞もようとフェンスの六角もようが交差して、じっと見ているると目がくらくらした。

フェンスの外側を、我々の方に向って駆けてくるもじゃもじゃ頭の小さな男の子がいた。彼はぜいぜいと息を切らせ、股ぐらを手で押えながら走ってきた。子供は我々とすれ違ってから停まり、まるで誰かに蹴られたあとみたいに身をまげてかがみこみ、丸めた手のひらを膝のあいだまで下ろした。「神様！　きんたまが！」と彼は叫び、それからもう一度股ぐらをぎゅっとひっつかむと、兎みたいにピョンピョンとはねながら舗装されていない道を走り去っていった。

　その子の振舞いがオリックスを見たせいだというのはまず間違いのないところだった。オリックスの角《つの》はまるで剣みたいに、するりと長く、ほとんど一直線である。下半分がらせん状になっていて、後ろに反りかえり、角としわだらけの顔とすべすべした黒い鼻とがまっ平らに揃っている。子供はきっと葉のまばらな木かげに立った年寄のオリックスを見たのだ。影の部分と日のあたる部分がその背中に斑紋を作り、まっ黒い大きな瞳はおだやかでやわらかな光を宿している。低くたれた厚い胸と深いしわの刻まれた首で雄だということがわかる。首のこぶの部分から尻尾のつけねにかけて背中がすうっと下っていた。そして彼の男性部分が尻のところから後脚の関節まで達していた。

「おい、ジギー」と僕は言った。「なんてでかいんだ」

「こりゃたまげた」とジギーは言った。それらはオリックスの二本の後脚のあいだの狭くるしい空間にうまく収まりきらずに斜めにかしいでいた。

　東アフリカ産オリックスの説明書きには「レイヨウ類の中ではいちばんしっかりと

武装している」とあった。

「ヒンリイ・ガウチだってこいつにはお手あげだよな」とジギーは言った。

案にたがわずこのオリックスはヒーツィング動物園内で生まれたと説明書きに書いてあった。それで我々は少なからずがっかりした。

それから我々は舗装していない道を辿って入口の方に引きかえした。我々は象や河馬やサイといったような表示には目もくれなかった。ワラルーの子供を一瞥しただけだった。ワラルーというのは「高地に住む有名なカンガルーで、動きは極めて敏捷」とある。そのカンガルーは横向けにだらんと寝そべって肘をつき、曲った手で尻をぽりぽりと掻いていた。そして細長い間のびした顔で我々の方をちらりと見た。

我々は大型猫類の表示もやりすごし、ちらちらと光る賭博師風の緑の日おおい《アイ・シェード》の前も通りすぎた。彼の切符売り場は目を輝かせた人の群れにぐるりととり囲まれていた。そして眼を覚ましたばかりで機嫌の悪いライオンの声の方に顔を向けたり、キリンにあいさつするべく上を見あげている人々とすれちがった。

動物園を出ると、二人の女の子が我々のオートバイを称讃の目で眺めているのが見えた。一人の方は称讃するあまりその上にまたがって、ガソリン・タンクを膝のあいだにしっかりとはさみこんでいた。彼女はむっちりとして胸が大きく、黒いセーターはお腹のところまでまくれあがっていた。そして彼女があの優美な流線型のガソリン・タンクをギュッとしめつけるたびに、その張りつめた尻がぷりぷりと揺れた。もう一人の方はオートバイのまん前に立って、クラッチとブレーキの線を指でいじっていた。その子はすごくやせていて、あばらと胸の区別がつかないくらいだった。顔色は黄色っぽく、悲しげな大きな口をしていた。眼はオリックスの眼みたいに優しげだった。

「ねえジギー」と僕は言った。「こいつはまさに突発事故《アクト・オブ・ゴッド》じゃないか」

まったくまだ第一日めの朝の十時前だというのにねえ。

奇妙ななりゆき

「なあ、グラフ」とジギーは言った。「あの太った子の方はどうも俺向きじゃないなあ」

しかしそばに寄ってみると、やせた女の子の方の唇の色がずいぶん青白いことがわかった。まるでずっと長く水の中に入っていて体が冷えきっているような感じだ。

それでジギーは「あのやせた子はどうも不健康そうだな。君ならあの子のことを元気にしてやれるんじゃないかな、グラフ」と言った。

我々が彼女たちのところまで行くと、太った方の子がもう一人に向って、「ほら言ったとおりでしょ、男の子が二人で旅行してるんだよってさ」と言った。彼女はオートバイのシートの上で体を上下にゆすり、ガソリン・タンクを股ではさんでぱたぱたと音を立てた。

「乗り逃げするところだったのかい？」とジギーが言った。

「ちがうわよ」と太った子が言った。「運転しようと思えばできるけどさ」

「もちろんさ」とジギーは言った。彼はガソリン・タンクを手のひらで叩き、それから女の子の膝を指先でとんとんと叩いた。

「ちょっと気安いんじゃない」とやせた子が言った。彼女の顎は変な風にピクピクと震えた。そして彼女の手はずっとケーブルをいじっていた。ハンドルバーの下で輪になっていたケーブルは彼女にねじられたおかげですっかりくしゃくしゃになっていた。

「おい、グラフ」とジギーがそっと囁いた。「あのやせた方は伝染病じゃないのかな？君が気に入ったんなら譲るぜ。俺はあの太っちょ娘で我慢するさ」

「ねえ、あんたたち、ビールおごってくれない？」と太った方が言った。

「動物園の中にビールを飲めるところがあるのよ」とやせた子が言った。

「俺たちいま動物園から出てきたばかりなんだよな」と僕は言った。

ジギーが僕に耳うちした。「狂犬病だよ、グラフ。ありゃ狂犬病にかかってるぜ」

「でも女の子とお手てつないで行くのはまた違ったもんよ」と太った子が言った。

「それにひょっとしてチロル庭園《ガルテン》にも行ってないんじゃないの？　あそこだったら苔やシダやらが一マイルもはえてるから、靴を脱いでひとやすみできちゃうんだから」

「よう、グラフ」とジギーが言った。「どうするね？」

「彼、もうたまんないみたいよ！」と太った子が大きな声をあげた。

「そうなのか？」とジギーが言った。

「そうだなあ」と僕は言った。「ま、急ぎの旅でもなし」

「どこに行くかは風まかせ」とジギーは言った。

そうして我々はビア・ガーデンに入った。ビア・ガーデンのまわりは熊だらけで、熊がみんなで我々を眺めていた。もっともアジア・クロクマだけは別で、そこからは他の熊もビア・ガーデンも見えないようになっている。

シロクマたちはプールの中に腰を下ろして荒く息をついていた。そして時どき大きな音をたててぺろりと舌なめずりをした。ヒグマはぶ厚い毛皮を鉄柵にこすりつけながら、うろうろと歩きまわっていた。彼らは生まれながら本能として身につけ意味もなくいまだに記憶している忍びの習性に従って地面すれすれに低く首を振りつづけていた。そのような用心深さがここでは場ちがいであることも知らずに。

チンザノの日傘のついた我々のテーブルの風下には悪臭を放つアンデス産メガネグマのつがいがいた。二匹はひとつ檻の中にうずくまっていちゃつきあっていた。

「コミカルな顔をした熊」とある。まるでエクアドルでさんざん笑いものにされたためにここまでやってきたみたいだった。

ビア・ガーデンにラディッシュがなかったせいで、ジギーは気分が挫けたようだった。髪の黒い太った娘はカルロッタという名だった。彼女は菓子パンひとつとビールを注文した。やせた方はワンガ、彼女はドロッとしたボック・ビールだけを頼んだ。ジギーはテーブルの下でお相手のカルロッタをさわっていた。ワンガの手はかさかさして冷ややかだった。

「シロクマのプールにもっと沢山氷を入れてあげるべきよ」とワンガが言った。君の方はもう十分みたいだけどね、と僕は心の中で思う。

「ジギーくんの方も氷が要るんじゃないかな」とカルロッタは言って、テーブルの下で彼の方をもぞもぞとまさぐった。彼女は前髪を小さく巻き毛にしていて、それが額の上で黒くつややかに湿っていた。

　メガネグマの顔には額から鼻をとおって喉まで達する白斑がついていた。白斑以外の部分はもじゃもじゃとした黒い足ふきみたいな毛皮で、細い両眼のまわりもまるで悪党のつけるマスクみたいな形にその黒に覆われていた。毛は寝ぐせがついていて、ずっと逆毛になっているみたいに見えた。彼らは長いかぎ爪でセメントをこつこつと叩いていた。

　ワンガはまるであかぎれで痛む部分をさぐるみたいなかんじで、軽く唇を舐めた。やれやれ。

「これが最初の旅行？」と彼女が訊ねる。

「いや、いろんなところに行ったね」と僕。

「東洋は？」と彼女。

「東洋もあちこちざっとね」

「日本なんか？」

「バンコクね」

「バンコクってどこなの？」とワンガが訊ねる。僕はすごくさり気なく、体を彼女の方に寄せた。

「インド」と僕は言う。「インドのバンコク」

「インドか」と彼女は言う。「インド人ってみんな貧乏なんだよね」

「そりゃもう」と僕は話をあわせる。そして彼女がその大きな口にそっと手をやるのを見つめる。青白い手が薄い唇をかくしてしまう。

「ねえ、ちょっと！」とカルロッタが僕に言う。「あんたこの子にいたずらしてんじゃないの？　変なことされたらあたしにちゃんと言うんだよ、ワンガ」

「お話してるのよ、私たち」とワンガ。

「あら、ごめんなさいね」とカルロッタは言ってテーブルの下で、とがった靴の先で、僕の尻の間を軽くちょんちょんとつついた。

　メガネグマのカップルは肩と肩を寄せてよりそっていた。一匹がもう一匹の胸に頭を載せていた。

「なあ、グラフ、カルロッタってオリックスのことを気に入ると思わないか？」とジギーが言った。

「カバが見たいよ」とカルロッタ。「カバとサイ」

「大きいものが好きなのさ、カルロッタは」とジギー。「あのさ、カルロッタ、オリックスは君向きだぜ」

「じゃ、カバ舎の裏で待ちあわせようよ」と僕。僕としては慢性びくつき症のワンガにオリックスなんてとても見せる気にならなかったのだ。そのようにしてジギーのノートブックには新たな一行が加わることになった。

　ものごとには一線を画す必要がある。

「カルロッタ、このオリックスには君もきっとたまげるぜ」

とジギーは言って、手のひらで彼女のおなかを撫でた。

「へん！」と彼女は言った。メガネグマは坐ったまま体を起こして、じっとこちらを見つめていた。

カバ舎

サイのいる広場のまわりには堀がめぐらしてあって、その外側に金網がはってある。もしサイが金網を角《つの》でつき倒そうとしても、その前に堀に落ちて足を折るという寸法だ。サイのよろいの膝のつぎめの部分は割れてすきまがあいていた。まるで焼き粘土のひびわれみたいだった。

サイが歩きまわっている地面は平らで、草はぐしゃぐしゃになるまで踏みつけられていた。地面はまわりに比べて幾分盛りあがっていた。固く乾いた台地で、まわりをカバ舎とチロル庭園の高い鉄扉に囲まれていた。チロル庭園のすぐ内側の地面にごろんと横になると、樹々の枝の下側から、はるかマキシング公園までずっと庭園を見渡すことができた。シダの茂みから体を起こすとサイの背中が見えた。流木みたいな形をした頭や、角の先なんかだ。サイが走るたびに地面はどすんどすんと揺れた。

ワンガと僕はシダの中に寝ころんで、ジギーと太っちょカルロッタの姿をちらちらとうかがっていた。

「今はどっちの方に旅行してるの？」と彼女が訊ねた。

「北極圏の方さ」と僕。

「ふうん」と彼女。「行きたいなあ。もしあなたが一人だったらさ、一緒に連れてってくれって頼むのにさ」

「一人だったらそうしてあげるんだけど」と僕は言った。でも僕が彼女の腕に寄り添うと、ワンガはすくっと身を起こしてまたジギーとカルロッタの方を見やった。

ジギーがサイに向ってラッパみたいな声を出して呼びかけているのが聞こえた。しばらくのあいだ彼の姿は見えなくなったが、その詩でも朗読するような声音は識別することができた。サイの囲いの近辺でジギーがどなり、カルロッタがくすくす笑う声が聞こえた。姿が見えた時、二人は腕を組んでカバ舎の裏手からチロル庭園の方へと歩いていた。

カルロッタのギラギラした目を見ると、彼女が僕たちと同じ運命を辿るであろうことは明白だった。つまりことあるごとにあのオリックスを見たことを思いだすであろう、ということだ。

「隠れてようぜ」と僕は言って、ワンガをシダのしげみの中にひっぱりこんだ。

しかし彼女は目をいっぱいに見開き、あおむけになったまま自分の体をしっかりとかかえこんでいた。そして「カルロッタ！」と叫んだ。

「ちょっと！　あんた！」とカルロッタがどなった。

「悪いことしてんじゃない？」

「お話してるの」とワンガは言った。「でもここにいるからおいでよ」

二人は金網に沿ってこちらにやってきた。ジギーは丈の高いシダを音を立ててかきわけ、片方の手をカルロッタのセーターの中にもぐりこませ、むっくりとした脇腹の肉を押さえるような具合に抱いていた。

「よう、グラフ」とジギー。「カルロッタちゃんはオリックスに感動してくれたよ」

「当然だろうね」と僕。

「なあに?」とワンガ。「何のことよ?」

「あんた向きじゃないよ」とカルロッタが言った。それから僕に「あんたは良い子だから、あんなのワンガに見せちゃ駄目」と言った。

「何はさておいてもあれを見なくっちゃ!」とジギー。

「馬鹿!」とカルロッタは言って、傍らのシダのしげみの中にジギーをひきずりこんだ。

地面にみんなで寝転んでしまうと、お互いの姿はすっかり見えなくなった。地表近くは空気の溜り場のようになっていて、ぷんぷんと臭い動物の糞のにおいが我々の方に漂ってきた。

「これはきっとサイのだよね」とジギーが呼びかけてきた。

「あるいはカバのね」と僕は言った。

「図体がでかくて、いっぱい出すやつだ」とジギー。

「カバはずっと水の中にいるわよ」とカルロッタが言った。

「へえ! そうかい!」とジギー。「じゃそうするとさ……」

ワンガが僕の曲げた腕の中で体を丸めた。膝を折り曲げて身を固くし、冷ややかな手を僕の胸にのせた。ジギーとカルロッタがよろしくやっている物音が聞こえる。ジギーは二度ばかりホーホーという野鳥の鳴き声みたいな叫び声をあげた。

なんというか、彼のノートブックの一節にさん然と記されているように、

時は過ぎゆく、神を讃えよ。


ということだ。

それからカルロッタの声が聞こえた。「あんた、ふざけてばかりいないでよお」と彼女は言っていた。ふと目をやるとジギーの手がシダの上につき出ていて、黒いレースの巨大なブルーマー・パンツをうち振っていた。

「あんたってほんとお調子のりなんだから」とカルロッタが言った。そして彼女のむくむくとした裸の足が勢いよくシダのしげみの上につき出された。「ちょっとまじめにやんなよ、この助平」とカルロッタ、「あんたほんとにどうかしてるよ、もう」

それからジギーは身を起こし、にやにや笑いながら僕たちのしげみの方を向いた。彼は太ももくらいの大きさのブルーマー・パンツを帽子がわりに頭にかぶっていた。カルロッタは草を束ねてぴしゃぴしゃジギーを叩き、ジギーは踊りながら僕らの方に

やってきた。

カルロッタは彼のあとをそっと追ったが、ピンクのリボンのついた黒いレースのブラが彼女のわきでゆさゆさと揺れていた。カップの片方には芝土がつめこまれている。ブラは手首からぶらさがっていて、まるで投石器を持った戦士みたいだった。

「巨人殺し《ジャイアント・キラー》でございい」とジギーが言った。

カルロッタの乳房はぷるぷると揺れる太鼓腹まで垂れ下がっていた。セーターがめくれあがると、黒ずんだ乳首が見えた。

その時ワンガが僕の腕からとびだし、金網づたいに門めがけて走った。彼女はまるで気まぐれな突風に吹きとばされる木の葉のように、あたふたと門から動物園の中に走りこんだ。

「おーい！」と僕は言った。「おーい、ワンガ！」

「俺にまかせろ、グラフ」とジギーが言った。「あの子は俺のもんだ」。彼はブルーマーをカルロッタの方に投げると走り出した。

「よせよ」と僕はどなった。「ジギー、俺が行くよ！」。しかしカルロッタが僕の隣りにやってきた。僕が立ちあがろうとすると、彼女は僕にどすんと尻をぶっつけて、僕をしげみの中に押し倒した。

「好きなようにやらせときなさいよ」と彼女は言って、僕のわきに膝をついた。「ねえ」とカルロッタ、「あんたはあの人とちがってまじめよね。ぜんぜん違うもの」。僕が起きあがろうとすると、彼女は僕の顔にブルーマーをかぶせて僕をおさえこんだ。そしてその輝かしいパンティーのすきまから、僕の唇に桃のようにたっぷりとした唇を押しつけた。「さ、おとなしくしてね」、彼女はそう言うと湿った地面に僕を押しつけた。

　我々はすっぽりと隠れた息苦しくて糞のにおいのするシダのしげみの中を転げまわった。動物園の騒音がシダの葉のさらさらという音と入りまじり、やがてその中にのみこまれていった。そしてサイが大地を揺らせた。

　再び鳥の声が聞こえた時、その声は耳ざわりで押しつけがましく響いた。大型の猫科動物たちは肉と革命を求めて吼《ほ》えていた。

「餌をやる時間よ」とカルロッタは言った。「それにカバだってまだ見てないし」

　それで僕はうしろから彼女に追いたてられるようにして、とぼとぼとカバ舎まで歩いた。カバ舎は大きな水槽で、温室のまん中にある。子供が落ちたりしないように手すりもついている。はじめのうち水槽の中は暗いだけで何も見えなかった。

「じきに浮かんでくるわよ」とカルロッタは言って体をぽりぽり掻きながら僕の方を

ちらっと見た。

「左のおっぱいがかゆくって」と彼女は小声で言った。「トラックいっぱいぶんくらいの土がブラの中に入ってるんだもの」。彼女は身をよじって、僕のお尻をつついた。

水槽の水はねっとりとして、水面には果物とか、大きなわらのかたまりみたいなセロリなんかも浮かんでいた。そして突然そこに泡がいくつか浮かんだ。

最初に鼻腔があらわれた。大きく開いた底なしのふたつの穴だ。その次にまぶたがとろんと下がった眼が姿を見せた。

それから頭がするすると浮上し、長くつき出た口蓋がぱっくりと開いた。その奥にちょっと信じ難いほどの大きなのど
ぶたが見え、じめじめとした巨大な口の匂いがした。窓際の花壇のゼラニウムがまるごとぜんぶ腐ったような匂いだった。プールの縁石にのせたそのカバの口めがけて子供たちが食物を投げこんだ。ピーナツやらマシュマロやらキャラメル、コーン——それに紙袋やら動物園のみやげものやら父親の持っていた新聞やら小さなピンク色のスニーカーまで放りこんだ。そんなものを口の中にたっぷりと貯めこむと、カバはぐるりと頭をゆすって縁石から離れ、プールにざぶんと大波をたてた。しぶきが散って、カバは水槽の中に沈んだ。

「またすぐに浮かんでくるよ」とカルロッタは言った。「ねえねえ、あれならあたし

なんてひと呑みよね！」

　がっしりとしたカルロッタの脚の裏側にはシダの葉のあとがついていた。黒ずんで折りまがったふくらはぎにしっかりと刻印された化石だ。僕は水槽の手すりをそっと離れ、カルロッタを一人カバ舎に置き去りにした。

一線を画す

「よくもまあやれたもんだよなあ」とジギーは言った。「好みってものがないんだなあ」

「ワンガはどこに行っちゃったんだよ？」と僕はたずねた。

「どこかで見失っちまったよ。俺はただあのでぶっちょから逃げようとしただけだからさ」

「僕らはカバ舎に見物に行ったんだ」と僕は言った。「あと二、三時間のうちに日が暮れて暗くなっちゃうぜ」

「君のせいだよ、グラフ。まったくの話、よくやれたよなあ。普通の人間ならちょっと立ち止まって考えるってとこがあるもの」

「今すぐ出発すれば、暗くなる前に田舎に着けるんじゃないか」と僕は言った。

「カルロッタねえ！」とジギーは言った。「たまげたよ！　泥みたいにぶよぶよだったろう、え？　どろんこになったような気がするんじゃないかね？」

「下らないことを言うなよ」と僕は言った。「君こそブルーマーを帽子代りにかぶったり、阿呆みたいに踊ったりさ」

「でもね、俺はちゃんと一線を画すんだよ、グラフ。要はそういうことなんだ」。そして彼はオートバイのエンジンをかけはじめた。

「ずいぶん御大層なもんだな」と僕は言った。「そんなに悪かなかったって言ったらどうする？　ぜんぜん悪くなかったぜ」

「さもありなんってとこだね、グラフ。美しさに比べれば技巧《テクニック》というのはありふれたものだからさ」。さてさて、この偉そうなおしつけがましい科白は後日彼のノートブックに再登場することになる。


愛にまさる技巧《テクニック》なし。

動物園の入口で、彼は僕を無視して、キックスターターを上にあげて、体重をかけて踏みこんだ。

「君は口先だけの説教屋さ、ジギー」と僕は言った。

しかしそのときエンジンがかかって、彼はスロットルをふかせ、その響きにあわせてこっくり、こっくりと肯いた。僕は彼のうしろにとび乗り、そして二人でヘルメットをかぶった。第一次大戦のパイロットのゴーグルをかけると、まわりの世界が黄色く塗りかえられた。なんだか胸がぎゅっと締めつけられるみたいな混乱した気分だった。

「おい、ジギー」と僕は声をかけたが、彼の耳にはとどかなかった。

我々はヒーツィング動物園広場《プラッツ》でぐるりと向きを変えた。我々の背後ではライオンたちが自由と餌を求めて咆哮《ほうこう》をくりかえしていた。そして、カルロッタが不器用に、しかしうっとりと、自らの体をカバの口の中に押しこんでいる光景を僕はありありと想像することができた。

夜のライダーたち

いくつかの町をとおりすぎたが、灯のともった旅館《ガストホフ》らしきものはいっこうに見つからなかった。農家の軒先には小さな明りがまだついていたけれど、だいたい屋根裏の常夜灯のようなもので、それは〈起きている人間がちゃんといるんだから、しのびこむのはよしたがいい〉という警告でもあった。それに目を覚ましているのは人間ではなくて犬だという可能性もあった。

でも町の方はまっ暗だった。我々はばりばりと音をたてて闇の中をつっきった。人っ子ひとり見かけなかった。一度だけ噴水の中に小便をしている男を見た。男は一瞬のうちにヘッドライトとエンジンのうなりにのみこまれたので、我々のことを夜の闇から降って湧いた巨大爆弾か何かだと思ったらしく、ものを握ったまま地面につっぷした。それはクルムヌスバウムという町だった。ブリンデンマルクトのちょっと手前でジギーはオートバイを停めた。エンジンを切ってライトを消すと、森の静けさがさっと路面を埋めた。

「さっきの男を見たかい?」と彼は言った。「それからこれまでに過ぎてきた町、これはもう絶対に灯火管制だぜ」。我々はそのことについて少し考えをめぐらせてみた。そのあいだに森が用心深げにさわさわと音を立て、何かが様子をうかがいに出てきた。

ジギーがヘッドライトをつけると、樹々はさっと身を路上から引いたように見えた。そして夜の監視者たちの一隊はその背後にすかさず逃げこんだ。シロイタチやフクロウや、それからカール大帝の衛兵の幽霊たちだ。

「一度森の中でおそろしく古い鉄かぶとを見つけたことがある」とジギーが言った。

「スパイクと顔おおいがついていた」。彼の声が夜のざわめきを押し殺した。河の音が聞こえてきた。

「先の方に河があるのかな?」と僕は言った。

キックスターターを踏みこんで、我々はゆっくりと前進した。ブリンデンマルクトを一歩出たところで、我々はイブズ河にぶつかった。ジギーは橋の上でオートバイの鼻先をぐいと曲げた。ヘッドライトの光の外側の川面はまるで風に揺れるしわだらけの黒い布のようだったが、光のあたる部分の水はすっぽりと消えていた。水深が浅く、透明だったもので、まるで水が無いみたいにくっきりと河底の石が見えたのだ。

流れに沿って木材を切り出すための道が走っていて、日の光のとおらぬひやりとした森の中にはまだ雪が融けずに残っていた。雪はヘッドライトに照らされて黄色く染まり、まわりがもみの針葉の影に縁どられていた。樹々には伐り出しのためにチョークでくっきりとしるしがつけられ、道は河に沿って曲っていた。

河が我々の方から見てぐいと湾曲したところで、土手が急に広がっていた。我々は一段高くなった道の中央部をどすんと外れて、つるつるとすべる湿った草地を越え、まっ平らな土手に下りた。草の上には蛙や野鼠なんかがいた。

僕は犬の鳴き声が聞こえないかと耳をすませた。もしすぐ近くに農家があれば、犬の声が聞こえるはずだからだ。でも犬の声は聞こえず、河の音と、街道沿いに吹く風が橋をきいきいときしませる音が聞こえるだけだった。風は密生した森をすり抜けて、まるで寡黙な都市生活者がコート・クロゼットの中をとおりすぎていくような音を立てていた。武具に身を固めた兵士たちの立てる金属音ではなかった。

イブズ河はことことというくぐもった音と数えきれぬせせらぎの音をおりまぜて流れていた。我々は夜の声音をひとことも聞きのがすまいと、小声で囁きあいながら、オートバイの荷物をほどいた。グラウンド・シートを地面に敷いて、その下敷きになった野鼠たちをつまんで放り出した。我々の位置からは橋を見ることができたが、目をさましているあいだにその橋を渡ったものは人っ子ひとりいなかった。空を背景にした橋の輪郭は河床より上にある唯一の幾何学的な図形だった。その他に形あるものといえば、ぎざぎざのさざ波と、ほんのりと明るい夜空に向って不揃いに黒々と並んだ樹木の列が見えるだけだった。橋げたの近くには石で囲まれた水のたまりがあって、ひたひたと石を打つ波が月に向って燐光を散らせていた。

ジギーは寝袋の中で身を起こしていた。

「何を見てるんだい？」と僕は訊ねた。

「キリンさ。橋の下で水につかってる」

「そりゃ結構なことで」

「最高さ！」とジギーは言った。「そしてオリックス！　オリックスが河をわたってくるのが見えないのか？　あの凄いキンタマから水をたらしてさ」

「冷えて凍りついちゃうぜ」と僕は言った。

「違うね！」とジギーは言った。「何ものも絶対にオリックスに害を及ぼすことはできないさ」

大地に生きる

橋の下には丸い石があって、それが小さな滝を作っていた。我々はそこで獲った鱒のはらわたを抜いた。裂いた腹に水を入れ、腹の骨のまわりを洗い、弾力のあるふくらんだ胸骨の方まで水をまわした。そして腹の裂けめを押さえて胴をつまむ。すると鰓《えら》から水が出てくる。水ははじめのうちはピンク色をしているが、やがては透明になる。

我々は十二匹の鱒を獲り、そのはらわたを丸石の上に放り出しておいた。それから二人でオートバイのシートに坐って、カラスたちが橋の下めがけて舞い下りてきて、魚の臓物にとびかかり、きれいにたいらげてしまうのを見物した。太陽が川面に姿を見せ、橋と同じ高さに上るころになって、近所の農家を見つけて魚と交換に朝食をふるまってもらおうじゃないかということになった。

路面はやわらかくて、車輪はすぐに道路のまん中から滑って轍《わだち》の方にはまりこんでしまった。ジギーはゆっくりとオートバイを走らせた。我々は背筋をのばして空気の香りを胸にしっかりと吸いこんだ。森の中の松やにの匂い、あるいはそれにまじって漂ってくるクローバーや甘いほし草の匂いなんかだ。森は少しずつまばらになり、広い野原もちらちらと目につくようになってきた。河の水面も白色を帯びて、流れは深く速くなり、斜めに切り立つ土手にむけて細かい泡をそっとうち寄せていた。

やがて道はわずかに上りになり、河と離ればなれになった。そして村の姿が目に入ってきた。玉葱みたいな形の尖塔がついたずんぐりした教会があり、いくつかのがっしりとした建物が身を寄せあって並ぶちっぽけな村だった。村に入る手前に農家が一軒あったので、ジギーはそこを訪ねることにした。

玄関に通じるひきこみ道はまさに泥のかたまりで、ねり粉みたいにべたべたしていて、後輪はドライブ・チェーンのところまですっぽり埋まってしまい、にっちもさっちもいかなくなってしまった。山羊が一頭土留めの上に立っていたので、我々はフットペダルの上で身をちぢめながら、そちらに向った。我々が土留めのところまで辿りつくと、山羊はあわてて とんで逃げた。音を立てて豚小屋の横を通りすぎると、小さな豚は猫のようにピョンピョンとはね、大きな豚は細いハイヒールをはいた肥った女みたいに駆けまわった。タイヤについた泥は自然にとれて、進むたびにぺしゃぺしゃとうしろにはねとばされていった。とんで逃げた山羊が主人夫婦の目を覚ました。

きわめて陽気なギッペル氏とその女房のフライナは取引に対してとても乗り気だった。コーヒーとじゃがいも料理に対して我々の鱒を半分だ。コーヒーといっても黒マメを焙ったものだった。

フラウ・フライナはその青い目をぱちくりさせて、まるで、見て下さい素晴しいキッチンでしょうとでも言わんばかりだった。彼女は誇りに充ちた母親風に、ガチョウみたいに胸をふくらませていた。

このギッペル氏はこと食べることに関してはかなりの人物であった。

「なかなか魚の食べっぷりがお見事ですねえ」とジギーが言った。

「鱒はしょっちゅう食べてるからね」と彼は言った。彼は尻尾をつまんで、身をきれいにとりさった。そして皿の隅の方にその細かい残骸をつみあげた。

「でもとてもたくさんの鱒だこと」とフラウ・フライナが言った。

「我々はこういうのを始めたばかりなんです」とジギーは言った。「大地とともに生きるんです、なあグラフ。自然の素朴な法の中に戻るんだ」

「なんてこった」とギッペルは言った。「よりによって法のことを思いださせるなんて」

「おいしい朝食もいただいたのにね」とフラウ・フライナが言った。

「でも法律の話が出ちまったんだもの、お前」とギッペルは言った。「この人たちは二人で十二匹の鱒をもってきたんだよ」

「そりゃそうだけど」とフラウ・フライナは言った。「ちょうど十四しかなかったら、こんな豪華な朝食にはならなかったんじゃないかしらね」

「一人が五匹というのが許された鱒の数だよね、もちろん」とギッペルは言った。

「しかし家内が言うように、たしかに十四しかなかったらもっとさみしい朝食になっただろうがね」

「こんなのって酷《ひど》いわ」とフラウ・フライナは言って、ポーチに出ていった。

「ねえジギー君」とギッペル氏は言った。「君が持ちだしてさえくれなきゃ問題はなかったんだがな」

「持ちだすって、何を？」とジギーが言った。

「法のことだよ！」とギッペルは言った。「君のおかげでそのことを思いだしたんだからね」。そこにフライナがスクリーン・ドアを開けて戻ってきて、顔を伏せて、ジギーに一枚の緑色の紙をさしだした。

「何だい、そりゃ」と僕はたずねた。

「なんと罰金通告さ！」とジギーが言った。

「我ながらひどい仕打ちだと思うよ！」とギッペルは嘆いた。

「いったいあなたは何なんですか？」とジギーが訊いた。

「魚釣り監視員」とギッペルが言った。

「ほんとに何ていえばいいのかしら」とフライナは言って、また外に出ていった。

「いいですよ」とジギーは言った。「僕は田舎の猟場管理人の指示にはいつもニコニコと従うことにしてるんです」

「そう言ってくれると助かる」とギッペルは言った。「そんなわけで、五〇シリングにおまけしてある」

「五〇シリング？」と僕は言った。

「これが精一杯なんだ」とギッペルは言って、今度は彼がスクリーン・ドアの方に向った。「ちょっと失礼するよ」と彼は言った。「恥かしくてあわせる顔がないよ」、そして彼は悲しげにポーチの方に消えた。

「ひったくり野郎が！」と僕は言った。「バイクは近くにあるのか？」

「ねえグラフ君」とジギーが言った。「バイクのそばにはギッペルが坐っていて、心やさしいかみさんをそっと慰めているんだよ」

「五〇シリングだぜ！」と僕は言った。

しかしジギーはダック・ジャケットから五〇シリング札をとりだして、「これを届けて、連中を安心させてやってくれないか」と僕に言った。「僕は少しのあいだここにいるからさ」

そんなわけで、僕はご親切な夫婦のところまで行って、彼らを喜ばせてやった。我々は三人でポーチに坐って、阿呆な山羊がバイクに対して挑みかかる様をながめていた。山羊はあらんかぎりの勇気をふるい起こして、最初のひとつきにかかろうとしていた。

やがてジギーがでてきたが、彼は息をつまらせたような様子だったので、おかげで気の毒なフライイナはまたとり乱してしまった。「本当に良い子たちなのに！」と言って、彼女はしくしく泣きはじめた。

「よしよし」とギッペルは言った。「法律というのは非情なものだ」と彼は叫んだ。「このような若者たちこそ斟酌《しんしゃく》されるべきであるのに」

しかしジギーは「いいんですよ、いいんですよ」と言って、腕で自分のおなかを押さえていた。「いやあもうおなか一杯でしてね。これなら五〇シリングの値打ちもあるってもんです」。それを聞いて我々三人はびっくりしてしまった。フライナも我にかえって、油断のならんという感じで青い目をぱちくりさせた。気の毒なギッペルは驚いたきり言葉がつまってしまった。

そんなわけで二人は我々がオートバイにまたがるのをじっと見届けていた。我々は山羊を追い払い、今回は用心ぶかく泥だらけのひきこみ道を避けた。豚たちはまた気がふれたみたいに駆けまわった。

「やれやれたまげたよな」と僕はジギーに言った。「たかが朝めしにありつくだけでえらい出費だ」。しかしそのとき僕は彼のダック・ジャケットのおなかのところに何か固いものが入っていることに気づいた。「おい、そこに何が入ってるんだ?」

「フライナ・ギッペル夫人のフライパンと、ライターと、栓抜きと、コルク・スクリューと、それから塩入れ」とジギーは答えた。

道路に出るちょっと手前に金網があって、我々はちょっとだけひきこみ道に下りなければならなかった。しかし今回はスピードがついていたので、なんとか道路に抜け出すことができた。振りかえるとギッペルが気違いみたいな格好で両手をあげて振っているのが見えた。フラウ・フライナはおっぱいをゆさゆさとゆすりながら、投げキスをした手を打ち振っていた。タイヤはずるずると滑って道路についた轍におさまり、ひきこみ道で付着した泥土はまた自然にとれていった。泥は下り道を行くにつれて我々の背後にボソッボソッボソッというかんじで飛んでいった。
「人が大地とともに生きるためには」とジギーは言った。「若干の投資が必要とされる」。フライパンはまだあたたかいまま、彼の上着の下にあった。

セイウチのいるところ

ノートブックにはこう書きつけられた。

若干の投資は必要なり。

そんなこんなで、昼食どきに我々はウルマフェルトに到着し、ビールを二本買った。村を出るちょっと手前で、ジギーが旅館《ガストホフ》の二階の窓から出ている花箱に目をとめた。

「ラディッシュ！」とジギーは言った。「緑のはっぱがちらっと見えた」

我々は窓の下まで行った。そしてジギーが燃料タンクの上に立っているあいだ、僕がオートバイをしっかりと押さえていた。背のびをすると、彼の手がやっと箱のふちにかかった。

「あるある」と彼は言った。「芽が出たばかりのぴちぴちしたかわいいやつだ」

彼はそれをひとつかみダック・ジャケットにつっこみ、我々はウルマフェルトの村を抜け、なおもイブズ河に沿って進んだ。村を出て一マイルかそれくらいのところで、我々は草の茂った堤を越えて河川敷に出た。

「要するにだな、グラフ君」とジギーは言った。「今日という日は我々に対して五〇シリングがとこ借りがあるんだ」

それを食前の祈りとして、我々はフラウ・フライナの栓抜きを使ってビールを開け、フライナの塩入れを使ってラディッシュに塩をふった。フライナの立派な塩入れは少しも塩が固まっていなかった。ラディッシュはぱりぱりとして水気があった。ジギーは葉っぱを土に植えた。

「ちゃんと育つかな？」と彼は言った。

「どんなことだって可能さ、ジギー」

「そうだよな、どんなことだってな」と彼は言った。そして我々は食べ残した根を河に放り投げ、それがすっぽり沈んではくるくると回転しながら流れにまた顔を出す様を眺めていた。それは溺れている子供がかぶった風ぐるまつきの帽子みたいに見えた。

「上流に行けばダムがあるはずだよ」と僕は言った。

「山の中の巨大な滝」とジギーは言った。「ダムの上で魚釣りするのはいいだろうなあ」

「きっとヒメマスもいるぜ、ジギー」

「それからセイウチもね」

我々は草原に戻り、二人でビール壜の口をひゅうひゅうと吹いた。下流の方で鴉《からす》がまたラディッシュの残りを狙って輪を描いていた。

「鴉が食べないものってあるのかな、ジギー？」

「セイウチ」と彼は言った。「セイウチを食うのは無理だろうよ」

「うん、まあそうだろうね」と僕は言った。

雪融けの湿り気はまだ地面に残っていたが、たっぷり茂った草は太陽の光をいっぱいに吸いこみ、それを僕にむけてさしだしているように見えた。体があたたまってきて、僕は目を閉じた。鴉が河面に啼く声や、野原のコオロギの声が耳に入ってきた。

ジギーは壜の口を歯のあいだにくわえてかちんかちんと音をたてていた。

「なあグラフ」と彼は言った。

「ふむ」

「動物園、すごかったよなあ」と彼は言った。「連中はここにいた方がずっといいのに」

「連中って女の子たちのこと？」と僕は訊いた。

「女の子じゃない！」と彼はどなった。「動物たちだよ！　ここに放したらみんな喜ぶんじゃないかな」

そこで僕も目を閉じてそんな光景を想い浮かべてみた。キリンたちは樹のてっぺんにあるつぼみをかじりとり、野牛は河の岸に付いた縁どりレースのような細かい泡から小さな河の虫たちを取って食べていた。

「女の子の話なんてよしてくれよ」とジギーは言った。「まったく君の頭は助平心で腐ってるよ」

太陽とビールのせいで、我々は眠りにおちた。メガネグマたちはささやきあいながら口づけをかわし、オリックスは頭の腐った人間たちを草原から追い出していた。打ち身みたいな紫色に染まったイブズ河で、セイウチがひれでボートをこいでいた。牙は太陽に光り、髭はあくまで白かった。彼は堤のわきの深いたまりの底にカバがひそんでいることに気づかなかった。カバは泡にかくれて口をぱくりと開け、ボートごとセイウチを呑みこまんものと待ちうけていた。

セイウチに危いと声をかけようとして、僕は目が覚めた。キリンたちは草原をまるごとムシャムシャ食べて太陽に届かんばかりになって、今度は太陽をひきずりおろそうとしていた。落ちていく太陽は草のあいだにキラキラと光って、オートバイの姿をしっかりと捉えて、そのエンジンと車輪の影を長々と河にまでのばしていた。車輪の影の下を河はまるででこぼこの道路のように速いスピードで流れていた。

「ジギー」と僕は言った。「もう行かなくちゃ」

「しーっ、グラフ君」とジギーは言った。「連中の夢を見てるんだぜ。みんな檻をのりこえてね、俺たちと同じように自由の身になってるんだ」

それで僕はしばらく彼の好きにさせておいた。夕陽は草原を一面赤く染め、河は太陽の中から流れだしているかのように見えた。上流の方に目をやると、山の姿はもう見えなかった。

どこにも行かない

谷あいを脱けだし、夜の虫ともおさらばしたところで道は舗装道路に変ったが、やがてまたもとの未舗装に戻った。密生したもみの木がトンネルみたいにすっぽりと道の頭上にかぶさっていた。河の姿はもうずっと前から見えなくなっていた。オートバイのバタバタバタバタという轟音が森を打ち、そのこだまは我々のわきでつぎつぎにはじけた。それはまるで我々の目の届かない森の中をもう一台べつのオートバイが並んで走っているようなかんじだった。

やがて坂をのぼるともみの木の森も終り、夜は息苦しいほどに深まっていった。ぽっかりとあいた空間が再び現われ、次に突然ぼおっとしたものかげが姿を見せてその空間を埋めた。それは大きな自在戸のついたまっ黒な納屋だった。その三角形の窓の断片が我々のオートバイのヘッドライトを気まぐれにはねかえしていた。何ものかが肩ごしにぎらりと光った目で我々をにらみながら道をのそのそと歩いていた。その形はずんぐりと背を曲げた熊のようでもあり、あるいはまた茂みのようでもあった。農家の建物は眠りながらぶるぶると身ぶるいし、犬はわんわんと吠えながら我々の隣りを走った。振りかえると、犬の目はどんどん小さくなって、テイルライトの揺れうごく赤い光にちかちかと光っていた。道の谷側はぐっと低くなっていて、小さく尖った樹々の先端は道路に沿って並んだ無数のテントのように見えた。

「河から外れちゃったようだな」とジギーが言った。登り勾配になったので彼はギアをサードからセカンドにシフト・ダウンし、スロットルをいっぱいにふかした。土の塊りがうしろにどっと飛び、僕は胸が彼の背中にくっつくくらい前かがみになった。やがて彼が身を前に傾けるのがわかったので、僕も身をかがめて彼の背中にリュックサックみたいにしっかりとくっついたまま、コーナーをいくつかのりきった。

やがて我々の足もとの地面がすっぽりと消え失せ、ヘッドライトが夜の闇をまっすぐに射た。そして前輪が再び大地に触れると、我々は水平に空を横切った。バイクはそのまま猛烈な速度で木の橋のあるところまで坂を下った。ジギーはギアをファーストに入れたが、それでもブレーキをかけなくてはならなかった。後輪がぐいともちあがって我々は橋の板張りの上をカニみたいにぴょんぴょんと跳んだ。

「河だ」とジギーが言った。ひきかえしてちょっと河をのぞいてみることにした。

我々はヘッドライトを下に向けて、斜めに河を照らしてみたのだが、そこには河なんて影もかたちもなかった。彼はボタンを押してエンジンを切った。すると河の音が聞こえた。風が橋の板張りにあたってうめくような音を立てていた。それから橋の手すりがしぶきでぐっしょりと濡れて湿っていることもわかった。でもヘッドライトの光線をあてると、そこには闇の中に切れこんだ峡谷の壁しか見えなかった。傾いたもみの木が壁にしがみついて、下を見ないように注意しながら救いを求めて手をのばしていた。

河は近道をとっていて、おかげで山は鋸でふたつに断ち切られたような格好になっていた。我々はしばらくのあいだ闇の中をじっとにらんでいた。身の毛のよだつ思いをして崖からぶらさがりでもしない限り、明日の朝食に魚は食べられそうになかった。

我々はシートを敷けるくらいに平らな場所をみつけ、峡谷の縁からなるべく離れたところに身を置いた。ひどく寒かったので、我々は苦労しながら寝袋の中でもぞもぞと服を脱いだ。

「なあグラフ、小便したくなって目を覚ましても道を踏みはずすなよ」とジギーが言った。

やがて我々の膀胱は彼のそのことばをしっかりと記憶していたらしく――あるいはそれはごうごうという河音をあまりに長く聞きすぎていたせいかもしれないが――我々は二人とも起きあがる羽目になった。恐怖に震えながら裸で地面を歩く寒さと言ったら！

「オリックスはどんな風に体を温めるんだろうな？」とジギーは言った。

「ちょっと考えたんだけどさ」と僕は言った。「あれは何か病気とかそういうもののせいなんじゃないかな？」

「よせやい」とジギーは言った。「あれはどう考えたって健康すぎるケースだよ」

「でもさ、ああいうのは無防備なかんじがするだろうね、きっと」と僕は言った。

それから二人は身をちぢめて無防備ダンスをしながらめいめいの寝袋に戻った。寝袋の中には温もりがちゃんと残っていた。体を丸めると、たくさんの鼠が地面をちょろちょろ走りまわっている気配が感じられた。夜の空気は凍えるようで、鼠たちが我々の体に這い上ってきて、身を寄せて眠るんじゃないかと思えたくらいだった。

「なあ、グラフ、俺もずっと考えてたんだけど」とジギーが言った。

「もういいよ、ジギー」

「いや、まじな話さ」

「なんだよ、いったい？」と僕は言った。

「ヒーツィング動物園には夜警がいると思うかい？　一晩じゅう中にいて、ずっと見まわっているようなさ」

「それでオリックスとおしゃべりして、秘密でも聞きだすのかい?」と僕は言った。

「いや、ただそこにいるだけだよ」と彼は言った。「そういう人間が夜間あそこにいると思う?」

「いるだろうさ」と僕は言った。

「俺もそう思う」と彼は言った。

僕は夜警が熊に向ってぶつぶつと話しかけたり、オリックスを起こして詰問している様を想像した。夜が白むころ、夜警が猿のように身をかがめて檻から檻へと移り歩き、動物たちのことばで彼らをけしかけるのだ。

「グラフ?」とジギーが言った。「小型哺乳類館には閉じたドアがあったっけな?物入れのようなかんじのさ」

「赤外線照明の中に物入れがあるのかい?」

「警備員用の場所があるはずだぜ、グラフ。腰かけたりコーヒーを飲んだり鍵を吊しておいたりする場所がさ」

「待てよ、ジギー!」と僕は言った。「まさか動物園破りをたくらんでるんじゃなかろうな?」

「なあ、そういうのって凄いと思わない?　稀にみる快挙だぜ。ただ単に動物を放してやるために動物園破りするなんてさ」

「文句なしに凄いね！」と僕は言った。

　正真正銘の熊たちがよたよたと歩いて門から出ていくのだ。彼らは切符売り場の小屋をかついでいくのだが、その中ではギャンブラー風の緑色の日よけをかぶった男が必死に助けを求めている。

　でも僕は言った。「それにしてももう一度ウィーンに戻るなんてまっぴらだね。そんなの何があってもごめんだよ」

　僕は目を開けて、上空に白く光っている美しい星々をながめた。ちぢこまってやけっぱちになったもみの木が崖の上に向ってよじのぼろうとするような格好にはえていた。ジギーは身を起こした。

「じゃあグラフ、君が何があってもやりたいことっていったい何だ？」

「海、見たことあるか？」と僕はたずねた。

「映画でならね」

「『地上《ここ》より永遠に』は観た？」と僕はたずねた。「デボラ・カーとバート・ランカスターの出てたアメリカ映画でさ、バートがデボラを波の中でごろごろ転がすんだ」

「君は海よりはそっちの方に興味があるみたいだぜ、グラフ君」

「でも素敵だと思わない？　どこかのビーチでキャンプするんだ——そうだなあ、イタリーとかさ」と僕は言った。

「その映画なら俺も見たよ」とジギーが言った。「股ぐらが砂でじゃりじゃりだろうなってかんじがしたぜ」

「うん、でも海が見たい」と僕は言った。「それに魚だって山の中よりはたくさんいる」

「それでデボラ・カーを波の中でごろごろと転がすわけかい？」

「いけないかね？」

「で、田舎娘を手あたりしだいにやっちゃうわけか？」

「手あたりしだいというんでもないけど」と僕は言った。

「ご機嫌な娘を一人みつけるんだな、え？　身も世もなくなってしまうような、たった一人の女の子をかい？」

「そういうこと」と僕は言った。

「まったく君らしいぜ、グラフ君」と彼は言った。「ロマンティックで青くさい阿呆だ」

「ふうん、じゃあ君は何が望みだ？」と僕は訊いた。

「まあ、やりたいだけやりゃあいいさ」とジギーは言って寝袋から両腕を出して頭のうしろで組んだ。彼のむきだしの裸の腕は凍てつく夜の星のように白かった。「動物園がどこかに行っちまうわけでもないしな」と彼は言った。

僕は崖にはえたもみの木の方をちらっと見たが、連中はまだ崖をのぼりきってはいなかった。ジギーはじっと動かなかった。彼の髪は枕がわりのダック・ジャケットからこぼれて、きらきらと光る草の葉にかかっていた。僕は彼がもう眠ったものと思っていたのだが、僕が眠りに落ちる前に、彼は僕に向って調子っぱずれな子守唄をもごもごと口ずさんでくれた。

フラウ・フライナのフライパン
いくら探しても見つからぬ
奥さんはケツの穴で歯ぎしりするが
ギッペル旦那は知らんぷり

どこかに行く

朝になると霜がおり、太陽の光は草の葉の上で無数のプリズムとなって輝いた。河べりの崖までの草の茂った堤は、まるで舞踏場のフロアのようだった。複雑なシャンデリアの光の模様がきらきらと光っているかのようだった。僕は横向けに寝そべって、霜のついた草の葉ごしに峡谷の壁を眺めていた。地面に敷いたシートが頬にひやりと冷たかった。草の芽は樹木よりずっと大きく見えた。芽と芽のあいだには霜のとけた水がたまって日の光に輝いていた。コオロギがやってきて草の葉を竹馬がわりに使って水滴の上を渡った。水滴といっても、コオロギの目から見ればまるで湖みたいな大きさだ。コオロギの脚の継ぎ目にも霜がついていて、コオロギが歩くにつれてそれが融けていくようだった。

同じ高さから見ると、コオロギだって結構獰猛に見える。ペコペコとかがみこむような格好でジャングルをやってきて、大海をぴょんと跳びこえるまるで巨大な類人猿だ。僕がうううとうなると、そいつは立ち止まった。

そのとき、それほど遠くないところで鐘の音がした。

「牛の首についたベルだ!」とジギーが言った。「俺たち踏みちらされて谷底に落とされちまうぞ」

「教会の鐘さ」と僕は言った。「ここはきっと村に近いんだよ」

「嘘つけ」とジギーは言って、寝袋からそっと顔を出した。

でも僕のコオロギはもうどこかに消えていた。

「おいグラフ、何を探してるんだい?」

「コオロギ」

「コオロギは無害だよ」

「いや、とびっきりでかいやつなんだ」と僕は言った。でもコオロギはシートの下にもいなかった。

朝露が冷たかったので、僕は寝袋から出て、霜でぱりぱりした草の上に足を踏み出した。僕はぴょんぴょんと踊るみたいに歩いた。目もくらむような崖っぷちが近くなると、僕はコオロギを探すよりは踊ることの方に、すっかり夢中になった。ジギーはそんな僕を冷ややかな目で見ていたが、やがてぶつぶつと文句を言いながら寝袋から出てきて、シートのまわりでぴょんぴょん跳びを始めた。でもそれは僕の踊り方とはまったく違っていた。

「えらく早起きじゃないか」と僕は言った。

「君がすっ裸で踊ってるのを黙って眺めていても面白くないからな」と彼は言った。

「足もとに注意して僕のコオロギを踏みつぶさないようにしてくれよ」と僕は言った。でも僕は彼の前につっ立っていることがなんとはなしに妙にきまりわるくなった。

「コーヒーでも飲んで、それからもっと魚釣りに適した河岸を見つけにいこうや」と、彼はまるでいやらしいボーイスカウトの団長みたいな口調で言った。それで僕はおそらくは踏みつぶされてしまったであろうコオロギのことは忘れて、彼がいやらしい下士官みたいなかんじでオートバイに荷物をくくりつけているのを眺めていた。

　そのようにして我々は次の町へと向った。

　ヒースバッハは一マイル足らずのところにある丘の斜面に沿って段々に形成された町だった。丸い形をした古い灰色火山岩で造られた建物がまるで卵の箱みたいに積みあげられている。そしてお馴染の人目をひく、ずんぐりとした玉葱頭の教会が道路沿いに背を丸めたかたちに建っていて、それは歯が抜け落ちてしまって人をもう襲えなくなった老ライオンのように見えた。

　我々がそこに着いたとき、ちょうどミサが終ったところだった。しゃちほこばったような、ひからびたような家族がいくつか、よそいきの靴をきいきいと軋ませながら教会の階段をうろうろしていた。小さな男の子が聖玉葱頭教会の真向いにある旅館《ガストホフ》にとんで走っていった。「フラウ・エルトルの昔なじみ屋」と看板にあった。

入口のところでジギーは看板をこんこんと叩いた。「なあグラフ」と彼は耳うちした。「このエルトルさんにはちゃんと用心しような」。そして我々はくすくす笑いながら店に入った。

「いらっしゃい」と太っちょのフラウ・エルトルが言った。

「こんにちは」とジギーが言った。

「コーヒーありますか?」と僕はきいた。「熱いやつ」

「それから洗面所を使いたいんだけど」とジギーが言った。

「もちろんいいですとも」と彼女は言って裏口を指さした。「ただし電球がちょっと切れちゃってるみたいですけどね」

電球なんてものがそもそもついていたためしがあったかどうか怪しいものだ。というのは便所と称するのは土の上にじかに囲いをつけただけの代物だったからだ。それは旅館の裏手にあって、狭くて細長い形の山羊囲いととなりあっていた。山羊たちは我々がポンプを使う様をじっと見ていた。ジギーはポンプの水を頭のうしろにかけた。彼がぶるぶると頭を振ると、山羊たちはメエメエ鳴きながら柵の扉を角で突いた。

「おおよしよし、可哀そうに」とジギーは言って柵ごしに彼らの顎をひっぱってやった。山羊たちが彼にすっかりなついているのがありありとわかった。「ねえグラフ、中に入って誰かこちらに来る奴がいないか見張っててくれないか」と彼は言った。

店の中は混みあっていた。固まりあってコーヒーとソーセージをぱくついている家族づれがいて、長いテーブルにこれも固まりあって坐ってビールを飲んでいる独身者たちがいた。

「あんたたちのコーヒー、窓際に置きましたよ」とエルトルが言った。

ジギーが帰ってくるのを待って、我々はテーブルについた。気むずかしそうなじいさんに率いられた一家が我々のとなりに陣どっていた。一家のうちでいちばん年下の少年が長いソーセージをはさんだロールパンごしに我々の方をじっと見ていた。彼の顎はかじりかけのパンの中にかくれていた。

「不細工な餓鬼だな」とジギーは耳うちをして、子供に向ってしかめ面をした。子供は食べるのをやめて、我々を見つめた。そこでジギーはフォークを宙にぐいと突きだして子供を脅す真似をした。子供はじいさんの耳をひっぱった。じいさんがこちらを向いた時、我々は知らん顔をしてコーヒーを飲んでいた。我々があいさつをすると、老人はテーブルの下で子供をつねった。

「おとなしく食べるんだ」とじいさんは言った。

それで少年は窓の外に目をやり、最初に山羊を見つけた。

「山羊が逃げた！」と彼は叫んで、またじいさんにつねられた。「ありもしないものを見てばかりいるような奴は黙ってろ」とじいさんは言った。

しかし他の客たちは窓の外に目をやった。じいさんも山羊を見た。

「私はちゃんと戸を閉めといたよ」とフラウ・エルトルは言った。「ミサの前に閉めたんだ」

年嵩の少年たちが何人か旅館の外で偉そうにうろうろしてお互いをこづきあったりしていた。山羊たちはひとかたまりになって教会のわきを恥かしそうに歩いていた。つねり屋のじいさんが我々の方を向いて、「フラウ・エルトルはやもめでな」と言った。「山羊囲いをきちんと閉めといてくれる亭主が要るというわけさ」。それから彼は口の中に入れていたものを喉につまらせて、ひいひいとけいれんした。

山羊たちは互いにこっくりと肯きあい、よろよろしながら教会の階段をかたかた音を立てて上ったり下りたりしていた。少年たちは山羊の群れをドアの前に追いつめていたが、階段の上に行ってよそいきの服を汚してまで山羊をつかまえようとする者は一人もいなかった。

二人で外に出て見物していると、べつの村の鐘の音が聞こえた。日曜の朝を打つ鐘の音は、気ぜわしく響きわたるこだまに音の尻尾の方を短くちょん切られていた。

「聖《ザンクト》レオンハルトの鐘よ」と一人の女が言った。「この村にはこの村の鐘があるんだけど、どうして日曜日に鳴らさないのかしらね？」。人々はそれについてくちぐちに意見を言った。

「我々の鐘つきは飯でも食ってるんだろうよ」

「つまり朝食を飲んでるってことだろう？」

「あの酔払いめが」

「子供たちはそういうのをちゃんと見ているからな」

「俺たちには俺たちの教会があり、俺たちの鐘がある。なのになんで他所《よそ》の鐘を聞かなくちゃならないんだ」

「信仰かぶれめ」とジギーは小声で言ったが、彼の関心は山羊たちの方にあった。群衆は山羊たちを脅して階段から追払おうとしていた。

「鐘つきを呼んできなよ」と女が言った。しかし鐘つきは既に事の成りゆきについての警告を受けていた。彼はビールを片手に旅館《ガストホフ》の階段に立ち、太陽に向けた鼻にしわを寄せていた。

「さてさて奥様がた」と彼は言った。「心やさしき奥様がた。このわたくしめはかの」

と言って彼はげっぷを呑みこみ、目をうるませた。「聖レオンハルトのライバルの鐘つきのわざは望むべくも」、そして彼は見事に鳴りひびくげっぷをした。「ございません」と彼は言って奥にひっこんだ。

「誰かが鐘のつき方を習うべきよ」とその女が言った。

「それくらいならたいした造作もなかろうよ」とつねり屋のじいさんが言った。

「あんたになんかできるもんかい」と女は言った。「できるもんならとっくの昔にやってるはずだよ。あんたみたいなお節介やきのことだものさ」

きつい顔をした娘が小粋に締まった尻でじいさんをこづいた。そしてじいさんの前に立ちはだかり、腕にはえたうぶ毛で相手の顎を撫で、片脚だけそのままの位置に残すようにして体だけをぐいとうしろに引いた。爪先が地面についていたので、スカートが腿の半分あたりまでまくれあがった。彼女の小さなふくらはぎはかかとのずっと上の方でぴちぴちとして、まるでこぶしのように締まっていた。

「あんたになんかできるもんかい」と娘は言うと、じいさんの前からひょいと跳び去り、通りの方に行ってしまった。

「おい、あの山羊たちどうしたっていうんだ」とジギーが言った。「どうして奴らは走って逃げないんだ？　あの餓鬼どものわきを走り抜けられるじゃないか？　走れ！」。彼は叫んだ。

じいさんがこちらを見た。彼は大儀そうに一段か二段階段を下りて、我々のとなりの段に坐った。

「何を言っとるんだね？」とじいさんは言った。

「山羊を呼んでるんですよ」ジギーは言った。「これでうまくいくこともありましてね」

しかしじいさんは険しい目つきでじっと睨みつけ、歯をかちりと鳴らした。「このインチキ野郎が」と言って彼はジギーの手をつかんだ。「わしは見とったんだぞ」と彼は小さな声で言った。ジギーはじいさんの手を振り払った。

「聖レオンハルトとその高名な鐘というのはいったいどこにあるんですか？」と僕はたずねた。

「山のむこう」とじいさんは言った。「たいした山じゃあないが、この町の連中にしてみりゃアルプスみたいなものらしいな。教会だってたいしたもんじゃない。だいたいがこのあたりに住んどる連中なんてロクなのは一人もおらんのじゃが——そのくせ口先だけは達者ときておる。あんな鐘を鳴らすのはたいしたこっちゃない」

「じゃ、あんたがつきゃいいでしょう」とジギーが言った。

「やれるともさ！」とじいさんは言った。

「やりゃあいいさ」とジギーは言った。「がんがん鐘を鳴らして、町じゅうの人間が耳をふさいで通りを転げまわるようにすればいいんだ」

「階段が上れんのじゃ」とじいさんは言った。「半分上るのがやっとこさでな」

「上まで運びあげてやろうか」とジギーが言った。

「お前さん誰だね、いったい」とじいさんが言った。それから僕に向ってささやくように話しかけた。「わしは見とったんだ。こいつがテーブルから塩入れを、フラウ・エルトルの塩入れを取って、あのけったいなポケットにつっこむのをな」

「おい、どうして奴らは走って逃げないんだよ、グラフ？」とジギーは言った。子供が一人山羊の脚をひっぱっていた。山羊はメエメエないて脚を蹴りあげていたが、それでも下の方にひきずりおろされつつあった。

「山羊のことを何もご存じないと見えるな」とじいさんが言った。「おまえが山羊を出したんじゃろうが、え？　おまえみたいな気違いのやらかしそうなことじゃ」

やがて一匹の山羊がひきずりおろされた。

「行こうぜ、グラフ」とジギーが言った。

「言いつけてやるからな」とじいさんは言って、それから頬を赤く染めた。「エルトルさんはわしのことを何も知らん年寄の阿呆だと思っておるんだ」

「言いつけたりしたら、余計に阿呆だと思われるよな、なあグラフ？」

「言いつける前に早く消えちまうこったな」とじいさんは言った。

「やれやれ、老いぼれの阿呆はいろんなことを思いつくもんだぜ、グラフ」とジギーは言った。

我々が出発した時には二匹めの山羊がひきずりおろされているところだった。最初の山羊はもうちゃんと立ちあがっていたが、太った女の子に首をはがいじめにされ、顎鬚をむしりとられていた。

山羊はピンク色の口をあけてメエメエとないているようだったが、オートバイのエンジンの音で我々を呼ぶその鳴き声は聞こえなかった。

ノートブックにはこうある。

山羊は暴走しない。しかし山羊は野生動物ではないのだ。奮い立て、野生の獣たち！

いたるところに妖精あり

聖レオンハルトに着いたとき、鐘つきはまだ鐘をついていた。教会そのものがぴくぴくと震えていた。

「なんてうるさいんだ！」とジギーは言った。「ずどん、ずどん、ずどん！」と彼は鐘楼に向ってどなった。

甘草キャンディーを持ったやせた小さな女の子がどなっているジギーの方を見た。女の子は鐘の舌の部分が鐘から外れてこちらに落ちてくるんじゃないかといった顔つきで教会を見あげた。

「ずどん！」とジギーは女の子に向って言った。それから二人で旅館《ガストホフ》に行った。

ミサはもうずっと前に終っていたので、旅館はほとんどががらがらだった。小粋ななりをしたはしこそうな男が窓のところに立って我々のオートバイを見ていた。彼がビールグラスを持ちあげると、それは今にも肩ごしにビールグラスを放り投げようとしているみたいに見えた。男は片足で立って、もう一方の足をその立っている方の足の上にのせていたが、突然バランスを失うと片足でひょいと跳び、それからステップを二度踏んでもとに戻した。

　くたびれたバーテンダー――いわゆるヴィルト――がカウンターの上に新聞を広げて読んでいた。我々は冷たいビールを二本とパンと二シリングのバターの小塊《パット》を買った。

「ひとつ袋にいっしょに入れちゃうんですか?」とくたびれたヴィルト氏がたずねた。

「そう」と僕は言った。

「袋ふたつになっちゃうね」と彼は言った。「というのはそんなに大きな袋がないから」

　すると窓際にいたせわしない男がだしぬけにぐるりとこちらを向いた。あまりだしぬけだったので僕らは跳びあがるくらいびっくりした。

「ビールを尻《ケツ》につっこんでよお」と男はどなった。「べつの袋にパンを入れるのよ」

「な、なんだ、この糞たれ!」とジギーは言った。

「なんと?」と男はわめいた。そして我々に向ってひょいと跳んでステップを二度踏んだ。「なんと、糞たれだと?」。まるで喉に何かつかえたみたいな金切り声だった。

「奴には気をつけたがいいよ」とヴィルトが言った。

「そんなかんじ」とジギーは言った。

「奴は訴訟するつもりですからね」とヴィルトは言った。

「俺たちを訴えるの？」と僕が訊いた。

「それが奴の商売でしてね」とヴィルトは言った。

訴訟魔の男が言った。「てめえら二人の尻《ケツ》をひとつ袋につめこんでよお」

「おい、いい加減にしろ」とジギーが言った。

しかしヴィルトが彼の腕をつかんだ。「気をつけて。奴はあんたに手を出させて、それで訴えるつもりなんだ。顎が痛くてうまく息ができないだとか、ものを食べると頭痛がするだとか言ってね。ここにはあまり他所《よそ》ものは来ないんだけど、来るといちいちしつこく追いまわすんでさ」

「めちゃめちゃにのしてやろうかい」と訴訟魔が大声でわめきたてた。彼は我々に向ってまた二度ステップを踏んだ。手に持ったグラスの中のビールがはねた。

「奴は手を出しゃしませんよ」とヴィルトは言った。「訴えるだけでさ」

「おどろいたね」と僕は言った。

「まったくおどろき桃の木で」と今にも眠りこんでしまいそうな顔で、くたびれヴィルトは言った。「おまけにあんなことやっても痛いめにもあわないんだから」

「信じがたいよ」とジギーが言った。

我々三人はつっ立って男を見ていた。男は片足をもう一方の足の上にのせて、まるで小さな子供がおしっこを我慢するみたいにもじもじと体をゆすっていたが、男の顔には稚気らしきものはかけらもなかった。男はズボンの入口をあけて、そこにビールを流しこんだ。

「おまけにいささか変態でして」とヴィルトは言った。

それから男はステップを二度踏んだ。しかし男の小粋ななりは一瞬にしてかたなしになってしまった。ズボンの入口がぱくぱくと開いたり閉まったりして、ビールの泡が裾からたれた。彼はジギーに向ってウィンクした。

「ほーやれほう」と彼は言った。「ほーやれほう」

「訴えられるよ！」とヴィルトは叫んだ。しかし彼はジギーの腕をつかみそこねた。なぜならジギーは既にカウンターの上からヘルメットを取っていたからだ。彼は顎のかけ紐を持ち、腕をいっぱいにのばして二度振りまわし、それからびっくりしているせわしない男の股ぐら向けてそれを下から振りあげ、片足立ちをどすんとひっくりかえした。男は身を深く折りまげてひいひいうなっていた。

「さあて」とヴィルトが言った。「これでもう訴訟さね」

「あんたはきわめつきの頓馬だ」とジギーは言った。「奴に俺たちは行っちまったって、別の道を教えときゃいいのさ」

「あ、うん」とヴィルトは力なく言った。「そうするとしよう」

我々は急いでそこを出た。結局、食料品を袋に入れてはもらえなかったわけだ。そして我々は信じがたいくらいにのろまのヴィルトと彼の旅館《ガストホフ》と火で焼かれた鼠みたいにぎゃあぎゃあとわめいている男をあとに残していった。

オートバイにまたがると、僕はいろんな品物をジギーの背中ポケットにつっこんだ。

「大変だよな、ジギー君」と僕は言った。「山羊を逃がしたり、変態をやっつけたり」

「なんとでも言うさ」とジギーは言った。

「まったく、名コンビさ」と僕は言った。僕はべつになんという意味もなしに言ったのだが、彼はシートに坐ったままぐるりとこちらを向いて、僕をじっと見つめた。

その時の彼の声は金属的な鋭さを持っていて、オートバイまでもがぎょっとしたみたいだった。「そう思うかい、グラフ？　ここにフライパン用のバターがあり、鱒をはさむパンがある。僕がズボンの中にたらすビールもある。それで僕はたぶん鱒の骨を喉につめて、君は一人で残りの時間をむなしくつぶすのさ！」

「やれやれ」と僕は言った。「参ったね」

ちょうど彼がバイクのギアを入れた時、あのやせた小さな女の子がどこからともなく現われ、甘草キャンディーの先でジギーの手に触れた。彼女はまるで甘草キャンディーが妖精の杖ででもあるかのようにそっと、仔細ありげにそれをくっつけた。ノートブックはその様を詩の形で記している。

ささてさて君の望むものは
とても個人的なこと
とてもとっても
とってもとても個人的
さてさてそれを手に入れる方法は
なにしろすごく体制的
とてもとっても
とっても醜い体制的
だから神様、仏様、グラフ君
大きな熊なら大熊座
僕たち二人を助けてね

これは彼の詩の中では最低の出来のひとつであるに違いない。

二番目のちょっといい突発事故《アクト・オブ・ゴッド》

聖レオンハルトからの道は急な下り坂になった。ヴァイトホーフェンの山あいからイブズ河が姿をあらわすあたりに向けて、道路の脇壁《バンク》は高くなり、砂利のジグザグ道がつづいた。脇壁《バンク》の砂利はやわらかく崩れやすかったので、我々は道路のまんなかを行くように心がけた。後輪はずるずると滑りっぱなしだったので、二人はずっと座席から腰を浮かせて、フットペダルに体重をのせて前かがみになっていた。

聖レオンハルトから下って一マイル足らずのところに最初の果樹園があった。それはりんご園で、道路の両側に果樹の列がずらりと並んでいた。若い樹は風に向って元気よく体を震わせ、くねくねと曲った古樹はずんぐりとして身じろぎひとつしなかった。樹々の列のあいだにはえた草は刈りとられてまとめられ、陽にさらされてむっとする甘い匂いを放っていた。りんごの蕾は今や花開かんとしていた。

我々はフットペダルの上に体をのせて、その下でバイクはまるで馬みたいに景気よくはねまわっていた。それはまったくのところたいした道で、へこんだりくねったり、かと思うと突然一方の側に樹々がぱっと現われ、またその次にはべつの側に現われた。耳ざわりな音をたててバッタが溝からとびだしてきたり、くろどり《ブラック・バード》が舞い下りてきて危くぶつかりそうになったりもした。

それから女の子のおさげが見えた。彼女が我々の物音に気づいてくるりとこちらを向き、道のわきにとびのくと、それは我々にむけられた鞭のようにしなやかに振れた。ふさふさとした腰まであるとび色のおさげで、その先端はぴっと上にあがって左右に揺れるお尻のあたりでちらちらとしていたが、そのスカートのふくらみはお尻ではなくて風のせいだった。ブレーキをかけるには砂利がばらばらとしすぎていたので、我々は彼女の日焼けした長い足と、スカートがまくれないようにひざのあたりでぱたぱたと押さえている長い指をちらりと目にとめるにとどまった。それから僕はうしろを振りかえったが、彼女はおさげ髪を横に振るようにして顔をぐるっとそむけた。風がそれを持ちあげて、蛇の踊り《スネーク・ダンス》みたいに見せた。手をのばせばそれに触れることができそうだったが、風が止んでおさげは肩に落ち、彼女はそれをさっと頬にひきよせた。それが僕の見ることのできた彼女についてのすべてだった。それからもうひとつ、彼女は片方の腕にランドリー・バッグをぶらさげていた。彼女は茶色の革ジャケットのしわをぎゅっとひっぱってなおしたが、そのひっぱりかたたるや、おさげ髪を扱うのと同じくらいの乱暴さだった。それからやがて我々はつづら折りの道を折れて、彼女の姿は見えなくなった。

「あの娘の顔を見たかい?」と僕は聞いた。

「君も見なかったのか?」

「振り向いて見たんだけど、あっちが顔をかくしたのさ」

「うーむ」とジギーは言った。「彼女は悪いことをしたと思ってるはずだよ。幸先悪いな、グラフ君」

でも僕は彼女の姿を道路ぞいにそのあともずっと求めていた。とび色のふさふさしたおさげ髪の女の子がりんごの蕾やバッタと同じようにこの辺りにいくらでもいるかのように。

大きな熊は大熊座、世界はまっこと奇妙なり

りんごの木の下には、たきぎ拾いの人たちが拾い残した倒れ木や払い枝がちらばっていた。下の方にのびた大ぶりの枝は花や蕾をつけ、蜜蜂の箱はりんごの木箱の上にのっかっていた。蜜蜂の住居は白く塗られ、トラクターや荷馬車がぶつかって散乱し

たりしないようにずっと上の方にかかっていた。果樹園の盛況ぶりは、もとはといえばすべてこの蜂たちのおかげだった。蜂たちはりんごの蕾を押し開き、花から花へと舞った。花の友人にして豊作の味方、花粉伝播蜂よ！

「まさに豊作であるな」とジギーは言った。

木の下の枯木は簡単に小さくポキポキと折れて、それは絶好の即席火床になった。我々は水をまいて炎を消し、火で焼いた石の上にフライパンをのせ、そこにバターを放りこんだ。ジギーはパンの皮でパン粉を作り、その中で湿った鱒を転がしてころもをつけた。

ちょろちょろと流れる鱒の水路は道路を横切り、果樹園を横断し、山の斜面を下っていった。その行く先は我々が昼めしのあとで向おうとしているヴァイトホーフェンのあたりだった。

流れはあまりにもこぢんまりとしていたので、我々は危くそれを見おとすところだった。橋はほんとうにペラペラな作りで、小割り板を踏み落としたとしても不思議はなかった。しかしここの鱒は人見知りしない性格で、どんどん餌に食いついてきてくれた。そして今、彼らはフライパンの中ではねて、そのじゅうじゅうという調べを果樹園を飛ぶ蜂の羽音にあわせてかなでているわけだ。

一匹の蜂が流れの上に咲いた花の上を漂っていたが、気流が急に下って彼は水面に落ちてしまった。蜂は羽を濡らして、りんごの花弁につかまってぱたぱたと水をかいたが、彼としては水上を漂っているよりは空中を漂っていた方が幸せだった。というのは巨大な鱒が上手からすっと現われて、蜂と花をぱくりと呑みこんでしまったからだ。鱒が水中に姿を消したあとには波紋が残っただけだった。

「惜しいやつを逃がしたな」と僕は言った。

「あんなのにかかわりあったら釣竿ごと食われちまうぜ」とジギーは言った。

二人とも鱒に劣らずかなりがつがつと食べちらかした。はじめはジャックナイフで身をほじくり、冷めたあとは手づかみになった。もちろん流れにはビールが冷えていて、昼食後のパイプの一服に添えられることになっていた。

それから太陽の下にあおむけに寝転んだ。蜂の羽音があたりに充ちていた。果樹園のかげになって道路はほとんど見えなかったが、橋の手すりだけは樹々のてっぺんの連なりや緑ににじんだ花や蕾のブーケの下にくっきりとアンダーラインを引いていた。この世界は好意によって完結している、と僕は思った。蜂は養蜂家のために蜜を作り、果樹園経営者のためにりんごを殖やす。そのことで誰も傷つきはしない。もしファーバー氏が養蜂家で、ギッペルが果樹園経営者だとしたら、彼らもやはりまっとうになれるのではないだろうか？

そこで僕は言った。「なあジギー、こういう生活って永遠に飽きないね」

「いつか雨も降る」と彼は言った。「いつか雪も降る」

ノートブックは、ありとあらゆるものを詩に変えてしまう。

運命はじっと待っている
人が走ろうが
人が止まろうが
運命にとっては、同じこと

そのとき僕は橋の手すりの上を彼女の頭が優美に移動していくのをみつけた。僕は彼女が僕たちの目を覚まさないように、しのび足で歩いているんじゃないかと思った。赤いおさげ髪は肩にひっぱりあげられて、革ジャケットのカラーの中に押しこまれていた。彼女はたっぷりとした髪の結び目をまるでスカーフみたいな格好で喉にあてて、面長の顔をその上に伏せるようにしていた。手すりのおかげで彼女の姿は胴から上しか見えなかった。胸像よりは少し量が多いくらいの彼女の上半身が、我々の脇を音も立てずに通りすぎていったわけだ。

　僕は薄目をあけてそっと囁いた。「おいあれを見ろよ、ジギー、そっとな。目を開けちゃだめだよ。ほら橋の上」

「この馬鹿たれ！」とジギーは言ってはね起きた。「目を閉じたままどこ見りゃいいんだ？　どういう具合にして見るんだ？」

　娘は小さな叫び声をあげて、ぴょんと跳びあがるみたいにして僕の視界から消えた。僕は身を起こしてやっと彼女が飛ぶように橋を渡って道を横切るのを見ることができた。彼女はランドリー・バッグで脚を守っていた。

「あの娘だよ、ジギー」と僕は言った。

「いかしてるね」と彼は言った。

　しかし娘はそのまま向うに歩いていった。

「ねえ！　一緒にバイクに乗ってかない？」と僕は言った。

「一緒に乗る？」とジギーが言った。「一台に三人？」

「どこに行くんだい？」と僕はどなった。その頃には立ちあがらないことにはもう彼女の姿が見えないようになっていた。

「ありゃ家出娘さ、グラフ。かかわりあわない方がいいよ」

「そんなんじゃないわよ」と娘はふり返りもせずに言ったが、それでも足を止めた。

「ちゃんと耳が聞こえるぜ、グラフ君。しかしいずれにせよ、何かから逃げてることはたしかさ」とジギーが耳うちした。

娘はちらっと我々の方を向いたが、脚はあい変らずランドリー・バッグのうしろにしっかり隠されていた。

「どこに行くの？」と僕はたずねた。

「ヴァイトホーフェンに新しい仕事口があるの」と彼女は言った。「そこに行くのよ」

「これまでは何してたの？」とジギーが言った。

「叔母さんの世話してたの」と彼女は言った。「聖レオンハルトでね。ヴァイトホーフェンにもう一人叔母さんがいて、旅館《ガストホフ》を経営してるの。私はお給料と個室がもらえるのよ」

「もう一人の叔母さんは亡くなったの？」とジギーが訊いた。

「僕たちもちょうどヴァイトホーフェンに行くところなんだ」と僕は言った。

「僕たちはちょうど昼寝してるところだったんだぜ、グラフ君」とジギー。

でも娘は少しこちらに戻ってきた。彼女はランドリー・バッグで体を隠して顔を伏せたままやってきた。眼はまつげと髪の毛のかげに隠されていた。彼女の顔色はおさげ髪の色がしみついたみたいにほんのりと赤くなっていた。彼女はオートバイを眺めた。

「私までは乗れないわ」と彼女は言った。「どこに乗るのかしら?」

「我々二人のあいだ」と僕が教えた。

「誰が運転するの?」と彼女。

「俺」とジギー。「グラフ君はそっと君を抱きかかえていてくれるのさ」

「ヘルメットを貸してあげよう」と僕。

「ほんと?」と彼女。「いいの?」

「おさげ髪は外に出しといた方がいいな」とジギーが言った。「そうだよな、グラフ君」

しかし僕は彼を追いたてて釣り道具を取りにやらせた。それから流れでフライパンをさました。娘はランドリー・バッグのしめ紐をおなかに巻きつけて、バッグが体の前にくるように調整した。

「これを膝にのせといていいかしら?」と、彼女が訊ねた。

「いいとも、いいとも」と僕は言った。ジギーはフライパンの柄で僕の腹をぐりぐりとえぐった。

「彼女はガリガリの小娘だぜ、グラフ。乗り心地が悪そうだぜ」

「黙れジギー」と僕は囁いた。「後生だから黙ってくれ」

「運命は待ちうける」と彼は小さくつぶやいた。「大きな熊よ、大熊座、我らを待ち受けるものよ！」

我々三人を待ち受けていたもの

「こんなことするのはじめて」と彼女は言った。

彼女がジギーのうしろに乗り、そのうしろから僕がどうにか乗りこんだ。それでリュックサックをフェンダーの上までずらせて、やっとお尻の一部をシートの上にのせることができた。

「押えてくれなくてもいいわよ」と彼女は言った。「どうせ身動きのしようもないんだもの」

それからジギーはぐいと溝をのりこえて果樹園の外に出た。彼は前輪を上に持ち上げ、まるで大地に口づけでもするみたいにそっと下におろした。後輪はやわらかい土のためにどろどろになっていた。

「つかまって」と娘が言った。彼女は僕の方に一瞬ぐっと身をそらせたので、彼女のおさげ髪が僕のひざにかかった。僕は膝のあいだに彼女を入れて、はさみこむようにシートに固定した。「そうそう」と彼女は言った。「それくらいでいいわ」。それから我々は坂を下ってスイッチバックへとさしかかった。道はひどくくたびれた革色をしていて、それはまるでかみそりを研ぐ砥皮みたいに見えた。樹々は空に対して斜めにかしいでいるようだったが、我々ときた日にはかしぐなんていう程度のものではすまなかった。スイッチバックの曲り鼻をぐっと体を傾けてのりきると、それが終るか終らないかのうちにさっそく次のカーブがやってきた。

「もっとぐっとつかまって」と娘が言った。しかし僕の足の置き場がなかった。娘が僕のぶんのフットペダルにサンダルのかかとをかけていたので、僕は排気パイプでやけどしないようにずっと足を上にあげっぱなしだったのだ。それで僕は両手で彼女のヒップを持ち、背骨のところで親指をあわせた。「そうそう」と彼女は言った。「そういうかんじ」。

彼女のおさげ髪の先っぽの房が風に吹きあげられて、僕の顎を打った。でも彼女の髪は葡萄酒色のゴブレットのような格好で、僕の胸にずっしりとかかっていた。それはヘルメットの下からぷっくりと広がり、おさげの最初の結び目のところでキュッとしまっている。僕はちょっと前かがみになって、彼女のおさげ髪を胸におしつけた。彼女も前かがみになって、ジギーの背中にぴったりとくっついていた。

　女の子のかかとからふくらはぎにかけての腱って、なんて可愛いらしくてぴちぴちしてるんだろう、と僕は思った。

　彼女はランドリー・バッグでスカートを膝に押さえ、両肘で腿のところをはさんで、風でスカートがまくれあがらないようにしていた。そしてジギーのダック・ジャケットの高名な背中ポケットの中に両手をつっこんでいたが、それはまるで風から手を守る手袋といった風情だった。

　彼女の髪は刈り草よりもずっと甘い香りがした。そして蜜蜂の巣箱の小さな網戸からしたたり落ちている蜜よりも豊潤だった。

　我々はずるずると滑りながら急カーブを切り、どろどろの砂利をバンクの方にはねとばした。

「参ったなあ」とジギーは言った。「重いぶんだけ流れちまうんだよ」

「ねえ、ヘルメットの前うしろが逆だよ」と僕は彼女の耳のそばで言った。柔らかい耳が僕の鼻に触れてくすぐったかった。

「いいからちゃんとつかまってて」と彼女は言った。

よく見ると彼女の目がほとんどすっぽりとヘルメットに隠れていて、頭のうしろがずっと上の方まで見えていた。彼女は顎紐を口にくわえていて、それで彼女のしゃべることばの語尾がちょんぎれることになった。

「イブズ河よ、ほら」と彼女は言った。長く垂れさがった果樹の枝のあいだから河の姿がちらりと見えた。河幅は広く、堤にはえたもみの木が川面に落とす影は油のように黒々としていた。

次のカーブで再び河が見えたが、今度のそれは轟々たる滝に変っていた。さび色の屋根をつらねた泥岩造りの町が、ちょうど黒い河の水が白く変るあたりから始まっていた。水は骨のようにまっ白でぶくぶくとあぶくの立つ煮汁みたいだった。州の旗の翻るいくつもの塔やのぞき穴や銃眼のついた河辺の城が見え、アーチ型になった石造りの橋が見え、町をぬって流れる河の支流に沿ってくねくねとつづく小さな木の歩道が見えた。都市《まち》の花市場みたいにかすれて安っぽい色をした庭園が広がった地域も見えた。

しかしジギーはそんな風景に長々と見とれすぎていた。彼は急カーブのバンクに高々とのりあげて、道路の中央の土盛りの部分が我々の顔すれすれに迫ってきた。ジギーはバンクのぶよぶよとしたへりの上で泥砂利と闘っていた。

「くそっ！」と彼は言った。「くそ、くそ、くそお！」

僕のお尻の片方がよろめいてフェンダーの上に落ちた。僕の体はぐらりと傾いたが、あわれにも僕には足の踏み場がなかった。

僕の結びあわせた両手の親指が女の子の背骨の上で離れた。それで僕は両手をランドリー・バッグの下の彼女の膝につっこんだ。

「よしてよ！」と彼女は言った。そしてびっくりしたガチョウが羽を広げるみたいなかんじで、僕の腋の下に彼女の肘鉄がとんできた。彼女のスカートは腿のところまでまくれあがっていて、それで僕は残りの方のお尻がフェンダーの上にずり落ちる前に、彼女のがっしりとした丸味のある脚をやっと一目おがむことができた。僕はシートとリュックサックのあいだにはまりこんで、可哀そうな両足を宙に浮かせて、ずるずるとなすすべもないまま下に滑り落ちていった。僕の重みでフェンダーが押され、僕は車輪にすれて熱くなった。僕はなおも滑り落ちていった。左脚がまず最初にふくらはぎのところでパイプに触れた。僕としては脚でバイクをはさみこんでしっかりとしがみついているしか方法はなかった。

そのようにして鉄板がベーコンを迎えるのと同じ要領で、排気パイプが僕の脚を迎え入れた。

「彼の肉が焼けてるわ」と女の子が言った。

「グラフが？」とジギーが言った。「ブレーキが焼けてんのかと思ったぜ」

しかし下り坂の泥砂利のせいで、すぐにバイクを停めることはできなかった。それにとにかくバンクを抜けださねばならなかった。ジギーは果樹園の溝の中でやっと態勢をたてなおした。そして彼は僕をリュックサックの上にひきずりあげてくれたが、脚がパイプにべったりはりついていたから、僕としてはそれをひっぱがしてほしかったのだ。

「あう！」と僕は言った。「あー、あう、あい！」

「口を閉じてな、グラフ君」とジギーが言った。「そういうのは威厳を損うことになるからね」

それで僕は喉もとでむずむずしているあえぎを外に出すまいとしてぐっと呑みこみ、それは僕の哀れなふくらはぎに向けて沈みこんでいった。僕の泥まみれのふくらはぎは火傷したというよりは溶けてしまったように見えた。

「さわっちゃだめ！」と女の子が言った。「まあ、見てよ、これ！」

でも僕は彼女を見た。彼女のヘルメットは斜めに曲っていた。思いきりひっぱたいて、おさげ髪をつかんでどこかに吊してやりたいような気分だった。

「ごめんなさいね。あなたがつかんだ時、落っこちかけてるって知らなかったの」

「この男臭くない？」とジギーが言った。

「うるさい！」と僕は言った。

「風呂に入れる必要があるな」と彼は言った。

「叔母さんの家が見えたわ」と娘が言った。「あそこなら旅館だもの、お風呂だらけよ」

「よかったな、グラフ君。お風呂だらけだって」

「うしろにこの人をのせて。道順を教えるわ」

おおなんと厳しく僕のやけどを風が刺したことか！　それはまさに氷だった。僕はしっかりと女の子に抱きついていた。彼女は片腕をうしろにまわして、僕の体を抱いてくれた。しかしあのおぞましいあえぎが僕の体内からふつふつと湧きあがってきた。もうこれ以上は我慢できそうにない。それで僕は口を閉じ、彼女の首にしっかりと押しつけた。あえぎを抑えるためと、彼女の首にキスをする喜びのために。

「ねえ、なんて名前？」と彼女が顎紐を噛みながら言った。僕の唇のくっついたところで彼女の首筋が赤くはれていた。

「口をきかせちゃ駄目だ！」とジギーが言った。「その男はグラフっていうんだ」

「あたしはガレン」と女の子が小声で囁いた。「ガレンって名前」

聖レオンハルトのガレン《ガレン・フォン・ザンクト・レオンハルト》？　と僕は自分自身と彼女の首筋にむけてそう呟いてみた。怪我人ぶくみの三人乗りで、我々は獣にまたがり、短いエンジンのこだまを狭いアーチの下にひびかせ、高い壁のついた橋の上を轟々とつっきり、町を駆け抜けた。

「ほら、滝についたぜ、グラフ」とジギーが言った。「イブズの滝さ」

しかし僕はキスをする新しい場所を求めて彼女の首筋を移動していた。我々は日なたから影の中へとすべりこんだわけだが、僕の焼けるような脚をちくちくと刺すふいごのような風もそれにつれて冷たくなった。オーケストラまるごとひとつぶんくらいのあえぎが僕の口から外にとびだしたがっていた。

「可哀そうに、痛いでしょう？」と彼女は言った。「面倒みてあげるわね」

しかし僕はどれだけしっかり彼女に抱きついても痛みをやわらげることはできなかった。僕はゴブレット型をした彼女の髪が僕の目を撫でるにまかせた。

「さあここよ。ここ」と彼女は言った。

玉石がぼんやりと目ににじんだ。まるで何マイルも上空を飛んでいて、もっともっと上にのぼっていくようなかんじだった。僕の下には何匹か熊が走りまわっていて、熊たちはどこかの悪神が僕のふくらはぎの上に残していった火のついた石炭をふうふうと吹いていた。

「こりゃ城じゃないか！」とジギーが言った。「旅館《ガストホフ》が城だなんて！」

でも僕としてはべつに驚くほどのこともなかった。だって聖レオンハルトのガレン《ガレン・フォン・ザンクト・レオンハルト》が僕の面倒を見てくれるっていうんだもの、城が出てくるくらいべつに不思議はない。

「ええ」とガレンは言った。「その昔はお城だったのよ」

「まだ十分に城だよ」とジギーは言った。彼の声は何マイルも向うから聞こえてくるので、どすんどすんと踏みならす熊たちの足音にかき消された。そして四十台のオートバイぶんくらい向うで彼が言った。「城というのはいつまでたっても城なんだよ」

僕が最後に見たものは道いっぱいにしきつめられた小さなブーメランのようなレンギョウの花弁だった。我々のうしろではそれがオートバイの排気ガスの突風にあおられて、紙吹雪のように舞っていた。

僕は目を閉じて、僕のガレンの素敵な髪の中でぼうっと気を失っていった。

手あてする

「はてさて」とジギーがしゃべっていた。「グラフ君がこのように気を失っていたのは不幸中の幸いだったね。そうでなければズボンを脱がせるときにはひと悶着あっただろうからね」

「そっとやったんでしょうね?」とガレンが言った。

「もちろんさ、きみ《ガール》」と彼はしゃべっていた。「僕はこの男をズボンをはいたまま風呂につけ、水面下ですべて事をすませたんだ」と彼はしゃべっていた。「それから風呂の湯を抜いて、寝かしつけたのさ」

でも僕はまだ水面下にいるような感じで何も見えなかった。僕のまわりにはがっしりとした高い壁がそびえていて、僕の両脚はねばねばとしたものを塗りたくられていた。

「助けてくれえ!」と僕は小さな声で言ったが、僕をとり囲むまっ暗闇には一条の光さえ射さなかった。

ジギーがしゃべっていた。「次に僕は君の叔母さんがくれた塗り薬をタオルにべったりとつけて、彼をイエス様みたいにくるんじゃったんだ」

「でもいったいあの人どこにいるの」とガレンが言った。

「ああ僕はいったいどこにいるのだ?」と僕は吼えた。

「風呂桶《バスタブ》の中さ!」とジギーが彼女に言った。そしてまぶしい光がドアの形にさっと射しこんできた。僕は自分の体に目をやった。タオルがすねから腹にかけてずっと巻きつけられていた。

「ぐっすりと寝てるさ」とジギーが言った。

「そんなにベタベタとくるむ必要なかったんじゃないかしら」とガレンが言った。

「えーとね、つまり君が様子を見たがるだろうと思ったし、服を着せるよりはタオルを巻いとく方がてっとり早かったから」とジギーは言った。

二人の顔がバスタブの上に現われた。しかし仰天したことには、二人の顎はやっとバスタブの縁にかかるくらいなのだ。まるで二人でひざまずいているような具合だった。

「ちゃんと立てよ!」と僕はどなった。「なんでそんなとこでしゃがんでるんだ」

「あらまあ」とガレンが言った。

「イカれちゃってるね」とジギーが言った。

これは巨大なバスタブなんだ、と僕は思った。でも「出してくれよ! ひっぱりあげてさ」と僕は言った。

「やれやれ、グラフ君」とジギーは言った。それからガレンに向けて、「頭がやられてるな。もう少し眠らせなくちゃ」と言った。

そして彼らの影法師が天井と壁のつぎめのところでちょうつがいのようにふたつに折れて曲った。二人は部屋の対角線上をとおって戸口へと向い、その二つの影は大きく膨らんでギザギザに乱れた。

「神様！」と僕は叫んだ。

「神をたたえよ！」とジギーは言った。そして僕をもとの暗闇の中に残して、二人は行ってしまった。

しかしそれはもうまるっきりおぞましい暗闇というわけでもなかった。僕は冷たくてつるつるとしたバスタブの感触を舌の先に感じることもできたし、両手をバスタブの縁にかけて、目をしっかりと閉じさえすれば、行きたいと思うところどこにでも行けた。

再び戸口の形をした光が僕の上にさっとふり注いだとき、僕はちょうど橇《そり》にのってはげしい小型の吹雪舞うバスルームをめぐっているところだった。折れまがった影法師が壁から天井へと移ってまっすぐになり、小さく縮んで、素速く反対側の壁に降りたち、そこですかさず戸口の光が消滅した。

「わかってるぞ」と僕は部屋の中にひそんでいる何ものかに向って言った。「お前がここにいることはちゃんとわかってんだぞ、この、畜生め！」

「おちつきなさい、グラフ」とガレンが言った。

「わかった」と僕は言った。彼女がこちらに近づいてくる足音が聞こえた。音のかんじからすると、彼女はまるでバスタブの下にいるみたいだった。そして彼女のブラウスの絹のようにやわらかな布地が、バスタブの縁にかけた僕の手を撫でていくのが感じられた。

「やあガレン」と僕は言った。

「具合はいかが？」

「君の姿が見えないよ」と僕は言った。

「それでいいのよ」とガレンは言った。「私はあなたの包帯をとりかえてきちんとするために来たんだもの」

「でもそんなのジギーにできるよ」

「あの人はぐるぐる余分に巻きすぎちゃったのよ」

「気持良いよ」と僕は言った。

「そんなことないはずよ。このタオルを取っ払ってちゃんとした包帯を巻いてあげるから」

「ここで君が働いてくれてて助かったよ」と僕は言った。彼女のおさげ髪の先っぽが僕の胸を撫でた。

「黙って」と彼女は言った。

「ねえガレン、どうして君は僕よりそんな下の方にいるの？」

「私はあなたの上にいるじゃない、馬鹿ねえ」と彼女は言った。

「そうするとこれはずいぶん深いバスタブってことになるね」

「台の上に乗ってるからそう見えるのよ」と彼女は言った。

彼女の手が僕の胸をさぐりあて、体に沿ってお尻の方まで下りてくるのが感じられた。

「背中をぐっとそらせてね、グラフ」

タオルが一枚はがされたが、とても静かなはがしかただったので、彼女の手は僕の体に触れなかった。

「もう一回」と彼女が言って、僕はもう一回体をそらせた。膝のところまで裸になった体がバスタブに触れてひやりとした。彼女がかがみこんで把手がわりに僕の両足の親指をつかんだとき、彼女のおさげが僕の膝の上に落ちた。

「君の髪の毛がくすぐったい」と僕は言った。

「どこよ？」

「くすぐったい」と僕は言って、おさげ髪を両手でつかんだ。そしてそれを振りまわしたが、彼女が奪いかえした。

「よしなさい、グラフ」

「君の首のうしろが見たいな」と僕は言った。

彼女は僕のかかとから上にかけてタオルをはがしにかかったが、ふくらはぎの熱くてべとべとする箇所にさしかかると、はがしかたのスピードはぐっと遅くなった。その部分のタオルがいちばん固くなっていた。

「おさげをどこに隠したんだよ？」と僕は言った。

「いいのよ」と彼女は言った。タオルはもう全部はがされていた。

「ねえガレン、君は暗闇でものが見えるの？」

「まさか！」

「もし見えたとしたら」と僕は言った。「当然僕の……」

「そうね、見えちゃうわね」

「……僕のピンク色のもぞもぞ毛のはえた赤ん坊猿みたいなの」

「わかったからもうお黙りなさい」と彼女は言った。

しかし僕は手をのばして彼女の顔をさぐり、その顎の下に手をすべらせ、手の甲を喉の下まではわせ、ブラウスの中にたくしこまれたおさげ髪の最初の結び目にさわることができた。

「首のうしろ側見せてよ」と僕は言った。

彼女は新しい包帯を巻きはじめていた。ガーゼが軽くしっかりと巻きつけられていった。彼女は両脚のふくらはぎの部分に包帯を巻いただけで、両脚をひとつに縛りつけたりはしなかった。そういうことをするのはジギーくらいのもんだ。

「体を隠す新しいタオルを持ってきたわよ」と彼女は言った。

「すごく大きなやつ？」

「背中そらせて」と彼女は言った。そして彼女は僕の体にそれをさっと素速く巻きつけたので、体はそのあおりの突風をくらってしまったくらいだった。

「明りをつけてよ」と僕は言った。

「私はここに来ちゃいけないことになってるの、グラフ。叔母さんは私がベッドの用意をしてまわってると思ってるのよ」

「ちょっとだけ君の首が見たいんだよ、ガレン」と僕は言った。

「私のことつかまえたりしないわね？」

「しない」

「タオルを取ったりもしないわね？」

「するわけないだろう」

「男の人が前にそうしたことあるって——ホールでよ、叔母さんがそう言ってたわ。叔母さんの目の前でタオル取っちゃったの」。彼女は戸口の明るい光を我々の上に注ぎ、僕の上にかがみこんだ。僕は彼女の顔を僕の肩につけて、たっぷりとしたそのおさげ髪を持ちあげた。そして耳を前に倒して、そこに目をやった。

えーと、あったあった。彼女の首筋のうぶ毛のはえているあたりに僕が残したやわらかな吸いあとが見えた。

「君だって無傷じゃないんだぜ」と僕は言って、その部分にさっとキスをした。

「つかまえたりしないってさっき言ったわよね？」と彼女は言った。それで僕はバスタブの床に両手をつけて、耳にあと二回素速くキスをした。彼女は僕の胸に手を触れた。手のひらを広げてさわるのではなく、指先で触れただけだった。彼女は僕の肩にずっと顔をつけていた。彼女はものすごくそっと僕に触れていた。彼女の重みはほとんど感じられなかった。彼女はなんだか気を失った細長い魚みたいに見えた。冷たくひくひくと震え、しかし空気のように軽く、手の中に横たわっている。

「もう行くわ」

「どうしてバスタブの中にいなくちゃならないのかな?」と僕は言った。

「いなくちゃならないってことないと思うけど」

「ジギーはどこだい?」と僕は言った。

「あなたのためにお花をつみにいったわ」

「僕のために花をつみにいった?」

「そうよ」とガレンは言った。「水を入れた鉢を持って、それをレンギョウの花びらでいっぱいにするんですって」

それから木のきしむ音が壁を震わせ、バスタブの下を這った。僕のガレンは彼女の影と同じように音もなく、ひらりと身を翻して部屋を横切った。長方形に光る戸口の両端がひとりでにすっとひき寄せられ、僕の光はまるで海綿の上に落ちた水滴の如く消滅した。

バスタブの外で世界は動く

悪《わる》のグラフは
バスタブの王

乙女が水辺《ウォーター》に近寄ると
助平グラフはにたりと笑い
処女を毒牙《スローター》に誘いこむ
パンツもはかない
バスタブの悪魔
獣と乙女《ニンフェッツ》をつけ狙う
おぞましきグラフ
バスタブにかくれて
処女を売女《ストランペッツ》に変えてしまう

おおグラフ！
卑しきグラフ！
尻の穴にイバラの枝《スタッフ》を
入れたら少しはマシになるだろか

へぼ中のへぼ詩人にして、借りものの鉢に浮かせたレンギョウの花びらを捧げ持つジークフリート・ヤヴォトニクはかくのごとく詩《うた》った。

これまで僕に詩を捧げてくれた人間なんて一人もいなかった。それで僕は「韻をごまかしてるんじゃないか」と言った。

「君はバスタブから出たりしちゃいけなかったのに」とジギーは言った。「気を失ってそのとんまな頭をぶっつけでもしたらどうするつもりだったんだ」

「花は素敵だよ、ジギー。お礼を言うよ」

「ああ、あれは君のためっていうわけじゃないんだ」と彼は言った。「我々二人の部屋のためさ」

「良い部屋だ」と僕は言った。

大きな鉄格子の窓には深い張出しがついていて、窓は外側に開き、滝の音が聞こえた。古城の中庭が窓下に見えた。咲きほこるレンギョウの植込みのとなりに我々のバイクがとまっていた。まるで兵器のように雄々しく機能的なその機械の塊りは、一面の黄色にきちんとメイクされ彩られた庭の中では、場違いに見えた。

ベッドがふたつ、木彫りのマガジン・スタンドをはさんで置かれていた。一方のベッドのシーツはしわひとつなくぴしりと敷きこまれていた。枕はよく叩かれてふっくらと軽そうだった。

「おいジギー、僕のベッドを整えてくれたのかい？」

「いいや、違うね、君の乙女がやってくれたんだと思うよ。あるいは彼女の親切な叔母さんかな」

「叔母さんは親切だった？」

「親切もいいとこ、実に優しい叔母さんさ。だって花を入れる鉢を貸してくれたくらいだもんね」

「ふうん」と僕は言った。

「とても安い値段でね」と彼は言った。「まったく微々たるものだ」

「どんな？」

「彼女の質問に対する僕の忍耐力」とジギーは言った。「どこから来た？　どんな風に来たの？　どうして来た？　何の仕事をしてる？」

「仕事？」

「仕事さ、グラフ君。生活の手段だよ」

「ただの質問じゃないか、そりゃ」と僕は言った。

「まだ先があるのさ、グラフ君。彼女は俺たちのどちらがガレンに目をつけているのかを知りたがっているんだ」

「やれやれ」と僕は言った。「たいした親切叔母さんだね」

「そこで僕はその点については彼女に平安を与えてやったんだ。俺たちはおかま同士でそういう心配はないってさ」とジギーは言った。

「おい、よせよ」と僕は言った。「それで叔母さんはどうしたんだ？」

「鉢を貸してくれたよ」とジギーは言った。「というわけで、僕は君のために花を摘んだのさ」

鼻先をかわす

「私がフラウ・トラット」とガレンの叔母が言った。「あなたとは初対面ね。だってあなたはここにかつぎこまれてきたんだから」

「お恥かしい限りです、フラウ・トラット」と僕は言った。

「脚のほうはいかが？」と彼女は訊ねた。

「十分な手当を受けてます」と僕は答えた。

「僕が僕のグラフちゃんのお世話してるの」とジギーが言った。

「あ、ええ、そうね」とトラット叔母さんは言って、我々二人が一緒に見るようにメニューをひとつ置いていった。

滝城亭《ガストホフ・シュロス・ヴァサーファル》のダイニング・ルームは堰止め水を眼下に見下ろし、飲食する人々の頭をぐらぐらさせ胃袋をむかつかせるような衝撃を与えていた。大滝のしぶきが窓にかかり、それが三角形のパターンを描いてガラスをつたって下に落ちていった。おかげで僕の胃袋はひっくりかえってしまって、前に食べたものの味がした。

「ここのところガレンに会ってないな」と僕は言った。

「彼女は俺たちの部屋のバスタブの中で君を待ってるんじゃないのかな、グラフ君」

日が暮れるまでにはまだ小一時間ほどのさび色の薄明が残されていたが、町の通りの灯はもうともされていた。街灯の灯が滝の水をまだらに染めていた。水がまさに落ちんとして弧を描く曲りっぱなでは、光は向う側までつき抜けていた。町の灯を反射したさまざまな色あいの小綺麗な光が川面いっぱいにいろいろな形に小さくきらめいていた。

ジギーは言った。「もちろん彼女が叔母さんから、君が女の子に興味ないって聞かされてなければのことだけどさ」

「まったくありがたいことをしてくれたもんさ」と僕は言った。「ちゃんと正さなくっちゃ」

「おいおいグラフ君。その手の認識を訂正するのってものすごく大変なことなのを知らないのかい」

「第一我々がおかまだなんてガレンが信じるもんか」と僕は言った。

商店の灯が川向うにいくつかちらちらと光っていた。塔は川下の方に流されて、今にも滝から落ちていきそうに見えた。

「あなたたち、おなかすいてないの?」とトラット叔母さんが訊いた。

「ここに坐っているだけでもう満腹です」と僕は言った。

「ねえフラウ・トラット」とジギーは言った。「恋をしていると、食べることなんてどうでもよくなっちゃうもんなの」

「あ、あ、そうね」とトラット叔母さんは言って、我々のメニューを下げた。

「ちょっとやりすぎなんじゃないかな、ジギー」

「でもさグラフ君、これでばっちりうるさい叔母さんの鼻先をかわせるぜ」

「ついでに旅館から追い出されかねないじゃないか」

「どっちみちずっとここにいるほどの金の余裕もないよ」と彼は言った。「君のかわいいガレンちゃんにだって我々の相手をする余裕はないさ」

ベッドの足もと

僕のガレンはバスタブの中にいなかったので、ジギーは風呂に入ると言った。

「君さえよければ」と彼は言った。

「好きなだけ入りたまえ」と僕は言った。彼が風呂の中でぴしゃぴしゃと湯をはねまわしたり唄を口ずさんだりしているあいだ、僕は窓の張出しに腰を下ろしていた。彼は手のひらを広げて、ビーバーみたいに鋭く水を叩いていた。

外に目をやると、中庭はほんのりとした黄色と緑でいっぱいだった。夜が来るのが日ましに遅くなっていた。滝のおかげで城のまわりには霧がたれこめていて、顔にあたる空気はひんやりと湿っていた。

「こっちにいらっしゃいよ、グラフ」とガレンが言った。

「どこにいるんだい？」と僕は庭の方に向って訊いた。

「あなたたちのオートバイの上よ」とガレンは言った。目をやると、オートバイはまるでレンギョウの花の下にいる牝牛みたいに見えた。粗暴で毛むくじゃらで、おとぎ話のような夕暮の光の中に、のっそりと潜んでいる。しかしそのまわりのどこにもガレンの姿は見えなかった。

「嘘をついちゃ駄目だよ」と僕は言った。「ちゃんとわかるんだから」

「うん、本当はその窓の下にいるの。あなたの顎が見えてる」

「じゃあ出ておいでよ」と僕は言った。

「私はまっ裸なの」とガレンは言った。「何も着てないの」

「へええ」と僕は言った。

「あなたが下りてらっしゃいよ、グラフ」

「僕もすっ裸だぜ」と僕は言った。

「あら、いいじゃない」とガレンは言った。そして彼女は僕の見えるところに出てきた。ひだのついた長袖のブラウスをひらひらさせ、フリルのついたエプロンをつけていた。これはこれは、と僕は思った。とてもじゃないけど十四歳以上には見えないや。

「叔母さんもそこにいるの？」と僕は訊いた。

「まさか」と彼女は言った。「だから下りてらっしゃいよ」

そこで僕はちくちくとするカーペットが敷かれた階段を舞うように下りた。頭上にさがったシャンデリアたちは僕に向けてうんざりしたようなウィンクを送っていた。

まるでその手の夜の秘密のあいびきはこれまでいやというほど眼下に見てきたさ、と言っているように見えた。地元のサッカーチームの選手たちがロビーの壁にかかったフレームの中でしゃちほこばったポーズをとりながら、なじるように僕を睨んでいた。写真の中の彼らの顔は毎年毎年まるで変りがなかった。ある年には彼らの全員が口髭を剃りおとしていた。戦争中の年は少女チームに変っていたが、いずれにせよそのきまじめな運動選手風の顔つきはみんな同じだった。それはお前のことはよく知ってるぞ、といった顔だった。無数の色ごとやロビーをそっと通り抜ける恋人たちの姿を見つづけてきた顔だった。彼らはそういった何もかもを心底苦々しく思っているのだ。彼らのつま先はむずむずとしていて、今にもそのサッカーで鍛えた脚ぜんたいが動きだしそうなかんじだった。こんな内緒の忍び足をこれまで飽きるほど見ていなかったとしたら、彼らは間違いなく写真の中からとびだしてきて僕を蹴とばしただろう。

僕は事もなく城の外に出た。「だあれ?」とガレンが言った。

「生まれたてのイエス様みたいにつるつるの明るいピンク色の裸のグラフ」と僕は言った。

「出てらっしゃいよ」と彼女は言った。

彼女は城壁をはうつたの中にいた。そして窓の張出しの下にひょいと頭をすくめて身を隠し、手だけ出して僕の方に手を振った。

「こっちにいらっしゃい」と彼女は言った。「こっちよ、グラフ」

我々は城の角石を曲り、滝が激しくしぶきをあげている場所に出た。急な流れの水音がコオロギの声をかき消していた。河沿いに灯のともったヴァイトホーフェンのいくつかの塔の縦長の銃眼《ガン・スリット》が細長く切りとった光の断片をダムの下方の白く渦まく泡の上に落としていた。

「ずいぶん久しぶりじゃない、グラフ」とガレンは言った。

僕は彼女のとなりに腰をおろし、二人で城の壁にもたれた。彼女は僕の肩にちょっとだけ肩を重ねた。おさげ髪は頭の上に巻きあげられていて、僕の方を向く前に彼女はそれを一度軽くぽんと叩いた。

「脚の包帯の巻き方はどうだった？」と彼女が言った。

「うん、もうすっかり具合はいいよ、ガレン。もう一回首を見せてくれない？」

「おとなしくお話するだけで我慢なさい」と彼女は言った。

「話すのが苦手なんだよ」と僕は言った。

「じゃあ努力しなさいよ」とガレンは言った。

「僕たちの部屋が隣りどうしだといいのにね」と僕は努力して言った。

「私の部屋がどこだかは教えませんからね」と彼女は言った。

「それではひとつひとつのぞいて調べるとしよう」

「叔母さんはベッドの足もとで犬を寝かせるのよ」

「君のベッドの足もとでは誰が寝てるのかな？」

「あなたがずっとここにいるつもりなら、私はライオンでも飼うことにするわ。どれくらいいるつもりなの、グラフ？」と彼女が言った。

「運命の導くままさ」と僕は言った。

「ずっとここにいるってわかったら、どこが私の部屋か教えてあげるんだけどな」

「君の叔母さんは持参金をつけてくれるかな？」

「もう明日にも出ていっちゃうんでしょ？」

「新婚旅行はどこがよかろうね？」と僕は言った。

「どこにつれていってくれる？」

「バスタブに乗って周遊航海《クルージング》！」と僕は言った。「巨大なバスタブでさ」

「ジギーも一緒に来るのかしら？」

「そうだなあ、僕はバイクの運転できないしな」

「ねえ、首を見る？　あなたのつけたのはもう消えそうよ」

でもものを見るにはあたりはすっかり暗くなりすぎていた。僕は彼女の肩をつかんで向うむきにして引き寄せた。彼女は残念ながら僕にべったりと寄りかかってはくれず、僕がキスをした時、さっと体を起こして僕から離れた。

「またあとをつけるつもりでしょ、グラフ」

「君の髪を下ろしておさげを解いたらどうなるのか見せてくれないかな?」と僕は言った。

彼女は巻きあげたおさげを下ろすために手を伸ばした。彼女が両腕を上げると、彼女の長くて固い鎖骨の線が肩の方までせりあがってくるのが指の下に感じられた。

「ずいぶん沢山骨があるんだね、ガレン」と僕は言った。

彼女はおさげ髪を肩にのせ、いちばん端の結び目を解いた。それからしっかりと巻きつけたヘアバンドをひっぱって取り去り、指ですくと、髪はぱりぱりという音を立てて広がり、滝から吹いてくるしぶきまじりの風に吹かれてとび色の牛乳草《ミルク・ウィード》のように踊った。

「骨を隠すだけの肉がないのよ」とガレンは言った。「この何年かでずいぶんやせちゃったもんだから」

「君がかつて太ってたなんてとても信じがたいな」と僕は言った。

「キスしてるの、嚙んでるの?」と彼女が訊ねた。

「少しは肉がついてるじゃないか」と言って僕は両腕を彼女の胴にまきつけ、指ですらりとしたかわいいおなかをさわった。彼女は僕の体の下で身をさっと縮めたらしく、それで僕は彼女の体の中にすっぽりとのめりこんでしまったような感じになった。

「脅かさないでよ、グラフ」と彼女は言った。「私をこわがらせて喜んでるのね」

「そんなことないよ」

「それからあなたのお友だちのジギー君」と彼女は言った。「あの人は私の叔母さんをこわがらせて喜んでるみたいよ」

「ほんとう？」

「ええ、お調子にのってやってるのよ。だってあんなのまるっきりの嘘っぱちなんだもの。あなたがたがもし本当にそうだとしたら、私にちゃんとわかると思わない？」

「うん、まあそうだろうな」と僕は言った。

彼女の髪にはおさげのあとがくせになっていて、耳のうしろの一部がむきだしになっていた。それで僕はそこにキスをした。彼女はすっと体を離したが、やがてまた戻ってきた。そして僕の手をとって、その手のひらを自分の体の両わきにつけた。「もう一度骨をさわってみて」と彼女はそっと囁いた。

彼女はほんのすこし体の力を抜いたが、またすぐ身を固くした。そして僕からさっと離れて立ちあがった。「ねえグラフ、いろんなこと私が計算ずくでやってると思わないでね。私にも自分が何をやってるのかまるでわからないんだから」

「僕が何を考えてるかなんて気にしないでいいよ」と僕は言った。

「あなたって本当は良い人よね、グラフ？　私を少しこわがらせはするけど、悪い人じゃないわよね」

「薄ピンク色のグラフ」と僕は言った。「君のもの」

そのとき河の向う岸にドラマティックに稲妻が光り、庭の黄色を青白く染めた。雷光は音もなくギザギザに折れまがり、遥か遠くのべつの世界で光っていた。稲妻の光の下でガレンの髪は漂白されたみたいな明るい赤に染まった。

彼女は壁に沿ってスキップしながら城の曲りぐちまで行った。そして角石のところまでくると、僕をそばに寄せた。僕が彼女の腰にもう一度両腕をまわすと、彼女はうしろ向きに僕にもたれかかってきた。しかし彼女は僕と向きあおうとはせず、僕の両手をずっと腰の上に置いたままにしていた。「ねえ、グラフ」

「なんだい、骨っ子ちゃん」と僕は囁いた。

我々は中庭に目をやった。灯のともったいくつかの窓から四角い光と鉄格子の影が芝生の上に落ちていた。その格子の影の中に両腕を頭上にのばしたジギーの影がうつっていた。

「なあにあれは？」とガレンが言った。

「ジギーが前屈運動してるのさ」と僕は言った。しかしそれはまったくの間違いで、彼は窓の鉄格子をしっかりと握っていたのだ。彼は頭上に手をのばして交差する横棒と縦棒をつかみ、中庭に向けて体をぴったりと押しつけているようだった。それはまるで元気がでてきた夜行性の獣が檻の強度をためしているみたいに見えた。

「前屈運動なんかしてないじゃない」とガレンは言った。

「ストレッチ体操だよ」と僕は言った。そして彼女を追いたてるようにして窓の張出しの下に行った。ばかに大きな城の扉の前で、僕はさっと彼女にキスをした。

「君の叔母さんに気をつけなくちゃね」と僕は言って、それから先に立って城の中に入った。

　サッカー選手たちの興味が突然かきたてられてはいないだろうか？　壁の額に入れられてこのかた輝くことを忘れた彼らの瞳に光が宿ってはいないだろうか？

　しかし僕の部屋のドアの下からは光はこぼれていなかった。そして僕は長いあいだ廊下に立って、わが友ジギーのたてる狸寝入りのいびきの完璧なリズムに耳を澄ませていた。

予言の抜粋

僕と一緒に行くのかな？
シバリス人《びと》の牢獄は
いまだ潤沢にして堅固なり

君は死ぬまで変らずに
かくも色じかけに弱いのか？

立派な使命のあることが
君にはわかっていないのか？

僕と一緒に行くのかな？
シバリス人《びと》の寝ているうちに
囚人たちを解き放とう

〔訳注・シバリスはイタリー南部にあった古代ギリシャの都でそのぜいたくさと性的放縦によって有名である〕

「君は詩を書くよりはいびきをかいてた方が上手《うま》いね」と僕は言った。「いびきの方がより意識的に感じられる」

「雷のせいで目が覚めたのかい、グラフ君？」

「稲妻の光で君の詩を読んでいたのさ」

「ふうむ」と彼は言った。「それは真実の雷光が君の道を照らしたんだ」

「君が雷を呼びだしたってわけかい？」

「さしでがましい行いだったな」と彼は認めた。

「鉄格子にぶらさがって？　窓から？　なあジギー、そんな風にしてあの気まぐれな雷光を呼び寄せたというのかい？」

「最初は違ったんだ」と彼は言った。「最初のうちはじっと眺めていただけだったんだ。それから夕暮とともにあの運命というやつが現われ出て、一瞬のうちにすべてを見とおすことができたのさ」

「おい、あの近づいてくる雨音を聞けよ、ジギー。あれも君のせいなのか？」

「あれは僕とは無関係さ、グラフ君。あれは手違いみたいなものなんだよ、雨はね。

どんなことにもだね、グラフ君、手違いというのはあり得るんだよ」

「僕も運命というのを見てみたいものだよ」と僕は言った。「ずいぶん賢くなれるみたいだもんね」

「彼女とやったのか、グラフ？」

「いいや」と僕は言った。

「君は相手が若すぎると遠慮しちゃうんだね」と彼は言った。

「いつ出発するんだ、ジギー？」

「ああ涙の別離！　君はここをたつ気になるだろうか？」

「言いたいだけ言うがいいさ。僕は少し眠ることにするからね」

「グラフ君はおやすみになると！」と彼は叫んだ。そして枕を抱いて身を起こした。

「どうぞ眠りたまえ」と彼は言った。

「君も寝ろよ」と僕は言った。

「火山のようにな、グラフ君。このジギーさんは火山のように眠るんだ」

「好きなように眠りゃいいさ」と僕は言った。

「あなたはほんとうに私のことなんかどうでもいいと思ってるのね、グラフちゃん」

「やれやれ、神様」

「神様はバスルームの中にいらっしゃるのさ、グラフ君」とジギーは言った。「そして次に我々をどんな目にあわせようかとじゅくじゅくと案を練っておられるのだ」

神様がバスルームで練っておられたもの

雨はまだ中庭に湿った音を立てて降りそそいでいたが、それでも朝の光は我々の部屋に射し込んでいた。オートバイのパイプに大きな雨粒の当たるポンポンという音が聞こえた。僕は肘をついて体を起こし、格子ごしに窓の外を眺めた。雨に濡れた車寄せの丸石は卵をずらりと並べたみたいに見えた。トラット叔母さんが牛乳配達人を迎える準備をしている姿も見えた。

彼女は城の下から中庭に出てきたらしかった。ミルク缶をふたつ、だらしのないオーバーシューズの先でつつくようにして転がしていた。部屋着のピンク色の縁が、ずだ袋みたいな雨合羽の下からのぞいていた。ヘアネットは眉毛のところまでずり落ちていて、そのおかげでおでこは海で獲れたふわふわとした生物のように見えた。部屋着の裾と木靴のあいだに短いもじゃもじゃの毛がはえたふくらはぎが見えた。ラードみたいにまっ白けの肌だ。

彼女は城の扉の前の敷石の上にミルク缶を立てて置いた。それから急ぎ足で中庭のところの門まで行って、牛乳配達人が入れるように門を開けた。ただ牛乳配達人はまだ現われていなかった。トラット叔母さんは通りの両方向に目をやり、それからさっさと城の中にひっこんだ。雨に濡れた裾がひるがえると、門のまわりからは人影がなくなった。

雨はミルク缶を打っていた。それはオートバイのパイプにあたる雨音よりは底の深いポツポツという音だった。

つむじ風に吹きよせられるかのように突然、氷上を踊るかの如く運命的に、牛乳配達人が登場した。

顔をゆがめた馬がよろめきながら門の中に入って来た。ぐらぐらする荷車と己れの揺れる体の重みに精いっぱいあらがうかのように、馬は眼帯を前にかしげていた。馬のたわんだ背骨に沿って轅《ながえ》がくねり、革の馬具と下げ飾りはこの愚かな馬が嚙みつこうとする方向にひっぱられてよれていた。御者が手綱を引き、馬のくつわをぐっと高く上にあげたので、それで荷車全体が持ちあがり、そのままの格好で馬のあとを滑っていった。荷車は轅の上でねじまがり、馬の片方の尻に重くよじれてのしかかった。それはまるで疾走する馬の背中から馬と同じくらいの体重の騎手が手綱を握ったまま振りおとされたといったかんじだった。

御者が「うおお！」と叫び、荷車はふたつの車輪だけで立ったまま横向けにとんとんと跳び、車輪はそれっきり回ろうとはしなかった。

馬は自分の足がきちんと全部地面の上に下り、荷車の車輪もそれにつづくのを待っていた。そして僕は頓馬な御者が手綱をゆるめて、棒立ちになったかわいそうな馬を下に下ろしてやるのを待っていた。馬の頭はずいぶん上にあがっていたので、馬はレンギョウの茂みのてっぺんあたりしか見ることができず、自分のひづめが卵みたいに濡れてつるつるした丸い敷石のふちに着地するのを見ることができなかった。

馬は横向けにどうと倒れた。轅が背骨に沿ってスライドして、馬の耳を突いた。小さな荷車は馬の尻の上に高くのしかかったまま停まっていた。ぼってりとした尻がぴしゃっと敷石を打ったとき、馬はひいいんとないた。

頓馬な御者は御者台から投げ出されて、四つん這いになって馬の首の上に落ちた。革のひもがもつれてこんがらかり、鉄の輪っかがじゃらじゃらと音を立てた。ミルク缶は小割り板で横枠をつけた荷車の中ですさまじい音を立てた。馬の尻帯がずりあがって、尻尾が旗じるしのように上に持ちあげられた。

「なんだいったい？」とジギーが言った。

牛乳配達人は馬の首の上にしゃがみこみ、古いベッドから飛び出したスプリングみたいにピョンピョンと上下に揺れていた。

「ちきしょうめ！　この野郎！」と彼は叫んだ。

「おい、グラフ、いったいぜんたいどうなってんだ？」とジギーが言った。

牛乳配達人はごろんと寝転んだ馬の両耳をつかんで、膝の上にその頭をひっぱりあげた。彼は尻もちをついたまま馬の頭を抱いて前後にぐらぐらと揺すった。「おお、ちきしょうめこの馬め！」と彼は叫んだ。

そして彼は馬の頭を敷石に叩きつけた。それから耳を持ってまたひっぱりあげ、全体重をかけて思いきりまた叩きつけた。馬の前脚はふりしきる雨の中で皮がむけてきた。

ミルク缶の覆いが荷車の前方にひっくりかえされ、それは枠木のあいだから沢山の濡れた丸顔がのぞいているように見えた。トラット叔母さんは足をオーバーシューズの中につっこみながらとんとんと音を立てて玄関の階段を下り、そして車道の水たまりの中を脚をよじらせながら牛乳配達人の方へ向った。

「あれあれ」と彼女は言った。「いったいまあどうしたっていうのさ？」

牛乳配達人は馬の首にまたがり、両耳をぐっとつかみ、頬ぺたを馬の顎の下のくぼみにあて、頭突きをくらわせていた。御者はさっきに比べて大分うまくなっているようだった。というのも彼は馬の首を持ちあげようとはせずに、馬が自分で首をもたげるに任せ、馬の首がちょうどおあつらえむきの位置にくるのを待ちかまえてその両耳をぐいとつかみ、てこの要領ではずみをつけてどすんとその頭を叩きつけ、馬の首は敷石の上に横たわる前に一度小さくバウンドするほどだった。馬ははみのところから泡を少し吹き、ぴくぴくと震え、起きあがろうとして体をはねた。

「ちゃんと教えてくれよ、なあグラフ。いったいこれはどうしたんだ？」とジギーは言った。彼はつやつやとした掛布に身をくるんだまま窓の張出しにとんできた。

　馬はますます動転していた。牛乳配達人は冷静で残酷だった。牛乳馬車は馬の尻にのしかかり、轅は馬の背骨にかけられた巨大な弓弦のようにたわんでいた。そして馬がもがくのを止めるたびに、轅はぐいと元に戻り、信じがたいほど強く脊椎骨をひっぱった。

　しかしそんなことは牛乳配達人にとっては屁でもなかった。彼は凶暴に首と耳とをおさえつけ、彼の頬ぺたは馬の顎のくぼみにぎゅっと押しつけられていた。

「ひっでえ」とジギーは言った。

「けだものめ！」と僕は言った。「あいつの脳味噌は転んだ拍子に狂っちまったに違いないよ」

「ああ、ああ」とジギーは言った。

トラット叔母さんはそのまわりを、雨に濡れたピンク色の裾を気にしながら用心ぶかくぐるぐるとまわっていた。

そしてジギーは掛布を肩に巻き、喉までぴったりとひっぱりあげ、湿った草の上の猫の背中みたいに片足をそらせて僕の横をさっと通りすぎていった。彼は声をあげてマガジン・スタンドをとびこえ、戸口を抜けて、ホールへと降りていった。それはまあ実に優雅さからはほど遠いつま先立ち旋回《ピルエット》で、ぽっかりとふくらんだ掛布が手すりにひっかかって、前に進もうとする彼の体をうしろにひっぱってそりかえらせた。彼は喉の部分で掛布をはずし、前に進んだ。戻ってそれを拾おうともしなかった。大きく開け放たれた玄関から入ってきた一陣の風が、階段の手すりにひっかかった掛布を揺らせて、それは僕の方から見るとつややかな波のようだった。

僕は窓まで駆け戻った。

それからの光景を逐一説明するとこういうことになる。中庭には新たに現われた人物がいた。革の半ズボン《レダーホーゼン》の下からピンク色の膝と毛のはえていないつるりとした脚を出した大柄の男だった。パジャマの上衣《トップ》の襟もとにはアスコット・タイがとめられずにぶら下がり、ひどく底の厚いサンダルを履いていた。彼は玄関と、倒れた馬のまわりを円を描くようにぐるぐるとまわっているトラット叔母さんとの中間点あたりに立っていた。彼は腰に両手をあてて立っていたが、彼の手は腕が終ったあたりから突然始まっていた。要するに手首というものがないのである。それに加えて、この男には喉もなく、くるぶしもなかった。

「フラウ・トラット、これはまた何という騒ぎですかな。私は昨夜寝たのがとても遅かったんですぞ」と彼は言って、それからくるりと振りかえって城に向ってさっと両手を広げた。まるで誰かがドアから彼に向って花束を投げかけようとしているようなかんじだった。

ジギーがそのとき砂袋みたいに全体重をかけて彼にぶつかっていった。それで彼は両腕を広げたままどうと倒れ、そのパジャマの胸の上をジギーの裸足の足が踏み越えていった。

トラット叔母さんは手でジェスチュアをつけるように、手のひらをくるくると丸めて振りむこうとしているところだった。「この頓馬な御者が、気違いの酔払いが」と、うんざりしたように彼女は言った。彼女は目をあげて、太ったピンク色の男がアスコット・タイを枕に寝転び、頭をほとんど動かすことなく指をピクピクと震わせているのを見た。「今日は一日雨のようですわね」と彼女が言ったとき、ジギーの影がさっと素速く彼女のわきをすり抜けていくのがちらりと見えた。彼女は両手をあわせてうしろを向いた。

ジギーの目にも鮮やかな尻は雨に濡れてつるつるとしていた。

肉の継ぎめのない大男は水たまりでアスコット・タイを濡らしたのだが、それで口もとをポンポンと叩き、そのままあおむけに寝転んでいた。

「ああ！」と彼は大声で叫んだ。「ありゃ、裸じゃないか！　なんにもなしの、すっぽんぽんの、まる裸の」

ジギーは牛乳配達人にとびかかった。彼は相手の顎の下に両手をつっこんで喉をしめあげた。それから顔をうずめて牛乳配達人のミルク色の首のうしろにガブリと噛みついた。

足の裏のちくちくとする廊下を降りながら、僕はぴょんぴょん跳んで脚をズボンの中につっこんだ。トラット叔母さんが鳩みたいにひょいひょいとはねながらロビーを駆け抜けてきた。彼女の頭が僕の眼下をどたどたと上下に揺れながらとおりすぎていった。そして、螺旋階段のすきまから見えかくれしながらとび去っていった。

ガレンは例の掛布を手に、手すりから身をのりだしていた。そのサテンの布地を頬にあてて、彼女は玄関の戸口ごしに中庭に目をやっていた。おぞましい苦痛の叫びが耳に届いた。庭では痛めつけられた馬がミルク缶を揺さぶりまわし、倒された男はアスコット・タイを口にくわえたまま身を起こし、裸の男の集団が今にもとびだしてきて彼を押しつぶして敷石のうねの中に埋め込むのではないかといった目つきで、開け放しになった城の扉をじっと見つめていた。そしてレンギョウの茂みに見えかくれしながらジギーが牛乳配達人の上に馬のりになって庭じゅうを動きまわっていた。

「グラフ」とガレンが言った。「叔母さんが警察を呼んでるわ」

僕は彼女から掛布をとり、彼女のきゅっと立った小さな乳房の片方を肘でそっと突いた。「かわいい胸だね」と僕は言った。「どうやら今日を限りで君ともお別れってことになりそうだけれど」

「昨夜《ゆうべ》は眠れなかったのよ、わたし」とガレンは言った。

でも僕は掛布を受けとると彼女のわきをすり抜けて中庭にとびだした。

転倒していた哀れな男は両腕をぐるぐるまわしながら大きな尻をひょいと持ちあげ、それからまた坐りこんだ。

「奴はそこらじゅうにいるぞ」と男は言った。「網とロープを持ってこい」。そして彼は口の中のアスコット・タイで息がつかえていた。「犬をつれてこい！」。彼は息をつまらせながら、まだぐるぐる両腕をまわしていた。

鐘の形をした花弁に雨をしたたらせたレンギョウに見えかくれして、異形のものがとびだしてはひっこみ、背後のこんもりとした茂みの中に倒れこみ、起きあがってはオートバイのわきを突進し、あちらこちらにその姿を見せた。頭がふたつと腕が四本ついている。恐怖に充ちて痛ましい犬の鳴き声のような叫びが聞こえてくる方角から、次にそれがどこに現われるかという見当をつけることができた。

小さな針の先のような雨粒が冷たく僕の背中を打っていた。僕は掛布を地面につけまいとして、まるで闘牛士のケープみたいな格好でじっとささげ持っていた。

「ジギー？」と僕は声をかけた。

てかてかと光る雨合羽を着た目のくぼんで耳の透けた男がこんもりとしたふたつのレンギョウの茂みのあいだをよろめくようにこちらにやってきた。花弁にたまった水をはねこぼし、ブーメランみたいな形の花びらを散らせながらどたどたと駆けてくるのだが、その背中には素裸の男がのっかっていて、男のミルク色の首筋にしっかりと噛みついていた。

「ぐわわあああう！」と頓馬な御者は金切り声をあげた。

僕は次なる叫びと、二人ぶん合体男が立ちあがってよろよろとする姿とを求めて、茂みをふたつ越えた。

　やがて彼らは茂みひとつぶん向うに姿を見せた。ずんぐりとした灌木の上に頭がふたつ現われ、それは手をのばせば触れんばかりのところにあった。しかし灌木が僕を刺してそれを妨げた。

「ジギー！」と僕は言った。

　中庭の、城の扉の戸口のところで、転倒していた男が大声でどなっているのが聞こえた。「犬をかからせろ！　なんで犬を飼ってないんだ」

　やっと僕は彼らと同じ茂みの列にとびこんだ。僕は雨に濡れててかてかと光った尻を追った。ばたばたともがく牛乳配達人の背中から細長い爪先がぶらさがり、地面をひきずられてそり返っていた。牛乳配達人は前よりももっと頭を低く垂れ、もっと歩みを遅くして、よたよたとよろめいて歩いていた。それで僕は二人をつかまえることができた。

　かくして牛乳配達人の頭は三つになった。彼は走ろうにも走れず、体を前後にもごもごと揺すった。肩はうしろにひき戻され、膝ががくりと折れた。

「助けてくれえ！」と彼はうめいた。それから我々はまっ黒な泥状の庭土の上にかさなりあって倒れこんだ。ジギーの下には牛乳配達人が腹ばいにつぶされ、腰を横に揺すりながら両腕をばたばたと打ちつけていた。僕はジギーの頭をつかんだが、彼は噛みつくのをやめようとはしなかった。僕は彼の顎の下に両手をつっこみ、口を開かせようと懸命につとめた。でも彼は僕の手をめがけて、手の甲がぽきぽきと音がするくらい強く、顎をごり押しに押しつけてきた。僕は耳のところをぴしゃりと叩き、背骨の上に膝をのせた。しかしそれでも彼はしっかりとかぶりついていた。そして牛乳配達人はまるで詠唱でもするようにわめき声をあげながらジギーの髪の中にうしろ向きに両手をつっこんでいた。

「ジギー、もうよせ」と僕は言った。「離してやるんだ！」。しかしジギーはぎゅっと歯をくいしばり、男が腰をまわせないように押さえつけていた。

それで僕は茂みからレンギョウの若枝を一本もぎとり、彼の尻をぴしりと叩いた。ジギーは身もだえして、体をわきに振った。でも僕は体をしっかりとつかまえていた。三度目にぴしりと尻を叩くと、彼は牛乳配達人から手を離して転がり、ひりひりする尻をひやりとやさしい泥の中につけて坐りこんだ。

ジギーは両手を体の下に入れ、まるで泥で体を覆おうとでもするかのように、泥を腰の上になすりつけた。その口は小さなO字型にすぼめられていた。僕が掛布をさしだすと、彼は口笛を吹くみたいにうなった。

「警官がくるぜ、ジギー」と僕は言った。

牛乳配達人はじりじりと這うように逃げにかかっていた。彼はどっさりと泥をすくって、それを首の紫色のみみずばれにあてた。そしてジギーと同じように口笛を吹くみたいなかんじでうなっていた。

ジギーは掛布に体をくるんだ。僕は彼の腕の下を持って、茂みの外に出し、城の壁に沿って歩かせた。彼はものすごく大股に歩いたので、頭がそのたびに上下に動いた。やわらかい泥の上に、彼の大きく開いたすさまじい足の跡がくっきりと残った。

「俺のケツにはたっぷりこと泥が入っちまったぜ、なあグラフ」と彼は言って、ひょいひょいと体を揺すった。

ロビーにもたっぷりこと呼べそうなものが存在していた。トラット叔母さんは頭がぼうっとしたその太った男を椅子に坐らせて、スポンジで洗っていた。彼女は革の半ズボンについた泥を落とそうとしていた。僕のガレンはスポンジを浸す水桶を抱えていた。

「そこで」と男は言った。「足音がしたので誰かと思って振り向いてみたら」。そしてジギーが戸口に現われた。彼は片方の肩から掛布をかけて、裾を脚のあいだにぶらさげていた。

目のくらんだ男は椅子の中でひっくりかえって、きゅるきゅるというわけのわからない奇妙な声をあげた。彼はこぶしで自分の膝をどんどんと叩いた。明るい色の膝の上には濡れたアスコット・タイがナプキンみたいな格好に広げて置かれていた。彼の下唇はビートみたいに紫色に膨れていた。

「フラウ・トラット」とジギーは言った。「雨が洪水みたいに降りしきっていて、今にもダムが決壊しそうです。世の終末です」。そして彼は揚々と彼女のわきをとおりすぎていった。

手すりの支柱をぐるっとまわると、掛布がふわりと広がり、彼はそのままリズミカルに華麗に二段ずつ階段をとびあがっていった。

正義の力結集す

ときおり泥のかたまりがレンギョウの上空にあらわれ、そのあとを追うようにがらくたがつづいた。それはいつもほとんど真上に投げ上げられ、そのあとにどさっという途方もない音が聞こえた。そして荒々しく茂みが揺れた。牛乳配達人が庭園の中で気を鎮めているのだ。

かわいそうな馬はその運命をますます苛酷なものにしていた。彼は横倒しになったまま自力で立ち直ろうとしたおかげで、轅と直角の位置でその下敷になっていた。尻帯の中で体が相当にきつくねじれていて、それ以上ぴくりとも動かすことはできなかった。テニスボールくらいの大きさの瘤《こぶ》がひとつ眉毛のあたりにできていて、それで片目が開かなくなっていた。もう片方の目は雨に打たれてしばたたき、馬は倒れたままぜいぜいと息をつき、尾は宙に振られていた。

「まだ雨は降ってるかい、グラフ？」とジギーは言った。

「ますます強くなってるよ」

「雷はまじってるだろうか？」

「いや、雷はないね」と僕は言った。

「なら結構」と彼は言った。「雷雨のときに風呂に入るってのは上手くないからね」

「安心しなよ」

「それにしてもでかい風呂だなあ、グラフ。これならやれ、い、い、やれるよなあ」

「牛乳配達人はまだ茂みの中にいるぜ」と僕は言った。

「俺のあとで風呂に入るかい、グラフ？」

「そんなに泥んこになってませんから」

「口の減らん奴だ」とジギーが言った。

「警察が来たぜ、ジギー」と僕は彼に教えてやった。

青いライトのバーをつけた緑色のフォルクスワーゲンが苦労しながら門をくぐり抜け、牛乳配達人の荷車のわきを通りすぎていった。丈の長い長靴をはいて、汚れひとつない制服に身をつつんだ警官が二人いた。彼らのレインコートの衿は同じように侮蔑的に曲げられていた。それからよく見ると制服を着ていない三人目の男がいた。ベルトつきの黒いレザーコートを着て、気障《きざ》な黒いベレー帽をかぶっていた。

「殺し屋が一人まじってるぞ」と僕は言った。

「警察にかい?」

「秘密エージェントだよ」

「市長じゃないのか?」とジギーが言った。「小さな町で雨が降ってるとくりゃ、市長なんて他にやることもないからな」

三人は城の中に入ってきた。スポンジで拭かれていた男が、椅子をきいきいときしませながら大声で彼らを迎えるのが聞こえた。

「なあ、ジギー」と僕は言った。「あの上等のオートバイをスタートさせるには何回くらいのキックが必要なんだろう?」

しかし彼はそれには答えず、バスタブの歌が聞こえてきただけだった。

さいなん、さいなん
これまたとんだ
さいなん
どんなに苦労して逃げたって
逃げ足よりも早い災難にゃ
かなわん

「くだらない韻なんか踏まないでくれ」と僕は言った。

「君も風呂にでも入れ」と言って、彼は僕の方に湯をとばした。

制服警官の一人が、植木の刈りこみ用の大型ばさみを持って中庭に出てきた。彼は馬をまたいで、その可哀そうな動物の背中の上にしゃがみこみ、轅にそって腹帯を切りはなしてやった。しかしそれでも馬はそこに寝転んだままぼんやりとして、あいたほうの目をぱちぱちとさせていた。警官はうんざりしたようなため息をついて、城に戻っていった。

そのときレンギョウの上に泥塊が舞うのが見え、それから庭園の中で牛乳配達人が地面を打つ、どさっぱたっという音が聞こえた。

「おい」と警官が言った。「おい、どうした！」

次に牛乳配達人は泥と枝きれを両手いっぱいぶん空中に散らせた。

「おい！」と警官がどなった。そして彼は植木ばさみを水脈探し人の棒みたいな格好に正面にかかえて、庭園の中に足を踏み入れた。

牛乳配達人が茂みから茂みへととぶように走っていくのが見えた。彼は体をかがめ、泥と小枝をすくい、空中にひょいと放った。そして身をひそめて、彼の小爆弾が落ちるのを見とどけて、それからマンガみたいな忍び足でとんで逃げた。

「おい、ジギー、牛乳配達人は頭がいかれちまったようだぜ」と僕は言った。警官はつま先立ちでレンギョウの中に入った。彼の体の前には植木ばさみが重々しく凶暴に光っていた。

人々が我々の部屋の前の廊下に集まる音が聞こえた。ドアの下の隙間から洩れてくる細長い光が彼らのしのばせる足の形にところどころさえぎられたりぼやけたりした。彼らの肘や腰や腹が材木に触れて音を立てた。彼らは声をひそめてささやきあいながら、うろうろと歩きまわっていた。ときおりことばなり文句なりがはっきりとして、それでしいっと注意された。

「生まれたまんまの」

「こんなことがだな」

「同棲してるんです」

「おかま」

「まずいですよ」

「法律が」

「犬を」

「不自然だよ」

「わかるもんですか」

それはまるで誰かが扇風機の向うでしゃべっていて、早口にしゃべられた言葉だけが刃のあいだをくぐり抜けてくるといったような格好だった。それ以外はすべてずたずたにちょんぎられて、ぼそぼそとしたひとかたまりの声みたいになり、壁やドアに衣服や体がこすりつけられる音と見わけがつかなかった。

「ジギー」と僕は言った。「連中が廊下にいるぜ」

「正義の力が結集してるってわけか」と彼はたずねた。

「ずっと風呂に入ってるつもりかい？」

「ほら、これ」と彼は叫んだ。「ほら見ろよ」。そして水がばしゃばしゃとはねた。「ほれ、鞭のあとだ。君のべろみたいな綺麗なピンク色だ、グラフ。まったくたいした具合に打ってくれたもんさ。ほれ、見ろ」

「そうしなきゃひっぱがせなかったのさ」と僕は言った。

「俺のおケツは大したもんだ！」と彼は言った。「まったくうねができたみたいだよ」。そして彼がどさりとバスタブに腰を下ろして身をすべらせる音が聞こえた。

　ドアに小さくノックの音がした。廊下はすっかりしんとして、光とりの隙間からは今は二本の足しか見えなかった。

「グラフ？」と僕のガレンが言った。

「君もとうとうユダになったのかい？」と僕は言った。

「おお、グラフ」と彼女は言った。

　そしてドアに体がどすんとぶっつけられ、誰かが鍵をまわしていた。

「さがって！」とトラット叔母さんが言った。

「鍵はかかってないぜ」と僕は教えてやった。

　制服警官がノブをはじきとばしてドアを蹴り開けた。彼は横向けに部屋に入ってきた。そしてそのあとに一群の人々が戸口に姿を見せた。腕をくんだ不安げなトラット叔母さん。綺麗にみがきあげられ、つるつるの脚を部屋に踏み入れようとしているスポンジ男。そしてその二人のあいだに殺し屋だか市長だかの男がいた。ガレンの姿は見えなくなっていた。

「もう一人の男はどこだ？」とスポンジ男が前に進み出て言った。

「ほれ、見ろ、グラフ」と言って、ジギーが浴室のドアを開けた。

彼は我々みんなにそのきれいに洗われて痛々しい尻をぱっと見せた。ピンク色の何本かの傷あとが新月のかしいだ微笑のように尻の肉の上に横向けに走っていた。

「ほら！」とトラット叔母さんが言った。「あれだもの」

謎の男はたしかに市長《ビュルガーマイスター》であることが判明した——このおそるべき市長はトラット叔母さんの前ではベレー帽をとらなかったのに、浴室の戸口にひょいととびだした尻に向っては帽子を取り、きちっと会釈さえしたのだった。それは完璧な帽子のとり方だった。ジギーが尻の先をさっと浴室の中にひっこめて、ばたんとドアを閉める前に、彼の尻に向ってさっとあいさつしてしまったのだ。

「見ましたとも、フラウ・トラット」と市長は言った。「みんな見ましたぞ」。それから彼はほとんど同じような口調で、「ヘル・ヤヴォトニク？」と声をかけた。「ヘル・

ジークフリート・ヤヴォトニク」

しかしジギーの浴室の床を歩くぱたぱたという音が聞こえ、踏み台に乗る音が聞こえ、バスタブに戻るどさっという音が聞こえただけだった。

犯行露見

ジギーは浴室にとじこもったままその錠をあけようとはしなかったので、我々はみんな階下のロビーに降りて待つことにした。制服警官が一人だけ我々の部屋を捜索するためにあとに残された。

興奮さめやらぬピンク男が「市長さん、解せませんな。どうしてあっさりと風呂のドアを叩き壊さんのですか?」と言った。しかし市長はもう一人の警官が牛乳配達人をつれて中庭を横切り、城の戸口までやってくるのをじっと見守っていた。

「また飲んだくれたな、ヨゼフ・ケラー」と市長が言った。「馬車をひっくりかえして馬を打ったと」

牛乳配達人は全身みごとに泥だらけになっていたので、あのすさまじいみみずばれも見えなくなっていた。しかし市長は男のそばに寄ってこまかく点検した。

「ちょっとはこりたかね？」と彼は言って、みみずばれのあたりを指で押した。牛乳配達人は亀のように首をすくめた。「少し薬がききすぎたようだな」と彼は言った。

「私のミルクはすっかり泡だらけ」とトラット叔母さんは言った。

「そういうことであれば、余分の缶を置いていくんだな、ヨゼフ」と市長は言った。

牛乳配達人は肯こうとしたが、顎の肉がもつれて顔が縮んだみたいになった。

「こいつ、頭がおかしいですよ」と僕は言った。

「首を嚙まれておる」と市長は言った。「皮膚が裂けて、わしのこぶしくらいの大きさに脹れあがっておる。頭がおかしいのはどっちだ？　中庭を裸で走ったり、人につっかかったり、嚙みついたり、風呂場に閉じこもってくだらんことをしたり！　露出狂のSMマニアじゃないか！」と市長はどなった。

「もっとありますよ！」、トラット叔母さんが言った。「おかま」

「ねじまわし！」とピンク男がほえるように叫んだ。「ねじまわし一本あれば風呂場に入れるよ。だいたいお前さんがちゃんと犬をつれてくりゃ、こんな羽目にはおちいらなかったんだ」

上の階に残っていた警官が階段の上りぐちに姿を見せた。長靴のつま先がきちんと見事にあわされていたので、今にもこちらに落っこちてきそうに見えた。

「奴はまだ閉じこもってます」と警官は言った。「私に唄をうたってくれました」

「何か見つかったか?」と市長がたずねた。

「塩入れがいくつか」と警官が言った。

「塩入れ?」と市長が言った。彼の声は内部が空洞になった城の瓦を打つ雨音のかん高い響きに似ていた。

「十四個です」と警官が言った。「塩入れが十四個」

「やれやれ」と市長が言った。「たしかに変態だ」

細部《ディテイル》をとりにいく

まったくなんてことだ? 邪魔が入っちまった! これというのも君がひとつところにぐずぐずととどまって、現実の理不尽な世界に追いつかれちまったせいだ。よく聞いてくれグラフ――こんなことはいつまでも続きゃしないぜ。

僕の父親のヴラトノ、つまりヴラトノ・ヤヴォトニクはユーゴスラヴィアのエセニエで生まれた。彼の生まれた当時その地方にはオートバイとか自動車なんてものは一台もなかった。彼はその後スロヴェニグラデクに移り、そこでドイツ人に出会った。

ドイツ人たちは誰も目にしたことがないオートバイを操っていた。彼はオートバイに乗ってマリボルまで行った。そこからオーストリア国境までは立派な道路がついていて、彼はそれを通ってオーストリアに入った。彼は一人で国境を越えたが、それというのも、彼が抜け目ない男だったからだ。

青年ヴラトノは戦車に踏み固められた道路をウィーンに向ったが、そのウィーンでは僕の母が美しくも禁欲的にすきっ腹を抱え、ヴラトノ青年のような抜け目のない男が現われるのを待ちつづけていた。もっとも彼女の頭の中に生まれつきオートバイにとりつかれた僕のごとき人間を出産しようなどといった考えがあったとは思えんがね。

まだ若かったヴラトノはスープ皿ごしに赤ん坊の僕に向って言った。「何か自分にとって役に立つことを身につけるというのは、年ごとにむずかしくなっている。徒弟修業で何か時代遅れなことでも学べばべつだが、そういうのはお前には向かんし、この先もまあ駄目だろう。そんなことやったってお前は幸福にはなれんさ」とそのあわれなやくざ者は言った、と僕は聞かされている。

そう、僕の親父は輝かしくもメロドラマティックな、誰にも真似できないいたずらをする小鬼《トロール》だった。僕もまたそうだし、君だって同じだよ、グラフ。だからこの世界にだってまだ救いはあるさ。死ぬほど退屈な仕事仕事ですべてが埋めつくされているというわけでもないのだ。

でも邪魔が入っちまった！　脱線だ。世間が君を捉えるたびに、君は少しずつ死んでいくんだぜ。

ヴラトノ青年はスプーンを唇の一部みたいなかんじにくわえてしゃべっていて、それでスープもまた彼のしゃべる科白の一部のようなかんじになった。彼はこう言った。「いいか、奴らがお前を見つけてから、お前をどう料理するか決めるまでのそのわずかな隙を捉えて逃げるんだ。奴らの裏をかいて、ひょいと飛び去るのさ！」彼はそう言った、と僕は聞かされている。

ジギーの手紙。それは僕のベッドのシーツの下の方にピンでとめられていた。僕のお尻がそのパリパリとするしわだらけの手紙に触れ、それで僕はぎょっとして電灯をつけた。彼が手紙を残していくなんて前代未聞のことだった。

なりゆきを説明すると、市長が僕を使ってジギーを浴室からひきずり出させようとして、僕がそれでまた部屋に戻ってきたとき、ジギーはつるつるに綺麗になって、服をきちんと身につけていた。ダック・ジャケットだけはまだ着ずに、それに革用石鹼をこれを最後とたっぷりと塗りこんでいた。

ロビーからは市長の声が聞こえた。「君が奴をひっぱりだせないなら、奴がドアの代金を支払うことになるよ！」

ジギーはリュックサックから雨具を出していた。ブーツにかぶせるためのプラスチックの袋とそれをふくらはぎのところでしっかりとめるためのゴムバンドだ。革用石鹼のおかげでダック・ジャケットはロウソクみたいにてかてかに光り、彼の体の上に何かが溶けおちているみたいに見えた。「心配するなって」と彼は言った。「君が奴らの注意を他にそらせるんだ。あとで助けに来るからな」

「みんな下のロビーにいるんだ。音がすればすぐにわかるぜ」と僕は言った。

「じゃ、上におびき寄せてくれ。僕は戻ってくるよ、グラフ——一日か、長くて二晩でさ。リュックのものとガソリン代をのけた金は君がとっておいてくれ」

「おい、ちょっと待て」と僕は言った。

しかし彼は窓を開けて、張出しの上にひょいととんだ。ゴーグルとヘルメットというなりは、まるで降下用の装備で身を固めた落下傘兵だった。それから彼はプラスチックの袋に両脚のブーツをつっこんだ。それはぷっくりとふくらんで、ちょうどガラス壺に足をつっこんでいるように見えた。

「ねえ、ジギー」と僕は声をかけた。

「俺たちに欠けているものは細部《ディテイル》なんだ」と彼は言った。「要するにだな、グラフ、俺たちはロクにあそこを見なかったのさ。ほら、君があの河馬女といちゃついたり、俺たちすぐ頭に来ちゃったりしてさ、そうだよな？」

僕にはよくわからなかった。君は僕の見当もつかないくらい飛躍した話をしてるぜ。

彼は跳んだ。

勘弁してほしいな、というのが僕の感想だった。だってつたをつたって静かに壁を降りることだってできたのだ。

庭のぬかるみの上に落ちるずぼっという音がした。

市長の声がした。「ヘル・グラフ！　彼は決心がつきそうかね？」

「ええ、話があるみたいですよ」と僕は答えて、廊下に出た。「上に来て下さい！」と僕は大声でどなった。やがて階段を上ってくるみんなの足音が聞こえた。

雨で冷えきったオートバイの音も聞こえた。息の短い、エンジンがふっと空気を吸い込む音だったが、それは一瞬の手ごたえののちにぼそぼそと消え入ってしまった。まるで胴間声の男が思いきりどなろうとして、声を出しかけたところで猿ぐつわをかまされたといった具合だった。螺旋階段をぐるぐると上ってきた人々も全員その音を耳にした。僕と彼らは充分な安全距離をおいていて、廊下のこちらとむこうで顔を見あわせた。

それから僕は走って部屋の窓のところに戻った。階段をロビーに向ってとぶように降りていく足音が聞こえた。ただ一人市長だけが僕の横にやって来た。彼の顔は頰から耳にかけてぴくぴくとひきつっていた。

オートバイのエンジンはもうしっかりとかかっていた。灰色のぽっくりとした丸い煙の球がテイルパイプからぽっぽっぽっと吐き出されていた。それはほこりだらけの仔猫のように小さくてふわりとしていた。まるでうすっぺらな毛玉みたいで、すごくくしゃくしゃにもつれていたので、あとで庭を探したらそれが切り裂かれたかつらみたいな格好でレンギョウの枝にぶらさがっているのが見つかるんじゃないかという気がするくらいだった。

ジギーは一度ぶるんとスロットリングしただけでエンジンの調子をつけ、投げだされた牛乳馬車でまだ狭くふさがれている門のところまでたどりついた。

そして制服警官が城の玄関からとびだし、牛乳配達人とピンク色の洗われ男とトラット叔母さんがおしあいへしあい口々にわめきながら城の扉の外に出てくるまでに、体をフットペダルの上にのせたまま、その隙間を通り抜けてしまっていた。前かがみになっててかてかと光ったダック・ジャケットは、まるで甲虫《かぶと》の殻のように輝いていた。そして降りしきる雨の向うから、彼がギアをあげていく音が聞こえた。

なにが悪天候を愛し、成りゆきまかせの人生を好むものだ！　これこそは、――そう、このウィーンまでの試験的なマラソンこそは――ジギーのヒーツィング動物園に対する偵察任務であったのだ。

現実の理不尽な世界

僕は何度となく手紙を読みかえした。僕の部屋のドアの下から洩れる灯をガレンが見ていた。僕の方からは足音をしのばせるようにもじもじとしている彼女の足が見えた。「ガレン？」と僕は声をかけた。「ドアなら開いてるよ」。つまり警官がはじきとばしたドアノブを誰も修理してくれなかったのだ。

そして僕はナイトガウンに身を包んだ彼女が部屋に入ってくるのを待ちうけた。つるつるとして、フリルなんかついていない、大胆な黒のレースのナイトガウン。

しかし彼女はエプロン姿だった。彼女は花もようのポケットに両手をつっこんで、小銭をちゃらちゃらいわせながら中に入ってきた。

「わかってるよ」と僕は言った。「僕と寝たいんだろう？」

「よして」と彼女は言った。「もう一秒だってここにいられないのよ」

「何時間もかかるぜ」と僕は言った。

「よしてよ、グラフ」と彼女は言った。「みんなはあなたのことを話しあってるわよ」

「僕は好かれてるかい？」

「あなたはジギーが逃げるのを助けたのよ」と彼女は言った。「どうしていいかみんなわからないの」

「きっと何か考えつくだろう」と僕は言った。

「みんなあなたがそんなにお金を持ってないんじゃないかって思ってるわ」

「それで君も僕と結婚したくないってわけかい、ガレン？」

「馬鹿言わないで！　みんな本気であなたを逮捕するつもりよ」

「こっちに来てお坐りよ、ガレン」と僕は言った。「僕だって本気で君のことを捕えたがってるんだぜ」

でも彼女が腰を下ろしたのはジギーのベッドの上だった。ベッドはとてもやわらかくてよくへこんだので、彼女の膝がしらが僕の方に向けて持ちあがった。小さな頴くらいのサイズのかわいらしい膝だった。

「恥かしがることないよ、ガレン」

「ベッドの中でいったい何をしてるの？」

「ものを読んでたのさ」

「どうせ裸なんでしょ？」と彼女は言った。「布団をどけると何も着てないんでしょ？」

「そう考えるとムラムラしてくるだろう？」と僕は訊いた。

「あなた、つかまっちゃうのよ。灯りがついてたから起きてるだろうと思って、それで来たの。服を着てないなんて思わなかった」とガレンは言った。

「体はちゃんと隠してるから、僕の方においでよ」

「ねえグラフ、市長と私の叔母さんは二人で計画を練ってるわ」

「へえ、どんなこと？」と僕は言った。

「二人であなたの荷物を調べたでしょ、それでどのくらいのお金を持ってるかもわかったの」

「ここの部屋代に間に合うくらいはあるさ」と僕は言った。

「でもそれを払ってしまうと、あとはほとんど残らないわよ。だから浮浪罪みたいなもので捕えるのよ」

「僕は放浪者なんだ」と僕は言った。「いつかばれるだろうと思っていたけど」

「それから彼を逃がしたでしょ、グラフ。そのこともあるのよ」

「いったいどんな目にあわされるのか、まったく楽しみだね」

「ええ、あなたは職につかされることになるの」と彼女は言った。

それはたしかにちょっと困ったことだった。職だって。もちろん僕はとんで山に逃げて釣をして食べていくこともできた。ジギーが戻ってきたら僕を見つけられるようにガレンに居場所を伝言し、彼女に旅館代をあずけていけば良いのだ。

僕はそう考えたが、ガレンの目はじっと僕に注がれていた。きれいな一本の線が顎の先をきりっと美しく尖らせ、肩先をすべり下りるようにずっと手首までつづき、手にそって角度をつけて折れ曲っていた。彼女の指は点字を読む人の指と同じくらい感じやすそうだった。唇の色は濃く、頬は錆のかかったような赤味を帯びて、白い額にはくっきりとしたそばかすがついていた。太陽にさらされて熟れた桃の斑点のように、それは彼女によく似合っていた。

「どんな仕事なんだい？」と僕はたずねた。

「ほんのささいな仕事よ」と彼女は言った。「ただジギーが戻ってきたらそうとわかるように、あなたを見張っていたいというだけのことなの」

「奴が帰ってくるとみんな思ってるのかい？」

「私もそう思ってるわ」と彼女は言った。「そうなんでしょ、グラフ？」

「君は裏切るつもりじゃないのか、ガレン？」

「ひどいわ、グラフ」と彼女は言った。「私はみんながあなたをどうしようとしているか教えてあげただけよ」。そしておさげ髪を前にやって、僕から顔をかくした。「それからあなたがいつ行っちゃうか知りたかったの。行き先がわかれば手紙も書けるしね。それに、またいつかここに戻ってくるっていうあなたからの手紙だって欲しいわ」

「こっちに来てお坐りよ」と僕は言ったが、彼女は首を振った。

「みんなはジギーが戻ってくると思ってるわ、グラフ。叔母さんがあなたたちが恋人どうしだって教えたの」

「どんな種類の仕事なんだい？」と僕は言った。

「蜂を運ぶ仕事よ」

「どんな蜂？」

「りんご園の中の蜂の箱よ」とガレンは言った。「巣箱はもうぎっしりといっぱいで、運び出す時期になってるの。その作業をするのは夜中だから、たぶんあなたがその時間に彼と二人で逃げ出そうとするだろうとみんな思ってるの」

「もし僕が働きたくないって言ったら？」

「そうしたらあなたは逮捕されるわ」と彼女は言った。「あなたは宿なしだからってことで牢屋に入れられるのよ。彼が逃げるのを助けたせいであなたがつかまえられるのよ」

「今夜逃げだすこともできるさ」と僕は言った。

「ほんとう？」と彼女は言った。そしてジギーのベッドの向う側にまわって、僕に背中を向けて腰を下ろした。「ほんとうにできるのなら手伝ってあげてもいいわよ」と彼女は声をひそめていた。

ふうむ、と僕は思った。月をこのように黄色く染め、その光を窓ごしに君の髪にあてるのはレンギョウの花だろうか？　君の小さな可愛い頭の上の空気を朱色に彩るのも？「できないよ、ガレン」と僕は言った。

彼女はポケットの中の小銭をジャラジャラといわせた。

「私、もう行かなきゃ」と彼女は言った。

「こっちに来て布団をきちんとたくしこんでくれないかな？」と僕はたのんだ。

彼女はくるりとこちらを向いて微笑んだ。いいわよ、あなた。

「手を出しちゃいやよ」と彼女は言って、僕のベッドのわきをぐるりとまわり、部屋のライトを消した。「両手をきちんと下に入れといてね」、彼女は暗闇に向ってそういった。

彼女はベッドの片側の布団をたくしこみ、次に反対側に移った。僕は片腕を出そうとあがいたが、彼女がたくしこむ方が早かった。彼女は両手で僕の肩をつかんだ。おさげ髪が僕の顔に触れた。

「あまりきちんとできなかったけど」と彼女は言ったが、それどころか僕には手の出しようもなかった。

「君の部屋はどこなんだい、ガレン？」と僕は訊いた。

しかし僕がたくしこまれた布団から抜けだしたときには、彼女はもう部屋から姿を消したあとだった。彼女の足の影はドアの下の隙間をこっそりと這うように去っていき、廊下を歩む足音も聞きとれなかった。

僕はベッドを抜けだし、ドアをちょっとだけ開けて、あたりを見まわしてみた。彼女がそこに立って僕を待ちうけていた。恥かしさを忘れるほどは怒ってないらしく、頬を赤く染めていた。

「私の部屋のことは忘れなさいね、グラフ」と彼女は言った。

それで僕は自分の悲しくへこんだベッドに戻った。僕は体をもぞもぞさせて世間を出し抜いてやろうと考えた。さてさて、と僕は考えた。蜂たちは受粉を終え、蜜はたっぷりとたまり、巣箱はぽたぽたとしたたり落ちるほどふくらんでいる。うん、今に見てろよ。

今に見てろ

太陽であたためられた枕の匂いで僕は目を覚ました。ジギーはもうウィーンを出発しただろうな、と僕は思った。細部《ディテイル》をかきあつめ、一晩動物園に潜んでいる時間もあったはずだ。

彼が動物たちに別れのあいさつをしたり励ましたりしている光景が目に浮かんだ。

「さよなら、ジギー」とキリンが言った。

セイウチはこぶしで涙を拭っていた。

「グラフ！」とドアの下からガレンの声がした。「食堂にみんな集まってるわよ」

気にいらないな、と僕は思った。彼らの企みのおかげで廊下の空気はどんよりと重くなっているようだ。まるで城の地下牢のドアが開け放しにされたような感じだった。そこにとじこめられたまま時を経て朽ち果てていったさまざまな人々の想いのじっとりとしてむかつくようなかびくさいにおいが漂ってきたが、いったいどこのドアを閉めればそのにおいが消えるのか、僕にはわからなかった。

みんなは僕の坐ったテーブルの近くのひとつテーブルに集まっていた。陰険な市長氏と、わがトラット叔母さんと、りんご酒の臭いのする男――実は僕を御親切に雇ってくれようとするりんご園経営者ヴィンディッシュ氏――であった。ヴィンディッシュ氏のズボンの折り返しの中にはりんごのつぼみがひっかかってしおれていた。

それからもう一人、テーブルには着かせてもらえない男がいた。彼は食堂の入口にどっかりと腰を下ろしていた。トラクター運転手のケフ、ヴィンディッシュの使用人である。まるで原人直系といったかんじのがっしりとした男で、革の上着はついさっき山羊からはいだばかりじゃないかといった臭いがした。

いったい何を企んでいるというのだ？　連中は僕がパンにバターをつけるのをじっと見ている。ケフは僕が逃げないように戸口で見張っているのだろうか？　つかまえて僕の背骨を膝の上でぐしゃぐしゃにつぶしてしまうのだろうか？

しかしながら、ジギーはこのように書いていたではないか。


ぴょんと跳んで、奴らを出し抜くんだ！


それで僕はガレンの運んできてくれた朝食を急いでかたづけ、さっと立ちあがって連中のテーブルの方に行った。

「お邪魔して申し訳ありません」と僕は言った。「実はお力を借りたいんです。僕はしばらくここにいるつもりなので、仕事を見つけようと思ってるんです。どっちかというと夜中にできる簡単なのがいいんですが、ひょっとしてそういうのが何かありませんでしょうか？」

そのとき僕は聞いたのだ！　地下牢の扉がぎいぎいという身の毛のよだつ音をたてて閉じていく音を。そして僕の耳のずっと奥の方では、メガネグマがはるか遠くのウィーンで地団駄を踏み、首を振って顎の肉をぶるんぶるんといわせている音を。

「おやおや」とトラット叔母さんが言った。「それはなかなか良い考えじゃないかしらね？」

そして人々はごそごそと相談をはじめた。

しかし僕のまぶたの裏に猛烈なスピードで疾走してくるジギーの姿が浮かびあがってきて僕の目をうるませた。彼の体の下で、オートバイは苦痛に悶える獣のような金切り声をあげていた。

ここが思案のしどころ

庭に出て、城のかげから滝の見とおせるところに腰を下ろして、僕はビールを飲んだ。オートバイのオイルがこぼれて草にこびりついている場所を僕は見つけた。今にレンギョウもすっかり消え失せ、庭園には茶色や緑色の草がはびこって、南国みたいにもさもさとぶ厚く覆われてしまうことだろう。河のしぶきがあらゆるものをしっかりと湿らせ、庭園は風の中で草花がその枝葉をのばしてゆく不吉な音で充ちていた。ただオイルに汚された部分の地面だけが己れを守りきっていた。水しぶきはその黒い土くれの上でまるで汗のような玉になっていた。

ジギーは今ごろひとやすみして昼食をとっているところだな、と僕は思った。思いきりつっぱしったおかげで排気パイプが熱くなってぴしぴしと音を立てている。排気パイプの上に唾を吐くと、唾は丸い玉になって、まるで熱い鉄板に水を落としたときみたいにはじきとばされてしまう。彼は朝早くに発って、無我夢中で走りつづけているのだ。ダニューブの谷間はもうとっくに抜けた。今ごろはもう彼はイブズ河沿いを走っているかもしれない。それからもちろん、あの例のノートブックには何もかもが書きつけられることだろう。檻の配置図とかそういう知るべき細部の全てがだ。

マキシング公園の茂みのうしろからヒーツィングの町はずれまでが十八分かかる。四回ギアを上げ下げして、二回横すべり《スキッド》して、一回市電の踏切《S・バーン》と点滅する黄色いライトを越えての十八分。

そして君のうしろには逃げだしたツチブタの群れが叫び声をあげている。

そうだな、と僕は思う、彼はたぶん昼飯のためになんて立ちどまりもしないだろう。

僕の部屋にはトラット叔母さんがいて、僕の部屋の空気を入れかえているのが見える。窓を開けて僕に向けてにっこりと微笑みかけ、そして僕の枕をぱんぱんと叩いた。

さあ、太っちょの叔母さん、奴はあんたに見つかるようにここにのこのこと乗りこんでくるようなへまはしないぜ。そうさ、クソタレばあさん、僕の友人ジギー君はあんたみたいなクソタレ頭とは出来がちがうのさ。

窓のむこうには僕のガレンの姿も見えた。彼女はきっと僕のベッドの裾を整えているのだ。まるでミルクみたいに純真に。

　どっちのベッドにグラフは寝てんだい？　とこすっからく叔母さんはたずねる。

　さあ知りませんわ、叔母さま。でもこっちの方が最近使われたみたいに見えますけど。

「ヘル・グラフ？」とトラット叔母さんが僕に声をかけた。「あなたはどっち側のベッドで寝ていらっしゃるのかしら？」

「バスタブに近い方です、フラウ・トラット」と僕は言った。そしてガレンは僕の方には目もくれずにさっと窓を通りすぎていった。

　お前の言うとおりだったよ、ガレン、と叔母さんは言って、いろいろと知恵をめぐらせていた。

　僕も僕で知恵をめぐらせていた。トラット叔母さんが僕の部屋をかぎまわっている。僕が仕事のことで云々しているあいだに誰かが来てこっそりと部屋のドアノブをなおしていった。僕をとじこめることができるようにだろうか？　そしてぼんやりとしたかすみのような雲が、散り落ちた最後のレンギョウの花から黄色い色をかすめとって、まるで爆弾の煙のように空中に低くたれこめていた。

　そしてジギーはどこにいるのだ？　もうウルマーフェルトは出たのだろうか？　ヒ

ースバッハはたぶん過ぎたろう。聖レオンハルトへの道中にかかっているかもしれない。彼はあの道筋を来るのだろうか？　それとも回り道をするのだろうか？

あと何時間くらいでジギーはやってくるのだろう？　そしてガレンは今夜何を着て僕の部屋にやってくるつもりなのだろう？

しぶきのおかげで空気はどっぷりと重くなっていた。庭園は休む暇もなく手に負えないまでに茂りつづけていた。要するにとんでもない阿呆である救いがたい運命氏がのたまっておられるように――注意せよ、注意せよ、ということである。

こういうのはいかにもジギーが詩にしそうな題材である。いや実際に、そういう習作的書きだしがノートブックにあることはあったのだ。

おお人生――破裂すべきしゃぼん玉
運命がしっかりと針を持つ

しかしこれはそのままいけば、かなりひどい詩になったことだろう。彼のつくったものの中でも最悪のもののひとつに。

針先が近づいてくる

地平線近くにまで沈んだまるまるとした太陽が、あらゆるものをレンギョウの色に変えていた。夕陽は窓の格子のかたちに四角く部屋に射しこんで夜を黄色く染め、僕のベッドとその上にある僕の爪先を染めた。

「彼はやってくるんでしょ?」とガレンが言った。

「今すぐにもね」と僕は言った。

「ねえ、グラフ」と彼女は言った。「もし彼が聖レオンハルトから来るんだとしたら、見つかっちゃうわよ。果樹園のそばの道を通りかかるのをヴィンディッシュとケフが見張ってるわ」

「奴はオートバイに乗って堂々とのりこんできたりはしないさ、まさかね」

「彼はきっと町まではバイクで来るわ」と彼女は言った。「そりゃ城の庭まで乗り込んでくるような真似はしないでしょうけれど、でも聖レオンハルトから歩いてやってくるわけもないでしょう? まあ、知恵を働かせれば、聖レオンハルト経由じゃない別の道を通ってくるはずだけれど」

「じゃ、考えてみてくれよ」と僕は言った。「どの道を来ると思う？」

「ねえグラフ、あなたは私をあとに残して行ってしまうつもりじゃないんでしょう」

「こっちに来てお坐りよ、ガレン」と僕は言った。しかし彼女は首を横に振って、窓の張出しから離れようとはしなかった。ベッドに寝転んでいると、彼女の膝の奥の方をのぞき見ることができた。窓の出張りにあたるものの部分がふっくらと丸くなっていた。

「スカートの中をのぞかないでよ！」と彼女は言って脚を引き寄せ、僕に背中を向けた。そしてちらりと窓の外に目をやった。「誰かが庭園から走り出てきたわ」と彼女は言った。

　それから彼女は両膝をついて、窓の外に体をつきだした。

「誰かが壁のところまで来たわ」と彼女は言った。「つたをかりかりひっかいてるわ。よく見えないけど」

　それで僕も出張りの上の彼女のとなりに並んだ。我々は二人で仲良く膝をついて、窓の外に身をのり出した。彼女のおさげ髪が背中をすべって肩口から下にこぼれ、彼女の顔を僕から隠した。僕が彼女のウェストに手を回すと、彼女はちょっと体を起こした。僕は四つんばいになったまま彼女の背中にかぶさった。

「ああ、やめてよ、グラフ！」と彼女は言って、僕の喉に肘鉄を食らわせた。僕は息がつまって、尻もちをつき涙を流さなければならなかった。彼女は出張りの上で足を組んで僕の方に向きなおった。

「あなたなんかね」と彼女は言った。「さよならよ、もう！　どうせ好き放題、好きなところに行っちゃうのよ」

ガレンはもう今にも泣きだしそうだったので、僕は彼女から目をそらさないわけにはいかなかった。窓の外に目をやったが、そこには誰の姿も見えなかった。水に溺れているみたいに息がつまり、目からは涙がこぼれた。

「ああグラフ」とガレンは言った。「あなたまで泣いちゃ嫌」。そして彼女は僕に向って身を投げだし、両手で僕の体を抱きかかえた。僕の顔に押しつけられた彼女の頬はしっとりと濡れていた。「どこかで私たちまた会えるわよね、グラフ。そうよね？私、お給料を貯めるわ。何も買わずに」

僕の喉仏はふくれあがっていて、声を出すこともできなかった。思い切り彼女にこづかれて、喉仏がひっくりかえってしまったのだろうと僕は思う。

「アグッ」と僕は言った。

それから彼女はぐったりとなった。おさげ髪のはじをくわえて僕に寄り添い、縮こまるようにして体を震わせていた。

「ガレン」と僕は声をふりしぼって言った。「誰もいやしないよ」

しかし彼女は僕の言うことには耳を貸さず、いつまでも体を震わせつづけていた。

すると、二本の肘が窓の出張りににゅっと現われて、顎がもごもごと姿を現わした。獣のようなあえぎとうめき声が聞こえ、その次につるつる頭のギリシャ喜劇の面のような顔が現われた。それはかつての我が友ジギーの顔におどろくほどそっくりだった。

「おおい、手を貸してくれよ！」と彼は言った。「このくそったれのつたに足がからまっちまってんだ」

そこで僕は膝からガレンを下ろしすっかり様変りしたジギーを部屋の中にひっぱりあげた。

「帰ってきたぜ！」と彼は言った。

そう言うと彼は床にうずくまったガレンの隣りにがばっと倒れ伏した。

変装した運命

へたへたと崩れ落ちた可哀そうなガレンは二度と彼の方を見ようとはしなかった。

たしかにそれは一度見るだけで充分だったと僕も思う。

「ジギーか？」と僕は訊いた。

「そうともさ、グラフ君！　でもさ、ちょっとわからなかったろう？」

「すぐにはね。ダック・ジャケットを着てないんだもの」と僕は言ったが、本当はつるっぱげになっていたせいだった。頭と顔から一本の毛もなくなってしまったっていうのに、どうして一目でわかるというのだ！

「それからこの剃り具合ね」と彼は言った。「変装さ！」

「しかし、つるつるに剃る必要はあったのか？」

「眉毛もさ、気がついたかい？」

「ひでえ顔だぜ」と僕は言った。

「歩く円天井さ、グラフ君。顎の先から頭蓋骨のてっぺんのこぶまで、きれいさっぱりのつんつるてん頭だよ。しかし頭ってのはこうしてみるとけっこう凸凹があるものなんだなあ」

「君の頭に限ってだろう」と僕は言った。「僕のはそんなじゃないよ」。でも本当は同じようなものだったかもしれない。漂白された桃のくぼみみたいに、僕の頭だって小さな溝やこぶだらけだったかもしれない。

彼は言った。「橋を渡って、堂々と町中を歩いてきたけど、誰も俺だって気がつかなかったよ。市長にも会ってすれちがったけどさ、戦争犠牲者だと思ったみたいだったよ」

床屋犠牲者といったところだが、彼の頭はどきっとするくらい冷たかった。犠牲者の頭には蚊やその他のもっと大きな虫たちがへばりついていた。彼らは猛スピードで突進する円天井に衝突してぺしゃんこに潰れたのだ。片方の耳の上についているくしゃくしゃの羽根はカラスのものかもしれなかった。もちろん彼はヘルメットなしで、床屋の間違いをひやりと風にさらしながら、ここまで乗りつけてきたのだ。

「ジギー、君を見てるだけでぞっとしちゃうよ」と僕は言った。

「わかるさ、グラフ君。わかるよ」と彼は言った。「町の向う側に車を停めてある。荷物をまとめろよ」

「ねえ、ジギー」

「荷物をまとめろよ。それで暗くなるのを待とう」と彼は言った。「手はずはびしっと整ってる。完璧だよ」

床の上に崩れおちて身をちぢませたガレンは、意味もなくこの世にひきずりだされて召使いの服にくるまれた胎児のように見えた。

「ねえ、ガレン」と僕は言った。

「モノにしちゃったみたいだな」とジギーが言った。

「違うよ」と僕は言った。

「荷物まとめろよ」と彼は言った。「ちゃんと場所は見つけといたから」

「場所って？」

「見張りをやりすごせる場所さ！」

「おい、ジギー」

「俺は一晩あそこにいたんだ。計画はできた」

「そうくると思ったぜ」

「俺のことをそんなに信頼してくれてたのかい、グラフ君」

「信頼！」とガレンが言った。

「彼女、大声をあげるんじゃないかな？」とジギーが言った。

「信頼」とガレンが言った。「彼は果樹園の横の道路を通って来たのかしら？」。ガレンは彼の顔をちらりとも見ようとはしなかった。「だとしたらオートバイを見られてるわよ！」彼女は泣き声で言った。「みんなオートバイを注意するようにって指示されてるのよ」

「どうして彼女がそんなことを気にするんだよ?」とジギーが言った。

「聖レオンハルトからの道路を来たのか、ジギー?」と僕が訊ねた。

「グラフ君」と彼は言った。「僕の様子をじいっと見てくれ。僕がそんなアマチュアに見えますか?」

信　頼

まもなく、階段の方から廊下をつたって木のきしみが聞こえてきた。いちばん上の段がぎゅっと音を立て、手すりがかしいだ。

「誰かしら?」とガレンが小声で言った。

「俺は関係ないよ」とジギーは言った。「誰にも見られなかったもの」

僕は廊下に首を出してそっと様子をうかがった。トラット叔母さんだった。彼女ははあはあと息を切らせて、手すりの上にかがみこんでいた。

「ヘル・グラフ!」と彼女は呼んだ。「ヘル・グラフ?」

僕は彼女に見えるように廊下に出た。

「ケフですよ」と彼女が言った。「ケフがあんたを仕事につれていくって来てますよ」

「しごと？」とジギーが小声で言った。

「ずいぶん早いんじゃないですか」と僕は彼女に言った。「ちょっと早すぎるって彼に言って下さいよ」

「早いのはわかってるけど、来るようにって」と彼女は言った。僕とおっかない叔母さんとはお互いにしばらく相手を見定めた。そして彼女はゆさゆさと階段を降りていった。

しかし、つるっぱげのジギーは覆いかぶさるような格好で僕のガレンに詰め寄っていた。彼は彼女のおさげ髪をつかみ、彼女はぎゅっと唇を噛みしめていた。

「仕事に就いたって？」とジギーは彼女に言った。「奴が仕事に就いたってのか、このクソったれ！」

「ジギー！」と僕は言った。

「信頼！」と彼は言った。「君は俺が戻ってくるなんて思わなかったんだろう？ それで仕事とこのクソたれ女を両方手に入れたんだろう？」

「そうしないと逮捕されちゃうところだったのよ」とガレンは唇を噛みながら言った。

「俺は何もかもきちんと手はずを整えたんだ」とジギーは言った。「俺がトンズラしちゃうと思ったのか？」

「君がちゃんと手はずを整えてくれるってことはわかってたさ」と僕は言った。「でもな、ジギー、奴らは僕を浮浪罪でパクろうとしてたんだ。奴らも奴らで手はずを整えてたんだ」

「ケフが待ってるわ」とガレンが言った。「どうしようもないわよ、グラフ。あなたが降りてかないと、彼の方から来るわよ」

「ジギー！」と僕は言った。「仕事のあとで待ちあわせよう」

「まいったね！」と彼は言った。「君はこの可愛いがらくた娘とやってないっていうつもりなのか？」

「よせよ、ジギー」と僕は言った。

「よく言うよ」と彼はどなった。「それで君は僕と一緒に出発するっていうんだな？その君のクソったれ仕事が終ったあとで！　参ったね」

「このケフという男が僕を見張ってるんだよ」と僕は言った。そのとき、木がぴくぴくとけいれんするような音が廊下の向うの方から聞こえてきた。大男が二段ずつ階段を上ってくる音だった。

「ジギー、出てけよ！」と僕は言った。「つかまっちまうぞ。待ちあわせる場所を決めてくれよ」

「私と待ちあわせる場所を言ってよ」とガレンがジギーに言った。「グラフはもう行かなきゃならないのよ」

「君と会う？」とジギーが言った。「どうして俺がグラフ君のクソたれ女と待ちあわせなきゃいけないんだ！　なんのために君と？」

どすんという大きな足音が廊下に上り、トラクターの排気音のような息づかいが戸口の空気を揺らせた。

「出てけよ、ジギー」と僕は言った。

「寝袋と歯ブラシがいるんだよ、グラフ。自分のものを持ってくぜ、いいな？」

「よせよ、ジギー」と僕は言った。「出てけったら！」

どん！　とドアに向ってケフが言った。どん！

「おお、巨人の登場！」とジギーが言った。「背骨砕きの登場！」

ケフがどんと叩いた。

「荷物をまたとりに来るぜ」とジギーが言った。

「この気違い！」とガレンが言った。「ばかっぱげ。意地悪のおかま！」

「おい、グラフ」と彼は言った。彼は二つのベッドのあいだにまで退いていた。「おい、グラフ、俺はばっちりと計画を練ってたんだぜ」

「聞いてくれよ、ジギー」と僕は言った。

「参っちゃうぜ、グラフ君」と彼はとても静かに言った。彼は夕陽を背に、窓の張出しの上にいた。

「本当に待ちあわせよう、ジギー」と僕は言った。

「ああ、ケフ！」とガレンが言った。「ケフ」。彼はドアを思いきり叩いていた。

「どこで会えるか教えてくれ。ジギー」

「俺たちはどこで会った？　君は市庁舎公園で女の子たちを眺めていた」と彼は言った。「俺に会ったのはそのついでだろう？」

「ジギー」と僕は言った。

「君は俺をいい笑いものにしてくれたよ」と彼は言った。

「君と、君がこの旅行ぜんたいととりかえっこしちゃった若くて可愛い飛び入りとでさ」

蝶番《ちょうつがい》のピンがドアから抜け落ちかけていた。まったくこの男はなんというひどい叩き方をするのだ！

「仕事に就いたって！」とジギーは言った。そして彼はジャンプした。庭のぬかるみにずぼっという音がした。

夕陽が彼の恐ろしげな不気味なつんつるてんの頭にあたっていた。影のおかげで頭のへこみや口のところの骨の陥没部がくっきりと目立ち、目から生命の光が奪いとられていた。

「グラフ?」とガレンが言った。

「何も言うなよ」と僕は言った。「彼が戻ってきたら僕に教えてくれよ、ガレン。聖レオンハルトまで果樹園を巡って延々と歩かなきゃならないとしても、彼が戻ってきたら僕を見つけだして教えてくれ」

「ひどいわ、グラフ」と彼女は叫んだ。それから彼女は「まあ、ケフ」と言った。彼はドアの蝶番の側から姿を見せていた。彼が体ごとドアをまわすと、ついにはノブの側が扉枠からはじけとんだ。茫然として、彼はドアをじっと抱えていた。それをどこに置けばいいのか彼にはわからないのだ。

「ひでえ!」と僕は言った。

でも誰も一言も口をきかなかった。

獣性否定

ノートブックにはこのようにある。

ヒンリイ・ガウチは放たれた獣を憎んだ。ずっと長いあいだ独善的に、彼はみずからの内なる獣性を否定してきたのだ。

しかしケフは獣性を否定するといったようなタイプではなかった。反抗するガレンをひっつかんで叔母さんのところまでつれていく時もそうだったし、鉄の荷台の連結部の端をひょいと持ちあげて馬鹿力でトレイラーとトラクターをつないでしまう時もそうだった。

ケフが運転し、僕は荷台の上にバランスをとりながら坐っていた。僕の足の下で鉄が歌い、スイッチバックにさしかかるごとにトレイラーが腰を振った。我々が果樹園道路を上っていくと、夕暮はだんだん明るくなった。我々は山がその背後にかくしていた昼の光の最後の輝きを捉えていたのだ。

聖レオンハルトに近い、てっぺんの果樹園に到着すると、ケフは日がきちんと暮れてしまうのを待った。

「蜂商売は長いのかい、ケフ?」と僕は訊ねた。

「小利口な野郎だぜ、まったく」と彼は言った。ヴァイトホーフェンのわずかなネオン光と河沿いの青白い灯がはるか眼下にまたたいていた。蜂の巣箱のぬりたての白いペンキが緑がかったチーズ色に染まっていた。巣箱はまるでジプシーのテントのように果樹園じゅうにポツポツとちらばり、そのひっそりとした生命の営みをつづけていた。


ケフはトラクターの座席にどかっと腰を下ろし、手動クラッチとフットブレーキとギアシフトと計器と鉄の部品のあいだにうずくまるようにかがみこんだ。そして両腕をだらしなくのばして、大型のタイヤの上にのせた。それはまるで戦争用の安楽椅子といった格好だった。

「もう暗いよ、ケフ」と僕は言った。

「もっと暗くなる」と彼は言った。「巣箱を手にとるのはお前なんだぜ。もっと暗い方がいいと思わないか?」

「その方が蜂がぐっすり眠ってるから?」

「そのとおりさ、お利口坊や」とケフは言った。「こっそりと忍び寄って、網戸をしめるんだよ。そうすると、お前さんが奴らをつれだしてるあいだに目を覚ましたとしても、奴らは外に出られねえのさ」

そんなわけで我々は、山の頂が闇の中にぼんやりと吸い込まれ、月がそこに白い光を放ち、ずっと遠くのヴァイトホーフェンのまたたきだけがランタンや電球の灯の下で夜を過す人々のしるしとなるまで、ずっと待ちつづけた。

ケフのやり方というのはこうだった。僕がトレイラーに危っかしく乗って、彼が果樹園の並木を巡って運転し、また次の果樹園へと移るのである。蜂箱の前で彼がトラクターを停め、僕がこそっとそこに忍び寄る。そこの扉には郵便受けのくちくらいの入口がついていて、外のでっぱりのところに二、三匹蜂が眠っていた。僕は連中をできるかぎりそっと中に突きおとし、それから入口と出口の網戸を下ろした。

箱をもちあげると、巣ぜんたいが一斉に目を覚ました。彼らが中でうんうんとうなると、まるでずっと遠くの電流を感じるみたいに、腕がぴりぴりと震動した。

箱はとても重く、持ちあげて荷台に載せると底のすきまから蜜がぽたぽたとこぼれた。

ケフが言った。「落っことしでもしたらな、坊や、その箱は割れるぜ。それでもしその箱が割れたらだな、坊や、俺は車ごと一人でとっとと逃げちまうからな」

というわけで、僕はひとつたりとも箱を落とさなかった。荷台の上に六個ばかり箱が並ぶと、僕はそれらが滑り落ちないように背中をぐっと押しつけておかねばならなかった。はじめのうちは下り坂で、箱はどんどんトラクターの方に滑り落ちてきた。そして次に上り坂になると、逆に後尾の方に滑り落ちていった。

「きちっと集めとけよ、坊や」とケフが言った。

箱を十四個並べると荷台はいっぱいになった。それが一段目だった。僕はまだその上に積み上げねばならなかった。二段目になると、箱は前ほどは滑らなくなった。重みでおさえつけられたのだ。しかし僕は三段目を積めるように、二段目に一個ぶんだけのスペースをあけておかねばならなかった。巣箱を踏み台にして、新しい箱を積んでいかなければならないのだ。そしてすみっこの部分を埋めるために、僕は二段目の箱の上にはらばいにならなくてはならなかった。

「三段くらいでいいんじゃないの？　え？　ケフ」

「足を中につっこまないようになあ」とケフが言った。「ばっちり刺されちまうからな」

「ばっちり注意するよ、ケフ」。蜂蜜まみれになって空巣狙いみたいに膝まですっぽりと夜中に他人の家に足をつっこむのは、たしかに見られたもんじゃないや。

ケフのやり方というのは、僕が巣箱を押さえ、彼が道を右から左へ、左から右へと横切りながら山を下っていくというものだった。彼は両側の果樹園を均等に押さえていったが、道路を横切るのはちょっとした骨だった。こちらの溝を出て、向うの溝につっこむわけで、荷台がどさっと傾いて二段目の箱がななめ立ちになるほどだった。僕がしっかりと箱を押さえると、彼はまずエンジンを切り、ヘッドライトを消す。そしてトラクター各部のうなりとぷすぷすという機械音をとめてしまう。しんとさせる。そして道路をやってくる車がないかと耳をすます。音が聞こえると、彼はそのまま待つ。

とまあ、そんな具合に、トラクターとトレイラーが道路を渡るのにいちいちえらく時間がかかった。道はすごくくねくねとしていたので、ヘッドライトを見てからよけるというわけにはいかないのだ。というわけで、ケフはじっとエンジン音に耳をすますのだった。

「あれは車かな、坊や?」

「ぜんぜん聞こえないよ、ケフ」

「耳をすませろ」と彼は言った。「道のまん中でわきっぱらに衝突されて、巣箱をひきつぶされるなんて目にあいたかねえだろう?」

それで僕は耳をすませた。耳をすますと、車のマニフォルドが熱くなって立てる音や、おしゃべりな蜂たちのうなりが聞こえた。

一度だけ僕は刺された。僕が入口のでっぱりから中につき落とそうとして落ちなかった蜂がシャツの袖に入って、僕の手首を刺したのだ。ちょっと熱いだけだったが、手首は脹れあがってしまった。

荷車のタイヤ圧をチェックするためにケフがトラクターを停めたとき、箱はあと四、五個で三段目がいっぱいになるというところだった。「今ごろは奴もきっととっつかまってるぜ、お利口坊や」と彼は言った。

「誰が?」と僕は言った。

「お前のおかま友だちさ、お利口坊や。奴はお前に会いに来たが、もう逃げ出せやしねえ」

「君はドア越しに声を聞いてただけじゃないか、ケフ、部屋にはガレンと僕しかいなかったじゃないか」

「ふふん」と彼は言った。「庭に足あとがあった。そしてみんながどなり声を聞いてるんだ。わかるかい? おかまになると耳が悪くなるらしいな、坊や」

彼はタイヤ・ゲージを読んでいた。何トンもあるにちがいない蜂と蜂蜜をのせた単軸二輪のトレイラーを支えるのにいったい何ポンドの空気がいるのだろうか？

ケフは僕が踏み台としてあけておいた二段目のスペースの近くに身をかがめた。僕はひょいと跳びあがって、三段目の箱を残らず彼めがけてつき落とすこともできた。それで僕は二段目に跳びのった。

「お前はガレンちゃんと二人でいったい何してたんだ、坊や？」。彼は顔を上げずに言った。「俺はあの子が大人になるのを待ってるんだ」と彼は言った。「それからもうちょっと大きくなるのをな」。彼のずんぐりした、首のくびれのない顔がにたにたと笑いながら僕を見上げた。

「あそこでお前はいったい何してたんだ？」と彼は言った。それから彼はまるでスプリンターがスタートの構えをするように、足を尻のうしろにつきだした。

僕は言った。「どうして僕らは蜂よけの服を着ないんだ、ケフ？　マスクとかそういう一式をさ」

しかし彼は三段目の巣箱から目を離さずにあと戻りした。

「なんで何を着ないって？」と彼は言った。

「蜂よけ服」と僕は言った。「何かがあったときのための防護用のやつさ」

「蜂飼いはこう考える」とケフはしゃきっと身を起こして言った。「お前が防護されていると、お前は不注意になる。不注意になると、事故が起こる」

「どうして蜂飼いは自分で巣箱を集めないんだろうね、ケフ？」

しかしケフはまだ三段目をじっとにらんでいた。「三段目もそろそろいっぱいになるな」と彼は言った。「もう一回道路の向う側に行って、それから農場に戻ろう」

「よし、すませちゃおう」と僕は言った。

「まだ奴があそこにいるって思ってんのかい、坊や。これが終ったら、俺たちはもう一回これをやるのさ。それでもまだ奴が待ってると思うほどお前だって呑気じゃなかろう？」

「そうかい、ケフ」と僕は言った。お前だってそうは呑気じゃいられないぜケフ、と僕は心の中で思った。お前だってじきおだぶつになるんだぜ。蜂たちが巣で待ちかまえていて、お前は今に蜂蜜まみれになって、蜂に刺されてぶくぶく頭が今よりずっとぶくぶくになるんだからな。

ケフは何かが来ないかと耳をすませた。

いや、そんなことできないよ、と僕は思った。お前はじっとそこでぬくぬくしていることだろう、ケフ、無傷のままでね。これが僕の「一線を画す」やり方なんだよ。

なあ、ジギー、君は僕にいったい何を求めているんだい？

「誰か来るぜ」とケフが言った。彼はエンジンを止めていた。

蜂さえもがうなるのをやめて耳をすませていた。

「誰かが走ってくる」と言って、彼は道具箱を開けた。

息づかいが道路の先の方から聞こえてきた。砂利のすれる音と、はあはあというあえぎだった。

「お前の知りあいかな、坊や？」と手にレンチを握りしめてケフが言った。

それから彼はヘッドライトの枠をねじって、光が路面にあたるように調整した。しかしライトは消したままだった。きちんとセットしただけだ。

静まれ、蜂たちよ、と僕は思った。それは歩幅の狭い、小さな歩調《ステップ》だった。息づかいも小さく、そして速い。

ケフがライトをつけると、そこに僕のガレンがいた。彼女の髪はほどかれて、走るにつれてそれが夜の闇に踊っていた。

どれくらいの蜂が必要なんだろう？

彼女は知らせを持ってやってきた。ヴァイトホーフェンからずっと上り坂を走ってきたので、彼女の脚はゴムのようにくたくただった。ジギーが歯ブラシを取りに堂々とのりこんできた様を彼女は教えてくれた。彼はまるで猿のようにつたをよじのぼり、ひょいと格子に移ってそこから部屋に入った。そしてメエメエと鳴きながら廊下を走り、手すりにのってロビーまで下り、みんなの墓碑銘を読みあげた。階段の下のくぼみにかくれて、交尾中の牝鶏のようにくっくっと息をつまらせているトラット叔母さんに向って。それから彼は僕のガレンに向っても、踏みにじられた処女性についての隠喩《メタファー》を投げつけた。僕に向っても、この僕に向けても、彼は痛烈な攻撃を加えた――と彼女が教えてくれた。彼は来るべき僕の去勢を予言した。

「あの人おかしいわよ」と彼女はあえぎながら言った。「ほんとうよ、グラフ。それから、あの人ったら庭の泥をすくって城の壁めがけて投げつけたのよ！」

蜂たちは話の一部始終を聞いていた。彼女が巣箱にどっかりともたれかかると、蜂たちは彼女に向ってぶんぶんとうなり声をあげた。彼女のほっそりとして長い背中がべったりと巣箱によりかかっていた。

「そんな風に体重をかけてよりかからせるんじゃない」とケフが言った。「箱を傾かせちゃだめだ、坊や」

そうかい、これくらいありゃ充分ってわけかい、ケフ、と僕は思った。

「今にとっつかまるさ、ばっちりな」とケフが言った。

「ねえ、彼は狂暴になってるわ」とガレンが言った。

「グラフ、町じゅうの人が彼を探しまわってるのよ。いったいどこに行っちゃったんでしょう？」

「あんな奴はとじこめちまやいいのさ」とケフは言った。そしてそのとき、彼の背後の道の下方で、ヘッドライトの灯がぐいと鼻先をひねりこむように光った。それはスイッチバックに向ってしなだれかかった木をしゃきっとさせるくらいの唐突さだった。夜空を背にへこんだりつきだしたりしている丸い形の木立ちのむこうに町が音もなくまたたいていた。

「ねえ、グラフ」とガレンが言った。「気の毒だと思うわ。ほんとうにそう思うわ。あの人はあなたの友だちなんだし」

「静かに」とケフは言った。しかし僕には何も聞こえなかった。「耳をすませるんだ、坊や」――町の方から我々の方に向ってのぼってくる音はまだほとんどききとれないくらいの小さな音だった――「車の音、聞こえるか?」

それから木立ちのところどころに点滅する青い灯がうつるようになった。それは路上にきらっと光り、スイッチバックを曲るごとにその向きが変った。

「わかるか」とケフが言った。「ありゃフォルクスワーゲンだ。お巡りさ、ばっちりとな」

ばっちりとそのとおりだった。パトカーがサイレンも鳴らさずこっそりとやってきたのだ。

車には警官が二人乗っていたが、彼らはちょっと停まっただけだった。

「山頂に非常線をはるんだ」と一人が言った。そして黒い手袋をはめた指をぱちんと鳴らした。

「聖レオンハルトでな!」ともう一人が言った。「奴がこの道路を来りゃあな」

そして蜂たちが耳をそばだてていた。点滅するブルーのライトが巣箱から遠ざかっていった。彼らは僕のかわいそうなぐったりともたれかかったガレンに向ってぶんぶんと騒ぎたてていた。彼女は僕のおかげで今夜だけで二度もぐったりと崩れ落ちてしまう羽目になってしまったのだ。

僕に考えられるのは唯一こういうことだった。彼はバイクに乗って町を出ようとはしないだろう、ばっちりと。それから、少なくとも、この道路をやってくることはあるまい――これもまたばっちりと。

そしてケフが言った。「おい坊や、一晩じゅうここでのそのそしてるつもりじゃあるめえな。そこの娘が大丈夫なようなら、道の向う側に移りたいんだがね」

「私なら大丈夫よ」とガレンが言った。しかし彼女の声は震えていて、それはまるでラクサルぺから真冬の風の残りが山肌を一気に吹きおろしてきて、彼女のあたたかみと可愛らしさと傷つきやすさをしっかりとその手につかんでしまったように見えた。まるで身をくるむものひとつなく朝に目覚めたように、彼女はうちのめされていたので、僕としては冷静に頭を働かせることなんてとてもできなかった。

「静かに」とケフが言った。彼は背もたれのばねのきいた大きな椅子にどっかりと坐りこみ、ごたごたとした鉄製部品の中に身を置いた。我々は耳をすませた。彼はヘッドライトの鼻先をぐいとねじったので、僕とガレンは向い側からまともにライトを浴びた。ケフはそれからがっしりとした足をそれぞれの車輪のブレーキの上にのせ、ひとしきりがたがたと操作してトラクターのギアをはずした。トレイラーが揺れ、蜂が歌いはじめた。

「何も聞こえないよ」と僕は言った。

「そう、聞こえないな」とケフは言って、スタート・ロッドに手をのばした。

彼が手をのばしているときに、「ね、ケフ?」と僕が言った。

「なんだ、小僧?」と彼は言って、空中で手を止めた。

「ほら」と僕は言った。「聞こえない?」

彼は凍りついたみたいに体を静止させた。かちゃかちゃというトラクターの部品の音が静かになり、息づかいも消えた。

「聞こえる」と彼は言った。

ひょっとしたらまだ町を出てさえいないかもしれない。しかしそれは近づいていた。あるいはそれはこの道路をやってくる音ではないかもしれない。まだ狭いアーチを通っているところなので、音が聞こえたりまた突然聞こえなくなったりするのかもしれない。聞こえなくなり、そしてまた聞こえてくる。

「おい小僧、なかなか良い耳してるじゃねえか」とケフが言った。

それはもう町を出た。そして我々の方に向っていた。粗野な男が扉を閉ざした部屋をいくつもいくつも隔てたところで咳払いしているような音だった。巨大な粗野な喉でくりかえしくりかえし、終ることなく咳払いしているのだ。それは絶え間なく進みつづけ、絶え間なく我々に近づいていた。

「ははあ！」とケフは言った。

そうとも、僕だってこの音だけは何があっても聞きわけられる。我がジギー君のまたがるばたばた獣の素敵なサウンドだ。

「来たぜ！」とケフは言った。「奴だ、小僧。あのおかま野郎だ！」

それにな！　ケフ、お前だっておしまいだぜ。三段めの蜂箱をお前にひとつ食らわせてやろう。連中がうんうんとうなっているちょうどそのあたりの高さに突き出ているその猪首めがけてな。お前がどっかりと坐りこんでるその高い運転席めがけてな。ケフ、蜂箱をひとつぶっつけてやろう。ひとつじゃ足りなきゃ、もうひとつ。あるいはぐらぐらしてる一列ぶんをまるごと落としてやろうか、ゴリラ野郎。もしそうすることで事態が好転し、うまくものごとが運ぶなら、僕はやるぜ。

どれくらい蜂があれば足りるかな、ケフ？　お前みたいな大男は、いったいどれくらいの蜂に刺されればくたばるんだ？　お前の必要なぶんを教えてくれよ、ケフさん。

上り坂下り坂・こちらまたあちら

ガレンのひやりとした冷たい手が僕の意識をもとに戻してくれたみたいだった。それで僕はトレイラーの後尾に身をかがめて考えた。どうすりゃいいんだ、ジギー？ どうすりゃ君を停めてあの山頂のブルーの点滅ライトのパトカーや、あそこにいるぱちんと指を鳴らす黒手袋のお巡りにとっつかまらせないようにできるんだ？

山の上の方の、ケフと僕が下ってきた砂利道のスイッチバックはもっと切れこみが鋭い。蜂をのせた荷車から数えて四つ上のS字カーブがいちばん見事なS字カーブだった。S字というよりはZ字に近い。いくらジギーでも、それからあの獣でも、あそこでは一段か二段ギアを落とさないわけにはいかないだろう、と僕は思った。ひょっとしたらファースト・ギアまで。それくらいなら彼を停めることもできるかもしれない。あるいは停めることはできずとも、道に立っている僕の姿をみとめられるくらいにはスピード・ダウンするだろう。

僕は走った。ケフが何か叫んだが、僕には聞きとれなかった。いや、彼のしゃがれ声が何をどなっているかなんて、僕は気にもとめなかった。

夜中に走ると、それがたとえ上り坂であったとしても、とても早く走っているように感じられるものである。道路がどれくらいゆっくりとしか後ろに流れていかないものか、木立ちがどれくらいゆっくりとしか過ぎ去っていかないものか、目に見えないからだ。太古の夜の闇の影がぼんやりとあたりをさまよい移ろっていた。獣の咆哮がだんだん近づいてくるのが聞こえた。

いろんな細かいものごとがきちんとかみあい、そしていろんな事実が動かしがたく固まっているのは、回想という行為のなせるわざなのだろうか？　それとも僕はほんとうにその時あれを聞いたのだろうか？　蜂の羽音を。百万の、そのまた倍の、また倍の数の声が、いきりたち、せっつき、うなりをあげていた。

でもこれだけはたしかだ。くねくねとした山肌に沿ってＳ字カーブが三回つづき、それからＺ字カーブが現われたことだけは。僕がＺ字カーブを曲ったときに間髪を入れずヘッドライトが木立ちを照らし出す、という風にものごとは完璧にはこんだのだったろうか？　あるいはそれはＺ字カーブの手前の最後のＳ字カーブのあたりだったろうか？　それとも長いあいだそこにひそんでいたあとで、あのバルブのボッボッ、バタバタという音と、タイヤがぴしぴしと道路を打つ音とがＺ字カーブに曲りこんでくるのが聞こえてきたのだったろうか？

少なくとも僕はそこにいた。僕はオートバイに乗ったジギーの姿が眼下のS字カーブを滑るように抜けてくるのを認めた。音からすれば彼のギアはサードだった。そしてぐっとひねられたヘッドライトが僕の体を洗うように月光色に染め、僕を永遠にその路面に釘づけにした。

それからギアがファーストに落ちる音が聞こえた。彼はZ字の肘のところにいる僕のわきまでやってくるだろうか？　あるいはヘッドライトだけがひとりでのこのここちらにやってくるのだろうか？

「くそたれグラフじゃないか！」と彼は言った。そして獣はこほこほと咳をして停まった。

「ああ、ジギー！」と僕は言った。もう僕は彼のぴかぴかのヘルメットにキスをしてもいいくらいの気分だったが、もっともそれはヘルメットなんかじゃなくて、彼のむきだしの頭だった。それはお月さまのようにつるつるで、脱出の夜とあって、しっかりむきだしにされていた。それはまるで銃のようにひやりとしている。

「くそたれのグラフ！」と彼は言った。そして彼は足でキックしてバイクのギアを外そうとした。彼はキックスターターの上に足をのせた。

「ジギー、君を捕えるために聖レオンハルトで道路が封鎖されてるぞ！」

「封鎖されてるのは君の頭の方さ」と彼は言った。「さあ俺は行くぜ」

「ジギー、突破するのは無理だ。身を隠した方がいいよ」

しかし彼はまた足をスターターにのせた。僕は彼を揺さぶったので、彼はバイクを支えるために二本足で立たねばならなかった。

「このクソったれ！　あんな女にほれて何もかもぶち壊した腰抜け野郎が！」

そして彼は力まかせにバイクをきちんと立たせ、スターターにのせる方の足で地面を蹴ろうとした。しかし僕はそうはさせなかった。

「ジギー、やつらは待ち伏せてるんだ。行っちゃ駄目だよ」

「何か計画でもあるのかい、グラフ君？」と彼は言った。「君の計画を聞こうじゃないか、このクソったれグラフ」

やれやれ、計画なんて何もない。あるわけないのだ。

でも僕は言ってみた。「バイクを隠す。果樹園に逃げこむ。朝までじっとしている」

「それが君のいうところの計画か？」と彼は言った。「それでおしまいか、グラフ？世界中の娘っ子をぜんぶやっちまうまでは、まともな計画のひとつも出てこないのか？」

そして彼は僕の手からハンドルバーをもぎとった。しかし僕は彼の両脚をバイクにぎゅっとおしつけていたので、彼はスターターをキックすることができなかった。「君の頭からは計画なんて出てきやしないぜ、このクソったれ。まともな展望ひとつない。この世の中にまだ抱っこしたことのない若いうぶな女が一人でもいる限りな」

そして彼はバイクの向きをさっと変えてハンドルバーをぐいとつかんで持ちあげ、両脚を踏みこんだ。それでも僕はまだ彼のスターターにのせる方の脚をしっかり捉えていた。

「この根性なしの単細胞のグラフ！」と彼はどなった。「お前の頭には世界中のまだ手をつけられてないオッパイがぎっしりつまってんだ！」

彼は前輪を下り坂に向けた。そして獣を転がしはじめた。僕は彼のダック・ジャケットのうしろポケットをつかんで、そのわきを一緒に走った。

「処女膜狂いのこの阿呆のグラフの馬鹿たれが！」と彼はどなった。

まったくなんて奴だ。まともじゃないよ、こんなの。バイクはもう動きだしていた。彼はギアを見つけようとしていた。彼はクラッチを引いて、ジャンプしてスターターを蹴りこもうとしていた。

「君はいつだって何もかも放り捨ててしまうんだろうなあ、グラフ」と彼はちょっと奇妙なくらい優しい口調で言った。

僕はもうついていけなくなって、彼の背中にとびつくと、バイクがふらふらと揺れた。僕は彼の背中に不安定にへばりついたが、彼は後部用のフットペダルをしっかりとガードしていた。彼はどうあっても一人で旅行をすることに決めているようだった。

彼ががっちりとギアをかみあわせる感触が伝わってきた。

でも僕はこんな具合に行動した。僕は彼の肩ごしにかがみこんで、手のひらのつけねを振りおろして、エンジンのスイッチを切った。それでエンジンはもうかかろうとせず、うしろの方で消えいるような、すうっと空気の抜ける音がした。しかしギアが入っていたので、バイクは急にとまった。僕は彼の背中にどすんとぶつかり、彼ははねとんでガソリン・タンクの上にまたがるような格好になった。彼の両脚はくさびのような形に折れてハンドルバーの下にまでもちあがった。それで彼の足もフットペダルからはずれて、ギアをさがすことなんてできなくなってしまった。

それがたとえどんなギアに入っていたにせよ、それを維持することは不可能だった。はずみのついたこの凶暴な獣はニュートラル・ギアへとするりとすべりこんだ。我々は歯止めなく転がっていくことになった。ヘッドライトがごとごとと上下しながら我々の行く手を照らしだした。我々はエンジンの切れたまま惰力で路上を漂っていた。

どろまみれの砂利がやわらかな音を立て、我々の足もとではじけとんだ。ぴしゃっとしたうなりのような小さなタイヤ音がして、我々はどんと叩きつけられた。我々はもの音ひとつ立てなかった。

蜂でさえ我々の立てる音を聞きつけただろうか？

ひとつのS字カーブから次のカーブへと、まわりをとびすぎていく夜よりもすばやく、かすむように走り去っていった。

「自分のシートに戻れよ！」とジギーが言った。「ギアを入れなきゃならないんだよ」

しかし坂はとても急だったので、僕の体重は彼にのしかかり、燃料タンクへと押しつけることになった。そして僕がなんとか体をどかそうとしたちょうどそのとき、新しいS字カーブがのしかかるように迫ってきた。

「ギアを入れろ、グラフ！」と彼はどなった。「足が届くだろう、この根性なし！」

そして彼は音を立ててぐっとクラッチハンドルをひねった。僕はよくわからない小さなレバーの下を踏みこんだが、それはぴくりともしなかった。

ばたばたとはじけるヘッドライトが崩れた道路の突出部やかけらや、おどろおどろしい木立ちや、底なしの谷を照らしだした。冷ややかで平穏にみちた夜空や、ちかちかとまたたく天使のような町、果てしなくつづく無数のスイッチバック道路——そんなものだ。何もかもが、ぎざぎざにくぎられた上に斜めに傾けられた鏡にうつる像のように、我々に迫ってきた。

ほとんどあきらめたようにジギーは言った。「おい、グラフ、なんとかしてくれよな」

僕のつま先はこすれてひりひりとしていたが、ギアレバーが突然がしっとかみあう音を立てた。エンジンが砲声のように、あるいは馬がひひんといななくように、音を立てた。自分の体がジギーの背中にぺしゃりとくっつくのが感じられた。僕は一所懸命になってなんとか体をひき戻そうとした。前輪のショック・アブソーバーが音を立て、バイクがぐっと前に傾いた。

ジギーの体の重心はあまりにも前方に行きすぎて、うまく体をかがめることができなくなってしまった。我々はもそもそと救いがたく折りかさなりながら果てしなくつづくS字の上側のカーブを曲った。しかしそれでもわずかにスピードが落ちた。

「それがセカンド」とジギーが言った。「ファーストを見つけてくれ。それでスピードを緩めてくれ」

S字の下側の方のカーブが我々の眼前にあった。バイクは勢いをつけて、道路の高くなった中心部をとびこしたが、なんとか我々は路面にとどまった。しっかりとしがみついている他なかった。「ファースト・ギアだ、グラフ、ファーストだよ」

　僕は足をまた踏みこんでレバーを押しさげた。ひっかかるような感触がわずかに伝わってきた。ジギーが言った。「ギアをはずすなよ、グラフ。しっかり踏みこんどいてくれよ」。もうこれで終りなんだな、と僕は思った。この気違いみたいなドライブももうじきに済むのだ。そして我々はS字カーブから抜け出た。これでおしまいってわけさ。ばっちりとね。

　でもそこでケフは何をやってるんだ？　奴のトラクターと蜂箱をのせた荷車はなんだってわき腹をこっちに向けてるんだ？

　二人はびっくりしたみたいだった。ケフはトラクターのばかでかいハンドルを両の手からこぼれていく世界みたいな格好でかかえ、ガレンはトレイラーの後尾に坐ってあの三段めの蜂箱をおさえていた。

　あのおそろしく耳の良いケフも、エンジンを切って下りてくる我々のもの音まではもちろん聞きつけることができなかったのだ。それでおいケフ、何をしようというんだ？　道路をふさいで、やってくる人間をかたっぱしから片づけようっていうのか？

「あああ」とジギーは言ったが、とても静かな口調だったので、それは突風に向って囁いたような愚痴ったような、そんなふうに聞こえた。

必要な蜂の数

ヘッドライトが踊るように彼らの姿を照らしだした。どっかりと三段に積みあげられた蜂箱が生々しく我々の眼前に浮かびあがり、そしてあっと思うまもなく頭上におおいかぶさってきた。荷車の鉄の平底がぶんぶんとうなり、蜂蜜の重みで我々のバイクのヘッドライトの高さにまでたわんで、我々がやってくるのを非難するかのようにヘッドライトの光を我々に向けて照らしかえしていた。

ジギーの肘が二度上下して僕の胸をつきとばし、両肩にかぶさった僕の体をふりほどいた。でも僕もちゃんとそれはわかっていて、既に彼を助けるべく行動を開始していた。シートと燃料タンクの上に坐った二人の体のあいだにあるすきまに指をつっこもうとしていた。僕は腕立て伏せの要領で、体を後ろに押しやった。両腕をしゃきっとまっすぐにのばすと、自分の体がジギーと獣から離れていくのが感じられた。それはとてもゆっくりで、まるで百マイルの下り坂を飛ぶように走りながらずっと腕立て伏せをやっていたかのように感じられた。僕は獣の背後の空を飛び、獣は僕をひきはなしていった。獣のギアはセカンドのままで、二度とファースト・ギアに戻すべくもなかった。

　上下に揺れる赤いテイルライトが僕の目の前のずっと下方をはねるように進んでいた。このまま空に浮かんでヴァイトホーフェンまで飛んでいっちゃうんだな、と僕は思った。蜂の一マイル上空をとびこし、そして百マイルも着地することなくとびつづけるのだ。

　テイルライトはどんどん遠ざかっていった。それはどこに行くかをきちんと決めようとするかのように左右にふれたが、もちろん言うまでもなく、行くべきところなんてあるわけはなかった。

　僕が宙をさまよっていた何百マイルもの長いみちのりは、不思議なことに時間にすればないも同じようなものだった。不屈のジギーがハンドルバーから両膝を抜きだすほどの時間もなかった。でも僕は彼がなんとかそうしようとしているのを見るだけの時間があった。彼のつるつる頭ははじかれたようにぐっと後ろにそらされて、そこに不気味な像をいっぱいにうつしだしていた。ヘッドライトやテイルライトや、蜂箱の壁や角、荷車、のっそりとしたトラクターのフェンダー、ケフのあんぐりと開けた口の中に見える鉄の部品、そんなものだ。

　テイルライトがとびきり不格好なダンスをやって地面に落ち、赤や白の光の断片をばらまき、やがてその踊りをやめて闇の中に消えた。ジギーはその影の中につるつる頭をもぐりこませ、ダック・ジャケットの中で首をすくめ、獣を横だおしにした。

ヘッドライトは荷車の下をくぐり抜けて、向う側の安全な道を照らしだした。横だおしになったバイクはテイルパイプを地面にこすりつけて火花を散らしながら、そのヘッドライトの照らしだした道筋を追おうとした。フットペダルやキックスタンドやハンドルバーやホイル・ハブが倒れこんだ道路の土くれをむしりとった。

僕があのどたばたさわぎの頭上をとびこえて、そしてあのおそろしい荷車の下をくぐり抜けてくるジギーと再会したりしたら、お前はすごく驚くだろうな、ケフ。

しかしいったい何ということをしてくれたのだ、ケフ？　いったいお前は何のためにそんなことをしたのだ？　急に車をがくんと前に進めて、また停まるなんて。あるいは車を停めてから進めるなんて。順序はどちらでもいいけれど、何をするつもりだったんだ、ケフ？　お前ののろまな脳味噌でいったい何を考えていたというのだ？どうしてお前は自分がその場をうまく切りぬけられるなんて考えたりしたのだ？どうして車を動かしたりしたのだ、ケフ？　おかげでジギーは荷車の下にもぐりこんだものの、向う側に抜けることができなくなってしまったのだ。

お前はたしかにほんの少ししか車を移動させなかったけれど、それでも何かがジギーだか獣だかの一部を捉えたのだ。車軸か、それともタイヤの先端か？　荷車の底のでっぱりか？　何はともあれ、それがどすんという音を立てたのだ。その鉄のぶつかるうつろな響きは月をも震わせるほどだった。

ケフ、お前はほんの少ししか車を動かさなかったけれど、それでも車を勢いよく前にかしがせてしまったのだ。

僕がそのお前のいまわしい積荷をひょいと飛んで越えようとしたそのときに、お前は車を動かしてしまったのだ。そしてジギーだか獣の一部だかが荷車の底でどすんと音を立てたのだ。ガレンの長い、愛の失せた腕は、ほんのお義理程度にしかあのおそろしい三段目の蜂箱を支えてはいなかった。彼女はとんで逃げた。もうゲームのけりはついてしまったし、彼女の手で巣箱を支えきることは不可能になっていたのだ。彼女はとんで逃げたのだ。ちょうど僕が空を飛んでお前の蜂たちの頭上をこえようとしたまさにその時にさ、ケフ。お前が計器やギアやその他もろもろのいまわしい鉄の部品の中で何をしようというつもりだったのかは知らないが、とにかくお前は車を前進させ、停止させ、またチョークさせたのだ。

三段目の蜂箱は僕が百マイルも空を飛んでいるあいだ、ずっと傾いたまま空中にとどまっていた。それはスローモーションで落下し、粉のようにふわりとした道路と荷車の鉄でできたかどの上に舞い下りた。蜂たちと僕は、どちらもスローモーションで落下したんだよ、ケフ。

　ひょっとして僕は蜂たちが落下するのをたしかめてから、自分も落下しようと決心したのだろうか？　僕はぐしゃりと路面にぶつかったが、それはみかけよりはずっと固く、僕は両手首のつけねの皮膚をすっかりえぐりとられてしまった。

　しかし箱の落ち方は僕の場合よりずっと激しかった。それはまるで水の入った風船みたいに重くて壊れやすかった。やわな側壁がとびちり、ぐにゃぐにゃとしたスポンジ状の蜂の巣がこぼれ出てきた。

　ああ、彼らはいったい何を語りあっていたのだろう？　蜂たちは何と言っていたのだろう？　「この真夜中に俺たちの家を叩きつぶしたのはどこのどいつだ？」と言っていたのか？　あるいは「誰が俺を起こしたのだ――巣にどかどか踏みこんできて小さな寝室で眠っていた子供たちを押しつぶしやがって！　**おまけになんだこのまぶしい光は？」**だろうか。

　というのは獣はまだ生きていて、ヘッドライトもつきっぱなしになっていたのだ。その光は荷車のはしからぽとぽととしたたりおちてくるたっぷりとした蜜のたまりを、トレイラーの下からすばらしく美しい琥珀色に照らしだしていた。

光の中にはお前もいたよ、ケフ——熊みたいにのしのしと大股で、太い両腕を頭のまわりに振りまわし、ズボンの裾をぱたぱた鳴らしながら、お前は道を僕の方にとんできたのだ。そうさケフ、とんできたんだ。空中でひょいと向きを変え、自分の体を抱きかかえるような格好で、そしてまた低く身をかがめ、お前は僕の方めがけてとんできたのだ。

お前よりはガレンの方が先に僕のところに来たんだっけな、ケフ？　あるいはほんの一瞬そこに彼女の姿が見えたのは、あれはまぼろしだったのだろうか？　それからお前は僕の体をボールでもつかむみたいにひょいとつまみあげ、半分かかえるように半分ひきずるように、蜂の導く光線の道から脱け出すべく山の上の方まではこんでくれた。

蜂たちが刺しはじめたのはそのときだったろうか？　僕はそのとき何を感じた覚えもないのだ。僕は最初に耳にした獣か何かがトレイラーにぶつかるあの**どすん！**という音が再びくりかえされたのを覚えている。それははじめのものよりはもっと小さく、もっとぼやっとした**どすん！**だった。どすんぶうむ、どすんぶうむ、という音が荷車の下から湧きあがったのだ。

おいジギー、君はトレイラーを体の上から持ちあげようとしたのか？　それともハンドルバーの下に折り曲ったたまま挟みこまれたその哀れな両膝をひっぱりだそうとまだもがいていたのかい？　君のこぶしや腕や、それからつるつる頭もかな、どすんぶうむ、どすんぶうむ、という音を立てたのだ。音が聞こえれば僕が駆けつけると君にはわかっていたのだろうか？

君の声が聞こえた。そして僕は走ったのだ。もし蜂たちが僕の両眼と両耳を閉ざし、僕をもがかせることがなかったら、僕はきっとそこにたどりついていただろう。いやそれでも、ケフがやってきて僕にとびかかり、僕をわきに抱きかかえてひきずり戻しさえしなければ、僕は君のところまでたどりついていたかもしれない。

もし僕が叫び声をあげたとしたら、それは人間の声を聞きたいがため、あの蜂のぶんぶんというううなりを押し流してしまいたいがためだった。奴らはいったい何と言っていたのだろう？

「こいつが巣を壊して子供たちを踏みつぶしたのだ。この光をたどった先に奴はいるぞ！」

そのあとに起こったことの順序は、僕には定かではない。

ケフが僕に向って、既にわかっていることをくどくどと話していた。「おい小僧、俺はずっと耳を澄ましてたんだ。ほんとうに耳を澄ましてたんだ。お前らのバイクのエンジンが切れるのが聞こえて、それで次にかかるのをじっと待ってたんだ。でもかからなかった。そんなの聞こえなかったんだよ、小僧！　それで俺は娘に『ちゃんと箱を押さえてな、そうすりゃやっと道をこえられる』って言ったんだ。娘に訊いてみてくれよ！　俺たちは二人で耳を澄ませたんだ。でもお前たちの下りてくる音は聞こえなかったのさ。何の音もしなかった。何の音もたてずにどうしてあんな速いスピードで下りてこられたんだよ？」

その前に、いやその最中に、あるいはそのあとに、青い灯を点滅させながらフォルクスワーゲンが聖レオンハルトから下ってきた。あの**どすん！**という音はあちらにまで届いていたのだ。

そのような何やかやのあいだ僕は目を開けようとしばらくがんばってみたが、まるで駄目だった。ガレンがまぶたの上に唇をつけて、湿して冷たくしてくれていた。

それからまたケフが来て、ちゃんと耳を澄ましていたんだ、と僕にしつこく説明した。

それからあとに耳にしたことが本当に起こったことなのかどうなのか、僕にはよくわからない。でもあと一回か二回あのどすんぶうむがあったように思う。それから僕はケフに「いったい何匹くらいの蜂がいるんだ？」とたずねたような気がする。そしてケフと僕は一箱に何匹くらいの蜂がいて、いったい何箱が落ちたかといったことについてかなり専門的で技術的な討論をしたように思う。トレイラーの山側の後尾の方の三段めだけが落ちたのか？　あるいはそれより多いのか少ないのか？　そもそも蜂が何匹いたのかがこの際問題なのか？

ケフはそれに答えるか考えるかしたのだろうか？　これらのことは何もかもがその時にそこで起こったことなのか？　あるいは僕の蜂勘定は本当はもっとずっとあとに、もうろうとした意識の中で、エプソム塩の風呂に体を半ば沈めながら行われたことではないのか？　こういったことはあの最後のどすんぶうむを耳にしてから三分のうちに起こったことなのか？　それとも三日のうちに、三回ぶんのエプソム塩風呂ののちに起こったことなのか？

そして彼らは、彼らだけが本当に心から悲しんだのだが、あの蜂どもが暴虐のかぎりを尽した夜の坂道の上で、本当に僕の顔をのぞきこんでいたのだろうか？　動物たちはあのときはほんとうに僕を責め、彼の死を嘆いていたのだろうか？　あるいはそれもエプソム塩風呂の中で僕の体から勝手に浸み出てきたものなのか？

ワラルーはすすり泣き、オリックスは身をふるわせ、メガネグマは絶望の声をあげていた。かれらのそんな嘆きの姿を目にしたのはいったいいつのことだったのだろう？

それは僕の目がまだはれあがったままふさがれていたあの現場のことだったのだろうか？　あるいはそれはあの果てしなく次から次へとつづく発汗風呂につかったあとのことだったのだろうか？　そしてそれはジギーが彼に必要なだけの量の、いや十分すぎるほどの量の蜂にたっぷりと体を刺されてからずいぶん時を経たそのあとのことだったのだろうか？　僕にはそれが、まるでわからないのだ。

第二章　ノートブック

最初の動物園偵察　一九六七年六月五日・月曜日・午後一時二十分

午後のもう少し遅い時間になるまで、動物園の中に入るのはのばすことにしよう。この太陽にあと一時間かそこらあたっていたところで、べつに害もあるまい。体だってすっかり乾いちまうかもしれない。グラフ、君も知ってのとおり、僕がヴァイトホーフェンを出たときはひどい土砂降りだった。山を抜けたとたんに雨はやんだが、それでもヒーツィングに至るまでの道路はほとんどずっとつるつるですべりやすかった。

いったい何時に走りはじめたのか、僕には見当もつかない。牛乳屋が姿を現わしたのは何時だったんだろう？　朝の早いうちにいろんなことがバタバタと起こってしまったのだ。九時よりあとということはあるまい。そして僕はこのカフェに入って注文をすませたところだ。注文はラム入り紅茶――雨に濡れたせいで寒気がするのだ。だから僕が九時にそちらを出たとすると、今が一時二十分だから、ヴァイトホーフェンからヒーツィング動物園まで四時間みておけばいいということになる。ぐしょ濡れの道路でだぜ。

僕が今いるカフェを君は知ってるだろう？　マキシング通りのはずれの、動物園の正門の向い側の、広場《プラッツ》にあるやつだ。僕はここに入ってちょっと一服して、体を乾かしているわけだ。もう少しあとになったらぶらぶらと動物園に入ってゆっくりと見物してまわり、閉園時間が来て追い出されるまでに身をひそめるための場所を見つけるつもりだ。そんな風にして僕は、もし警備員の交替式なんてものがあるとしたら、それを見届けてやろうと思う。そして夜間警備員の動向がきちんとわかる場所に陣どることにしよう。動物たちのあるものとことばを交して、僕のことを怯えなくていいんだと知らせてもやりたい。朝になって動物園の門が再び開いてある程度人が入ってきたら、僕は早朝入園者のふりをして悠々と出ていけばいいのだ。

今現在のところ、カフェはなかなか素敵だ。ウェイターが僕のために日除けテントをまきあげてくれて、それで僕はテーブルごとまるまるいっぱい太陽の光を受けていられるのだ。舗道は僕の足もとでぽかぽかとあったまっている。郊外のウェイターというのはみんなだいたいそういうものだけれど、彼もなかなか親切なウェイターだ。バルカン風の顔だちで、アクセントはワイングラスのちいんという音みたいに軽やかだ。

「戦後になってこっちに来たんですか？」と僕はたずねてみた。

「ああ、あのことはまるで知らないです」と彼は言った。

「あのことって？」と僕は訊いた。

「あの例の戦争ですよ」と彼は言った。

その知らないということが彼にとって残念なことなのか、あるいは彼の言ってることがそもそも真実なのかどうか、僕にはわからなかった。君は戦争のことなんて本当に知らないよな？　君の家族はザルツブルクの出だろう？　たしか戦争の始まる前にチューリヒのずっと西の方へ移住したって言ってたよね。スイスというのはヨーロッパ大陸の中でも有数の豊かなところだし、それに君たちにはザルツブルクに帰ることもできた。ザルツブルクは米軍占領区域だったものね。聞くところによるとアメリカ人というのは綺麗好きな人種らしいじゃないか。

ウェイターがたった今ラム入り紅茶を持ってきたので、僕は彼に「アメリカ人というのはずいぶん清潔なんだってね」と訊いてみた。

「私は会ったことないです」と彼は言った。

まったくバルカン人というのはこすっからい。奴は年齢からいっても戦中世代だし、戦争にかかわっていないわけがないのだ。僕のことを言えば、僕はぎりぎりの戦後世代だ。僕の生まれた場所は戦争のまっただ中だったが、僕が母親のおなかの中にいるうちに戦争は終ってしまった。それに、戦争の死後検証をするには僕は小さすぎた。一九六七年のオーストリアで二十一歳である人間にとって、このことは結構大きな意味を持つ。つまり僕らはふりかえるべき歴史も持たなければ、近い未来を見とおすこともできない。僕らは暫定的な時代に暫定的な年齢を送っている、ということだ。前後に巨大な決断があって、僕らはそのまんなかにすっぽりと埋まっちまっている。そんな時のたまりのようなものがいつまでつづくのか、それはわからない。要するに、僕は「前史」しか持ちあわせていないのだ。僕が胎内存在あるいは前胎内存在していたころに、あの悲惨な結末をもたらすことになった世論の大きな決断がなされたのだ。同じようなことがもう一回起こるとしても、そのころには僕は五十くらいになっているかもしれない。いずれにせよ、今日のように科学が進むと、大きな決断をするのに大衆の支持は要らないようになっているがね。だからね、グラフ、僕らを作ったもの、僕らを今日あらしめたものは、「前史」なのだ。僕の「履歴書《ヴァイタ》」は僕の祖父母にはじまり、僕の誕生とともにほとんど終ってしまうことになる。

ウェイターがたった今フランクフルトの新聞を持ってきてくれた。彼は三ページめを開いて、それを僕の膝の上にぽんと置いた。そこにはアメリカの写真がのっている。ドイツ・シェパードが黒人女のドレスを食いちぎっている写真だ。傍に立って警棒をふりかざしているのはあきらかに白人の警官で、彼は犬がどき次第黒人女に打ってかかろうとしているみたいに見える。背景にぼんやりと黒人の列が見える。彼らはショウウィンドウにぴったりと押しつけられて、消防ホースのすさまじい勢いの水を受けていた。バルカン人ってのはこすっからいぜ、まったく。ウェイターはそれを僕の膝に置いたまま行ってしまった。すばらしく清潔好きな国民であるアメリカ人は黒人を消防ホースで洗う、というわけさ。

一九六七年に二十一歳でアメリカ人であるとしたら、前史をがつがつ漁る必要なんてないはずだ。アメリカじゃ毎日毎日十字軍をやってるみたいなもんだからね。しかし僕はアメリカ人ではない。〈旧世界〉の人間であって、その旧というのは決して歴史上の先輩であるということではない。時のたまりの中に沈み、「国家存亡の危機」の再来を待ちうける場所――それが旧世界なのだ。そんな世界で生きることは、若い人間にとっては多くの場合悲痛なものである。

もし僕がその写真に深く心を痛めたとしたら、僕はアメリカに渡って黒人過激派に加わり、白人たちを消防ホースで洗うだろうと思う。しかしそんなことはときたま頭の中にぱっぱっと浮かぶ思いつきみたいなもので、深く考えることはない。

ウェイターが彼のものである新聞をとりにきた。

「もう読みました？」と彼は言って、手を差し出した。彼の手には人差し指が根もとからすっぽりと無かった。僕は親指を白人警官の顔の上に置いて、彼に新聞を返した。

「これはドイツの新聞だねえ」と僕は言った。「年配のドイツ人の多くにとって、こういうアメリカ人の人種差別の光景は胸のすく思いがするんじゃないかな？」、僕はそう言って彼をちょっと刺激してみた。

「そういうことはわかりかねます」と彼はこすっからさを丸だしにして言った。バルカン人というのはまったくもって見事なウェイターになるもんさ。奴らはたいてい落ちぶれる前は大学教授をやっておりましたって風に見えるものね。

ウィーンの街にはそういう謎めいたところがある。それはまるっきり前史的で、表向きはとりすましていても、腹の中では何を考えているかわからない。そして僕はいつだってそこからはじき出されている。しかしもし我々が先行世代の失敗から学ぶべき世代だというのであれば、僕はあらゆる人々の過ちを知るべきだという気がする。

僕の紅茶は冷えていたが、ラムはたっぷりと入っていた。なんといおうと彼が優れたウェイターであることだけは間違いない。しかし彼はどのようにして指を失くしたのだろう？　君がもし奴にそれを訊ねたなら、奴はこう答えるだろう。子供の頃市電にひかれましてね、と。奴が子供の頃のユーゴスラヴィアの東の果ての小さな町に市電なんて走っているわけがない。まあ、今だって走ってるかどうか疑わしいものだけれどね。しかしもし君がアメリカで指のない人間に向ってその理由を訊ねたら、それが瓶のくちで指を骨まで切ったような奴でも、満州で撃ちあいをやっているうちに引き金が熱くなって焼けちまってね、なんて答が返ってくるのかもしれない。

うぬぼれの強い人間もいれば、懐疑的な人間もいる。

僕は自分がどれくらい今の時代に対してずれを感じているかがわかる。何かを実感したり、指針を求めるのに、自分がいかに前史にたよっているかがわかるのだ。ごたごたと理屈を並べずに、ひとことで言うと、こういうことになる。つまり、すべての人間は前史の他には何も持たないのだ。暫定的な時代に生きていると感じる人間にとって、大事なことは、彼の生まれる前にすべて終了しているのだ。

そしてごくごく稀に、偉大な計画が目の前に姿を現わし、そんなまわりの状況をがらりと変えてしまう。

さて僕はこの優秀なウェイターにたっぷりとチップをはずみ、通りの向う側へと移動することにしよう。言葉をかわしたい動物たちがあちらにはうんといるのだ。

ジークフリート・ヤヴォトニクの自伝　精選抜粋編・前史のI（はじまり）

一九三五年五月三十日、やがて僕の母となるべき運命にあるヒルケ・マータは十五歳の誕生日を祝っていた。彼女はグリンツィング・ワイン園のむきだしのぶどう棚に背をもたせかけて、のんびりと構えていた。足もとの何マイルか下方では太陽がウィーンの下町のバロック風の一画に頑固に残った雪を今まさに融かそうとしていた。上の方では雪融け水がさらさらと音を立ててウィーンの森を抜け、下町風の肌着についたレースみたいにこみいった形をした低い霧の中で樹々が頭をつきだしていた。何もかもが融けてゆるんでしまいそうな日で、僕の母親もその例外ではなかった。

ヒルケの最初のボーイフレンドであるツァーン・グランツはやわらかくて茫洋としたぬかるみのような目をしていた。しかし僕の母がいちばん気に入ったのは彼のつるつるした顎についた数本のとうもろこしの穂の毛のような髭だった。それからツァーンはワイングラスの縁に舌をすべらせて音階を奏でることができた。グラスの脚を押さえる手の力を加減して一オクターヴ上にあげることもできた。一九三五年当時、ガラス工芸の技術は大衆的なレベルにおいても水準の高いものであり、そのおかげでツァーンもその優雅な才能にしっかりと磨きをかけることができたのである。

このツァーンはゆくゆくはジャーナリストか政治家になるつもりだったので、時事ニュースをききのがさないために、ラジオのあるところ以外には決してヒルケをつれていかなかった。たとえラジオがあったとしてもスイッチが点《つ》いていなかったり音が小さすぎたりするところも除外された。

「ぶどう棚をゆすって音を立てないでくれよ」とツァーンが言ったので、僕の母はきちんと坐りなおして指をテーブルの上に置き、肩ごしに格子細工の枠に入ったスピーカーを見上げた。

ウェイターさえもツァーンとワイン園の外側の世界の接触を邪魔せぬように注意していた。彼がしのび足で歩くと、それはまるでジンジャーブレッドでできた人形がテラスからぼろぼろとこぼれていくみたいだった。

ツァーンの準備が整ったところにヨハネスガッセ放送局が応じた。ドイツはオーストリアの内政問題に干渉する意志はないし、またオーストリアを合併・併呑する意志もない、というヒトラーの演説の文句を放送は引用していた。

「もしそれがいささかなりとも真実だとしたら」とツァーン・グランツは言った。

「俺は腹をかき切ってもいいや」

お腹を切るですって？　とヒルケは思った。まさかそんな。そんなことしちゃいけないわ。

二回めの動物園偵察　一九六七年六月五日・月曜日・午後四時三十分

入園したちょっとあとで、大型猫科動物の食事時間になった。動物園の動物という動物はみんな一日中食事だけを心待ちに生きているみたいだ。

そのとき僕はベネットひくいどりを眺めていた。エミューとかダチョウの仲間の翼のない鳥で、脚がとても太くて危険だという話だ。でも僕がそのときいちばん面白く思ったのは鳥の頭のてっぺんについた骨でできたかぶとのようなもので、これは説明書きによると、「信じられぬほどのスピードでやぶの中を駆け抜けるので」頭を守るために役立つんだそうだ。でもさ、どうしてひくいどりが信じられぬほどのスピードでやぶの中を駆け抜けなくちゃいけないんだ？　鳥はそんなに間抜けそうには見えなかった。だから人間が出現して深いやぶの中で罠をしかけたり、ものすごいスピードであとを追いかけたりしはじめたときから、そのヘルメットを身につけるように進化したんじゃないかというのが、僕の個人的な推測だ。不安腺のようなものがたぶんそれをつくりあげたんだな。放っておかれていたら、ひくいどりにはそんなもの必要ないわけだものね。

　とにかく僕がベネットひくいどりを見ていると、大型猫類がぎゃあぎゃあ鳴きはじめた。まわりのみんなはその光景を見逃さないように押しあいへしあいそちらに走った。

　大型猫舎に入ると、ぷんと強いにおいがする。みんなもそのにおいについてがやがやとしゃべくりあっていた。そして僕はふたつのおぞましいものを目にした。

　ひとつめは飼育係がやってきて檻の中の雌ライオンに馬肉ステーキをひょいと投げ入れたことだ。飼育係はそれを小便だまりのどまんなかに投げ入れたのだ。見物客はくすくす笑って、ライオンがあざけるような顔をするのを待ちかまえていた。

　飼育係はチータに対してはもっとプロフェッショナルにふるまった。それがふたつめだ。彼は小さなトレイに肉を置いて檻の中に差し入れ、振りおとした。チータはそれに躍りかかり、口にぱくりとくわえた。ちょうど家猫が鼠の首をくわえるのと同じようなかんじだった。見物客はどっとどよめいた。しかしチータはあまりに強く肉をくわえすぎて、大きな肉片が檻の外にとびだして出張りの上に落ちた。人々はヒステリックに興奮した。チータの前足はその肉片にとどかなかったので、彼は可哀そうに誰かに肉をとられるんじゃないかと思って吼えはじめた。他の大猫たちもそれにつられて吼えはじめ、何人かの子供たちは大型猫舎の外につれだされることになった。他の大猫たちはみんなチータが自分たちの肉を狙っていると思ったのだ。彼らはそれぞれの肉片の上に身をかがめて、がつがつと急いでくらいついた。ずらりと並んだ檻じゅうで尾がうち振られ、わき腹がたわみ、ひきつった。当然のごとく人々は叫びはじめた。見物客の一人がチータの檻の前にひょいと躍り出て、出張りにのった肉を取る真似をした。チータは頭が錯乱したみたいで、檻から出ようとして鉄棒のあいだに頭をぐいぐいと押しつけた。飼育係は先端に魚かぎのようなものがついた長い棒を持ってやってきて、それで肉をひっかけ、ハイアライのボールみたいに檻の中に投げ入れた。チータは肉片を口にくわえて、よたよたと檻の奥までさがった。奴は実にがつがつと二口でそれを口の中に収めてぐっと呑みこんでしまったのだ。ろくに嚙みもしやしない。もちろん奴は喉をつまらせて、結局はみんなもどしてしまった。

　僕が大型猫舎をはなれるとき、チータは自分の吐きだしたものをもう一度呑みこんでいるところだった。他の連中は誰かがまだ食物を残していることをうらやみながら、のそのそと輪を描いて歩きまわっていた。

　さて、そうこうするうちに四時半になったが、動物園が仕舞いじたくをしている様子はまるでなかった。僕はビア・ガーデンの傘の下にいた。覚えてるかい？　メガネグマのいたところだ。メガネグマたちはこの前見かけたときからずっと風呂に入ってないみたいで、お話にならないくらいひどい臭いをさせていた。でもなかなか良さそうな連中だ。二人でとても仲が良い。二人とも出してやるか、あるいは両方ともそこに残しておくか、どちらかに決めなくてはならない。間を裂いてはいけない。そこからさまざまな悪徳が入りこんでくることになるのだ。

もちろん大型猫類には何もしてやれないだろう。奴らには留まってもらう他はない。嫌な言い方だけど、我々は人間のこともやはり考慮しなくてはならないのだ。

ジークフリート・ヤヴォトニクの自伝　精選抜粋編・前史のⅠ（承前）

一九三八年二月二十二日の朝、市庁舎《ラートハウス》公園で、ヒルケ・マータとツァーン・グランツはミックス・スペイン豆の袋を二人でわけあって食べていた。二人は寒さに身をちぢめて歩きながら、何匹のリスがやってきて袋の中の豆をねだり、受けとっていったかというしるしをつけていた。ヒルケとツァーンは四匹まで数えた。細面《ほそおもて》のリスと歯抜けのリスと耳をかみちぎられたリスとびっこをひいたリスだった。ツァーンはリスを呼び、ヒルケは細面のリスに向って注意した。「あなたはもうもらったでしょ？一人に一個よ。もう他の子はいないの？」

「公園じゅうでたったの四匹さ」とツァーンは言った。

でも僕の母は五匹めのリスを見かけたような気がした。二人は数えなおしてみた。

「四匹しかいないね」とツァーンは言った。

「ううん、びっこのリスを抜かしてるわ」とヒルケが言った。しかしツァーンは同じリスだと主張した。びっこをひくのをやめてぴょんぴょんはねているだけなのだと。

「べつのリスよ」とヒルケは言い張った。そして二人はぴょんぴょんと自分の影を追いまわしているリスの方に近づいた。しかしリスは自分の影を追いまわしているわけではなかった。ツァーンは腰をかがめて日の光をさえぎり、ヒルケはアーモンドの粒を差し出したが、リスはそれでも輪を描いてでたらめにとびまわっていた。

「美容体操してるのかな」とツァーンは言って、ヒルケはアーモンドをもっと近くに差し出してみた。リスはよろけて後退し、ぴょんぴょんとはねた。体がぐるぐる回転し、方向もでたらめで、まるで騎手をはねとばす野生馬のようだった。

「訓練を受けたリスなのかもしれないわね」とヒルケは言った。リスの頭にピンク色の部分が見えた。

「こいつ禿げてるぜ」とツァーンは言ってそばに寄った。リスはぐるぐると回ってい
た。回ることしかできないのだ。ツァーンがつかまえて膝にのせると、その禿げた部
分がきちんとした図形を描いていることがわかった。リスの頭にエッチングがほどこ
されているわけだ。リスは目を閉じて宙を噛んだ。ツァーンは息を止めて目をこらし
た。リスは頭の上にピンク色の完璧なかぎ十字《スワスティカ》を刻みこまれていた。
「なんてひどい」とツァーンは言った。
「かわいそうに」と母は言って、アーモンドをもう一度差し出した。しかしリスの方
は目がくらんで今にも卒倒しそうなかんじだった。たぶんリスはその時にもアーモン
ドでつられたのかもしれない。傷口の縁は青く脈うっていたが、それはリスがナッツ
とはこれ以上かかわりあいになりたくないと思っているしるしだった。ツァーンが下
に放してやると、リスはまたぐるぐると走りまわった。
　それから母は何かにくるまれたいと思った。ツァーンは彼の騎兵コートの大きな毛
の襟で彼女の頭をくるんだ。それは政治やジャーナリズムを志している学生のあいだ
では流行《はや》りのコートだった。おかげで雪の日なんかには湿った毛皮からたちのぼる湯
気で大学の教室はうさぎの巣のような匂いがしたものである。
　市電の連結車両がごとごとと揺れながらスタディオン街を走っていた。よたよたと

身をかしがせて走る市電は、まるで冷えきった弱い脚をかかえた大男みたいに見えた。乗客の手が窓のくもりを拭きとり、いくつかの帽子が楽しげに振られた。何本かの指がぺしゃりとガラスにくっつけられて、市庁舎公園《ラートハウス》で抱きあっているカップルを差した。

一陣の風が吹き、毛が房のように吹き寄せられると、リスたちは身をかがめた。風にも他の何にも関係なく、五匹めのリスだけは己れの道を歩んでいた。ぐるぐると走りまわり、ぴょんぴょんはねた。はねるのはたぶん失われた帽子をとり戻そうとしているのだろう。あるいはリスのある種の感覚は皮膚のすぐ下にあって、それをとり戻そうとしていたのかもしれない。

「どこか暖かいところに行こうか?」とツァーンがたずねると、彼の胸の中で母がはっと息を呑むのが感じられた。母がこっくり肯くと、ツァーン・グランツのつやつやしたなめらかな顎にごつんとぶつかった。

三回めの動物園偵察　一九六七年六月五日・月曜日・午後七時三十分

正直に言って僕は警備員や客によって動物に具体的な残虐行為が加えられたという

何らかの確証を持っているわけではない。不幸な手順の狂いのようなものはあったが、具体的な残虐行為というほどのことではない。もちろん僕はずっと偵察しつづけるつもりだが、今はここにひそんでいるのがいちばん良いようだ。もう少ししてまっ暗になったら、徹底的に調べあげることができる。

身を隠すための時間はたっぷりとあった。五時少し前に清掃員が大きな押しぼうきで敷石を掃きながらビア・ガーデンにやってきた。そこで僕は立ちあがって、ぶらぶらと歩いた。動物園じゅうからごしごしとブラシをかけるような音が聞こえてきた。清掃員のわきを通りかかると「もうじき閉園です」と声がかかる。

門に向ってせかせかと歩いていく人々の姿も見えた。みんなこんなところで夜あかしさせられちゃたまらないと思って慌てているようだった。

動物からは離れたところに身を隠すのが良策だと僕は思った。つまり安全な動物の小屋にもぐりこんだりしたら閉園のあとで警備員がやってきて動物の体を洗おうとして、僕を見つけるかもしれない。あるいは眠ったかどうかチェックしにくるかもしれないし、枕もとに童話を読んでやりにくるかもしれない。あるいはお尻をぶちにきたりするかもしれない。

ユーコン・ドールシープの丸太小屋はどうだろうと僕は考えてみた。ユーコン・ドールシープ本人は、いろんながらくたをセメントでくっつけあわせた人工の山のてっぺんに坐っていた。そこは動物園じゅうでいちばん眺望のきく場所だったが、僕としては夜間警備員のことが気になっていたし、動物たちだって警報装置をもっているかもしれないのだ。

そんなわけで、僕は各種野牛居住地の金網と高い生け垣のあいだにひそんでいる。それは長いぎっしりと茂った生け垣だが、根っこのあたりにすきまがあって、外を見とおせる。大型猫舎の方に通じる道が見え、小型哺乳類館と厚皮動物館の屋根が見える。別の通路の方に目をやると、大レイヨウの専有小屋と専有庭があり、そのずっと先の方にはオーストラリア動物居住地が見える。生け垣のうしろ側を僕は両方向に五〇ヤードも移動することができる。

警備員のことだが、まず問題はなかろう。清掃員が正式の閉園時刻のあとで何度か僕の前を通りすぎた。彼らは掃きながらやってきて、まるで歌うように「閉園ですよう、誰もいませんねえ」とくりかえしていた。彼らはそれをゲームのように楽しんでいた。

連中のあとに、いわゆる正式の警備員らしき人物が二人やってきた。あるいはそれは同一人物が二回やってきたのかもしれない。彼（あるいは彼ら）は一時間以上の時間を檻の点検に費した。すごく大きなリングに入った鍵束をじゃらじゃらいわせながら、あちらこちらとひっぱってみたり、鎖をかちんと鳴らしてみたりした。それから正門を出ていったようだった。というのは、僕のいるところからは正門が見えないのだが、僕がその誰だかを最後に見かけて一時間くらい経ってから、正門が開いて、またかちゃりと閉まる音が聞こえたからだ。

それ以来誰の姿も見かけない。門の音を耳にしたのは七時十五分前だった。動物たちはしんとしずまりかえっている。一匹だけ風邪ひき声の大きな動物がいる。でも僕はもう少しのあいだこの生け垣のうしろにいるつもりだ。期待していたほど夜の闇は暗くなりそうもない。そしてもう一時間近くも誰一人として人の姿を見かけてもいないし、物音も聞いていないのに、僕にはわかるのだ。ここには誰かがいるのだ。

ジークフリート・ヤヴォトニクの自伝　精選抜粋編・前史のⅠ（承前）

一九三八年二月二十二日、ショーフラー通りのコーヒーハウスにて。僕の母とツァーンは窓ガラスのくもりを手でぬぐってバルハウス広場《プラッツ》に建った首相官邸を眺める。

しかしクルト・フォン・シュシュニク首相は、今日は窓を開けて張出しに立つことはない。

首相官邸の衛兵は足踏みをしながら、うらやましそうにぽかぽかと暖かいコーヒーハウスを見ていた。雪は衛兵の口ひげにひさしのようにつもり、銃剣さえも青ざめていた。ライフルの銃口にも雪はつまってるだろうし、あれじゃまるで警備にもなるまいとツァーンは思った。

結局のところ、それは飾りものみたいな警備なのだ。それは一九三四年にオットー・プラネッタが名誉ある弾丸抜きの銃の前を堂々と通りすぎて、不名誉な弾丸入りの銃で当時の首相であったちびのエンゲルベルト・ドルフスを射殺したときにもすでによく知られていたことなのだ。

しかしオットーが新首相に据えようとしたナチ党員のドクトル・リンテレンはうまく期待にこたえてくれなかった。帝国ホテルの一室で自殺を図ったのだ——もっとも射撃が下手くそで死には至らなかったけれど。それでドルフスの友人でのんびり屋のクルト・フォン・シュシュニクが首相の地位を引き継ぐことになったわけである。

「名誉衛兵も今は銃に弾丸をこめてるのかな?」とツァーンは言った。

ヒルケは手袋でキュッキュッと窓のくもりを拭い、鼻をくっつけるようにして外を見た。「弾丸が入ってるみたいに見えるけど」と彼女は言った。

「銃というのはみんなそういう風に見えるのさ」とツァーンは言った。「でもあれはたしかに重そうだなあ」

「学生さん」とウェイターが言った。「衛兵に襲いかかってごらんなさいな。そうすりゃどっちかわかりますぜ」

「ラジオが聞こえないよ」とツァーンは言った。彼はこの店でラジオを聞くのははじめてだったので、音量の見当がつかなくてひどく不安だった。でもとにかくこの店が市庁舎《ラートハウス》にいちばん近い暖かな場所だったのだ。

ラジオの音がぐっと大きくなった。衛兵もラジオの方を見て、ブーツでワルツのステップを踏みはじめた。

外に一台のタクシーが停まり、誰だかわからないその客は衛兵に手をあげてあいさつすると、官邸の中にさっととびこんでいった。運転手がやってきて、コーヒーハウスの窓ガラスに顔をぺっしゃり押しつけた。その鼻の穴はまるで魚みたいで、彼は雪の海をはるばると泳いできて、今やっと水槽のガラスに辿りついたという風であった。

そして彼は店の中に入ってきた。

「何か事件らしいぜ」と彼は言った。

しかしウェイターは「コニャックにしますか？　それともラム紅茶で？」としか質

問しなかった。

「客を待ってんだよ」と運転手は言って、ツァーンのテーブルにやってきた。彼は僕の母の頭ごしにガラスのくもりを拭って外を見た。

「コニャックの方が早くできます」とウェイターが言った。

運転手はツァーンに向って肯いて、母のうなじの美しさについての賛辞を呈した。

「こんなお客はそうしょっちゅうあるわけじゃない」と彼は言った。

ツァーンとヒルケはそれぞれに自前ののぞき穴を作った。タクシーは排気ガスを出しつづけて、風防ガラスには氷がはりつき、ワイパーは音をたてながらその上を滑っていた。

「レンホフだよ」と運転手は言った。「おまけに奴はひどく急いでた」

「コニャックだったらもう飲み終えてるころですぜ」とウェイターは言った。

「記者のレンホフかい？」とツァーンが訊いた。

「テレグラフ紙のね」と運転手は言って、自分の息でできたくもりを拭い、母のうなじをじっくりと見下ろした。

「レンホフは記者としちゃ最高だな」とツァーンは言った。

「ずばりと書くしな」と運転手は言った。

「勇気があるんですよ」とウェイターが言った。

運転手はタクシーと同じような呼吸をした。短くはっはっと息を吐き、それから一度ふうっと長く吐いた。「コニャックをもらおう」と彼は言った。

「時間はそれほどないでしょう」とウェイターは言ったが、彼は既にコニャックをグラスに注いでいた。

ヒルケが運転手に質問した。「重要人物を乗せることってよくあるの？」

「そうねえ」と彼は言った。「重要人物はみんなタクシーが好きだね。そういうのをずっとやってると、だんだんこちとらも慣れてきてね、重要人物をくつろがせるコツもわかってくるんだ」

「どういう風に？」とウェイターは言ってテーブルの上にコニャックを置いた。

しかし運転手の目と心は僕の母のうなじのあたりを漂っていて、もとに戻るのに少々時間がかかった。彼は母の肩ごしにコニャックを取り、グラスを傾け、ぐるぐるまわして縁を湿らせた。「つまりだ」と彼は言った。「自分の方がくつろいじゃうことなんだ。偉い人といてもこっちがリラックスしちゃうわけさ。そうすると向うも、こりゃちょっとした男だと思ってくれる。たとえばここにレンホフがいるね、すると『私はあなたの書いた社説は全部切り抜いてとってあるんですよ！』なんてこと言う必要はなくて、『こんちは、レンホフさん。寒いですねえ』と一言言えばいいのさ。するときは向うはちゃんと自分のことを知ってるんだなってわかる。名前を呼べばいいのさ。そして向うは『寒い日だけど、この中は暖かくていいね』と言う。それだけで向うはあたしにうちとけてくれる」

「普通の人たちとあまり変らないんだね」とウェイターが言った。

そして普通の人たちと同じように、レンホフは寒さに背を丸めていた。スカーフがぱたぱた揺れて、それにひきずられるように彼はよろめいた。彼がだしぬけに官邸からとびだしてきてさっと前を通りすぎたので、銃を頭の上でひっくりかえして銃剣でぽりぽりと背中を掻いていた名誉衛兵はすっかりびっくりしてしまった。彼は銃をバトンみたいにぐるっと回して、それでなんとか自分の体を刺さずに済んだ。レンホフは回転するライフルの前でびくっと身をすくめた。衛兵はゆっくりと敬礼をはじめたが途中でやめ——考えてみれば新聞記者に敬礼は不要なのだ——かわりに握手をした。レンホフも手をのばしたが、すぐにそれが自分の行動様式にそぐわないということに気づいた。二人は足でもぞもぞと地面をかき、それからレンホフはじりじりと縁石の方に下っていった。そしてバルハウス広場を横切って、ぶるぶると震えているタクシーの方に向った。

運転手はコニャックをあわててあおった。その大半は鼻から流れこんだみたいで、彼の目は涙でかすんだ。彼はもがくようにしてヒルケの首筋によろめきかかり、頭を振って彼女の肩に手を置き、体をたてなおした。「ごめんなさいよ」と彼は言って、ツァーンにもう一度軽く肯いた。ツァーンは窓ガラスをこすっていた。

レンホフはタクシーの屋根をどんどんと叩き、それから運転席のドアを開けてクラクションを鳴らした。

運転手は大あわてでポケットをまさぐり、それでも奇跡的にちょうど良いだけの小銭をひっぱりだしてウェイターに渡し、僕の母の肩にもう一度手を触れ、顎をスカーフの中に入れた。ウェイターがドアを開けておさえた。雪が運転手のブーツの上をひゅうと吹いて、ズボンの裾をまくりあげた。彼は両膝をぴしゃっとあわせ、体をひきしめて、ナイフのように吹雪の中に切りこんでいった。彼が姿を見せると、またクラクションが鳴った。

レンホフはまだ急いでいるようだった。タクシーは千鳥足でバルハウス広場をぐるりと一周し、縁石の方によろよろとよろめいてぶつかってはねかえった。直線路に入ると雪のせいで、タクシーの走りはゆったりとしてぼやけて見えた。

「タクシーを運転してみたいな」とツァーンは言った。

「簡単なこってさ」とウェイターは言った。「運転さえ習えばそれでいいんです」

それからツァーンは温かいワイン・スープを頼んだ。ひとつのボウルにスプーンをふたつつけてもらった。ヒルケはスパイスについてはうるさい方で、ツァーンの味つけはシナモンが少なすぎてクローブが多すぎると思った。ウェイターはふたつのスプーンがぶつかりあうのを見ていた。

「ボウルをふたつあげりゃよかったですね」と彼は言った。

ツァーンはおなじみのシグナル音を聞いた。ヨハネスガッセ放送局のニュースの時間だった。彼は母のスプーンを自分のスプーンではしっと抑え、スープの表面に立った波にしずまれと念じた。

海外ニュース。ローマ訪問中の代理大使ブロンデル氏はチアノ伯から口にするのもはばかられる侮辱を受けたと噂されている。アンソニー・イーデンは何の職だかは知らないが役職を辞任した。

国内。クルト・フォン・シュシュニク首相はザイス・インクヴァルトの他ナチ党員四名を閣僚指名することを追認した。

ローカル・ニュース。第一地区のグンペンドルフ通りとニーベルンゲン通りの交差点で市電の事故があった。57番路線の市電運転手クラーク・ブラームスはニーベルンゲンから人がとびだしてきたとき、自分は徐行運転していたと語った。線路が凍りついていたので、スピードを出して脱線したくなかったからだ。男はものすごく速く走っていたか、あるいは突風にまかれていたのだろう、とクラーク・ブラームスは語った。しかし二両めの車両に乗っていた婦人はその男は若いチンピラの一団に追われていたと言った。同じ車両に乗っていた他の乗客はその婦人の説を否定した。某関係者によるとこの婦人はいつも同じような見かけのチンピラばかり目撃しているということだった。犠牲者の身許はいまだ不明であり、心あたりのある方はヨハネスガッセ放送局まで連絡を頂きたい。男の特徴は小柄な老人と発表されている。

「そして死人」とウェイターは言った。ヒルケは自分の知っている小柄な老人を一人一人思いだしていた。ニーベルンゲン通りを走るような習慣を持っている人は一人も思いつけなかった。

しかしツァーンは指を折って勘定していた。「シュシュニクがベルヒテスガーデンにヒトラーを訪問したのは何日前だっけ?」と彼はたずねた。そしてウェイターは自分の指で勘定をはじめた。

「十日」とツァーンは両手の指を使い切って言った。「たった十日でナチが五人も内閣に入った」

「一日につきナチが½人ですね」とウェイターは言って、五本の指をいっぱいに広げた。

「ちびのバウムおじいさん」と母が言った。「あの人のやってる靴屋はニーベルンゲンとかそのあたりにあったんじゃなかった？」

ウェイターはツァーンに訊いた。「その男は追われていたんだと思いませんか？　あたしも若いチンピラ団みたいなのを見たことあるんですよ」

そういえばヒルケも見かけたことがあった。市電の中や劇場で、連中は脚を通路いっぱいに広げていた。腕を組んで歩いて、他の人を歩道から追い払ったりした。時には彼らは歩調をあわせて行進したり、しつこく家までつけまわしたりした。

「ねえツァーン」と母は声をかけた。「おうちに来て夕ごはんを食べない？」

しかしツァーンは窓の外を見ていた。風がやむと直立した名誉衛兵の姿がくっきりと浮かびあがり、やがてまた吹雪が彼を覆った。凍りついてしまった彫像の兵士だ。頬をぴしゃりと打てば、彼は雪の中にばらばらの固まりになって崩れてしまうことだろう。

「あれじゃ警備にもなりゃしない」とツァーンは言って、それからこうつけ加えた。

「そろそろまずいことになるぜ」

「そろそろ？」とウェイターは言った。「もう四年前にまずくなってまさあ。四年前のあれは七月、あんたがまだ学生にもなってない頃です。奴がここに来てモカを一杯飲んだんです。ちょうどほら、あんたの坐ってるところに坐ってね。奴のことは忘れもしませんや」

「奴？」とツァーンは訊いた。

「オットー・プラネッタですよ」とウェイターは言った。「あの気障な豚野郎はモカのカップを手に、窓の外を眺めてやがったんです。それからトラック一台ぶん奴らがやってきた。ナチ親衛隊第八十九団だったんです。でも奴らは正規の軍人みたいに見えました。オットー・プラネッタの奴は小銭を几帳面に勘定してこう言いました。『さあて兄弟が来たな』。そして店を出て、あとの連中と一緒に門の中に入っていってあの気の毒なドルフスを殺したんです。ずどん、ずどんと二発でね」

「うん、でも計画は失敗した」とツァーンは言った。

「もし私にあいつが誰だかわかってさえいりゃね」とウェイターは言った。「あいつをその場所に――あんたの坐ってる場所ですが――釘づけにしてやったものを」と彼は言ってエプロンのポケットに手をつっこみ、そこから肉切りばさみを一本ひっぱりだした。「これで奴をばっちりのしてやれたんだ」

「でもシュシュニクがあとを継いだわ」と母は言った。「ドルフスはそう望んでいたんじゃなかったかしら？」

「実際に」とツァーンは言った。「ドルフスは死に際にシュシュニクがあとを継いで新首相になってくれるように頼んだんだ」

「彼は司祭さんを呼んでくれって言ったんです」とウェイターは言った。「でも奴らはそれも許さずに死なせた」

僕の母はそのことについてはもっと詳しく知っていた。家族の悲しい物語があって、母はとりわけそれを覚えていた。「奥さんと子供たちはそのときイタリーにいて、子供たちはその彼の射たれた日に彼にお花を送ったの。でも彼はそれを受けとれなかった」と彼女は話した。

「シュシュニクはドルフスに比べれば人間の器量が半分でさ」とウェイターは言った。「でもこれは変な言い方だね。というのはドルフスって人はそりゃ小さな人でしたからね。私はあの人が官邸を出たり入ったりするのをよく見たもんです。いや本当に小柄なんでね、着てる服ときたら、みんなだぶだぶなんです。実際のところはもう小人《エルフ》ってかんじだったな。でも小さくったたって何も問題ない」

「どうしてここにいたのがオットー・プラネッタだってわかったの？」とツァーンが

訊いた。それからツァーンはウェイターの背丈に気づいた。彼はひどく小柄なウェイターだった。そして肉切りばさみを握っている手は僕の母の手よりずっときゃしゃだった。

四回めの動物園偵察　一九六七年六月五日・月曜日・午後九時

たしかに夜警がいる。でも僕の知る限りでは夜警は一人だけだ。

僕はあたりが暗くなってから一時間待ったが、人っ子ひとり見えなかった。それでも僕は夜警の所在がはっきりするまでは絶対生け垣のうしろから出るまいと心に決めていた。半時間前に動物園内部のものと思える明りが見えた。その光は小型哺乳類館の中から発していた。明りはたぶん日暮れからずっとともっていたのだろうけれど、僕はそれがヒーツィングの街の照りかえしではなくて動物園内部の光であることにやっと気がついた。最初僕は怯えた。小型哺乳類館が火事になったのかと思ったのだ。しかし光はちかちかとしなかった。僕は生け垣に沿って金網のはしっこのいちばん見はらしの良い場所に移動した。手前に樹が茂っていて、檻があちらこちらにぼんやりと浮かびあがるように見えた。戸口は見えなかったが、建物の正面の地面のあたりから発しているらしい光を反射させているタイル貼りの屋根のひさしが見えた。そういうことに違いない。小型哺乳類館には窓がないのだから。

自分の判断に自信はあったが、それでも僕は注意深く行動した。僕はしっかり身をかがめ――あるときには四つん這いになり――檻や小屋に沿って一歩一歩と進んだ。僕は正体不明の動物をびっくりさせてしまったようで、それは僕のとなりでひょいと身を起こすと、転がるように全速で駆けていってしまった。鼻をならすようないななくような声が聞こえた。僕は〈水鳥池〉に沿って歩いた。池のまわりにはかなり高く縁石が積まれ、あちらこちらに表示板が立っていた。鳥の歴史とかそれについての説明とかを書いたものだ。おかげで池のまわりでは楽に身をかくすことができたし、小型哺乳類館のドアをはっきり見下ろせる場所をみつけることもできた。ドアは開いていた。長い廊下をつたって光が外にこぼれ、それが建物の方に照りかえしていた。その光は廊下のはしの角にある部屋の開け放しのドアからこぼれているのだと思う。君は小型哺乳類館のことを覚えているだろう。赤外線で作られた偽物の夜の中をくねくねと折れ曲った廊下がつづいている。

待っているあいだ、僕はいろいろと思いをめぐらせた。それは夜警の部屋ではないのかもしれない。それは夜行動物を眠らせるためにつけっぱなしにされる光なのかもしれない。赤外線のインチキ夜同様のインチキ昼というわけさ。

僕は灌木の中におちつき、両腕をのばして縁石にもたれた。そして月の光で近くにある鳥の説明書きを読んだ。それはウミガラスに関するものだった。ヒーツィング動物園にはただ一羽だけウミガラスの仲間がいた。それはコガタウミスズメで、柄が小さくてしわくちゃの顔をして、比較的頭が悪いと書いてあった。ウミスズメは道路をのろのろと歩くので簡単に踏みつぶされてしまうことで知られていた。実際のところ、こういう頓馬な鳥であるからこそウミガラスの一族の王様は絶滅してしまったのである。生きたオオウミガラスが最後に目撃されたのは一八四四年で、死んだオオウミガラスが目撃されたのは一八五三年だった。アイルランドのトリニティー湾の海岸に打ちあげられたのだ。オオウミガラスは好奇心が強い上に欺されやすかったと説明書きにはあった。そっと近づきさえすれば、それは飛びたつことなくじっとしていた。オオウミガラスは漁船の糧食として適していたので、漁師は海岸に沿ってしのび足で歩き、静かに近づいて鳥を棍棒で殴り倒したとのことだ。

なんという思いあがった説明書きだ！　これはオオウミガラスが馬鹿だったと言いたいのか、それともオオウミガラスを絶滅させた人間たちが馬鹿だと言いたいのか？

僕は生き残ったオオウミガラスの末裔を探し求めたが、その頓馬なウミスズメを見つけることはできなかった。道の上をのそのそ歩いていたりもしなかったし、足の下に踏みつけられたりもしていなかった。

僕はしばらくのあいだ観察されていた。足に水かきのついた何かが池の縁石をよちよちとやってきて、数フィート手前で止まり、わけのわからない音を立てていったいこんなとんでもない時刻にお前は誰に会いにきたのかとでも言いたげだった。そして池にぼちゃんととびこみ、があがあ鳴きながら――たぶん文句を言っていたんだろう――下の方を泳いでとおりすぎていった。後ろになでつけられたような頭の形からして、それはカイツブリであったろうと僕は思う。そしてたぶんそいつは僕を励ましていたんだろうと思いたい。

池のまわりにいたせいで、少々体が痛く湿っぽくなってしまったが、僕はついに夜警の姿を目撃した。彼は光に照らされた廊下をやってきて、ちらりとドアの外に目をやった。制服を着てホルスターをつけ、よくは見えなかったけれど、そこには銃が入っているはずだった。彼は懐中電灯を手にぼんやりと明るい玄関を抜け、暗い動物園の中に入っていった。でもそこは僕が期待していたほど暗くはなかった。月の光が明るすぎたのだ。

これじゃまったく
丸見えに
見えちまうよね
監視人

ジークフリート・ヤヴォトニクの自伝　精選抜粋編・前史のI（承前）

一九三八年三月九日、毎週水曜日のお茶の時間にいつもそうするように、祖母のマータはフォークの歯をまっすぐになおしていた。ことプラムケーキに関する限り、祖父のマータは我慢のきかない人で、プラムの表面がオーヴンから出されたばかりで火ぶくれしていて、誰が見ても熱すぎて食べられないということがわかりそうなものなのに、祖父はいつもきまって舌をやけどすることになった。それから彼はキッチンをうろうろして、こっそりと紅茶にラムの量を増やした。

「わしはこの阿呆たれケーキが冷めるまで待つというのを好かんよ」と彼は言った。

「もう少し早目に焼きさえすりゃ、お茶の時間にちょうど間にあってもんじゃないか」

そうすると祖母は彼の方にきっとフォークの先を向けた。「そうしたらあなたはもっと早くお茶を欲しがるんですよ」と祖母は言った。「それでもっと早く待ちはじめて、何もかもが繰りあがって、結局、昼食が終ったとたんにお茶を頂く羽目になるんです」

祖父がテーブルをぐるりと回るときに、ラムをこっそり余分に入れてもらえるように、ツァーンは膝の上にティーカップを置いていた。祖父は腰にかくした瓶を傾けた。「ヒルケには用心するんだな、ツァーン」と彼は言った。「お母さんみたいな口うるさい女にならんようにな」

「母さんの言うとおりよ」とヒルケは言った。「いつオーヴンからケーキを出したってお父さんはいつも大騒ぎしてやけどするんだもの」

「ほれ見ろ、ツァーン」と祖父は言った。

「フォークはぜんぶまっすぐになったわ」と祖母が言った。「これで誰も唇を突いたりせずに済むわ！」と彼女は喜びの声をあげた。「本物の銀製なのよ、ツァーン。だからすぐに曲ってしまうのよ」

「母さん」とヒルケは言った。「ツァーンが仕事に就いたのよ」

「しかし君は学生だろうが」と祖父は言った。

「彼はタクシーの運転手をやってるの」とヒルケは言った。「私のことを乗せてまわれるのよ」

「あくまでアルバイトです」とツァーンは言った。「ちゃんと学校には行ってますから」

「タクシーに乗るのって好きだわ」と祖母は言った。

「いったいいつ君はそのタクシー稼業をやっとるんだ?」と祖父はたずねた。「わしと外出するときはいつも市電に乗るじゃないか」

祖母はフォークを一本とってプラムケーキに突きさした。「さあ、もうちゃんと冷めましたよ」と彼女は一同に知らせた。

「まったく誰も彼も」と祖父は言った。「誰も彼もわしをバカにしおって」。そして彼は椅子を一脚台所のテーブルに持って行こうとして、その前に――ツァーンを幸せな気分にすべく――ラジオのスイッチを入れてガリガリという電波音をひっぱりだした。

ツァーンは喜んだ。ヨハネスガッセ放送局が現われ、音もきれいになり、彼はニュース番組のシグナル音が鳴るのを待ち受けた。水曜日の時間はいつも揺るぎなかった。フォークがまっすぐにのび、ケーキが冷めればニュースの時間なのだ。

〈海外〉ベルギーのステーノッカーツェール城に在住しハプスブルク家の王位継承を

主張する王党派リーダーのフライヘール・フォン・ヴィーズナーはすべてのオーストリアの君主主義者に向けて、オーストリアを帝国《ライヒ》に合併しようとするナチ・ドイツのあくことのない圧力に抗して闘うべきであるという声明を発表した。フォン・ヴィーズナーはシュシュニク首相に向けて、君主制の復活はドイツに対する最良の対抗手段となるであろうというメッセージを送った。

〈国内〉チロル地方出身者のクルト・フォン・シュシュニクはインスブルックの市民集会において郷里の人々に向って、そして世界に向けて、四日後の日曜日に国民投票が行われるであろうことを発表した。有権者はそこで独立オーストリアかあるいはドイツへの併合《アンシュルス》かのどちらかを選択することができる。シュシュニク首相は演説の終りをマリア・テレジア広場に集まった二万人の人々に向ってチロル方言で「諸君、時が来たのだ！」と叫ぶことでしめくくった。インスブルックではこのことばは特別な意味あいを持っている。というのは言うまでもなく、百三十年前に農民の英雄アンドレアス・ホーファーが同郷人に向ってナポレオンに抗すべく同様のことばを叫んだからである。

〈ローカル〉ウィーン国立歌劇場の二階バルコニーにある衣裳戸棚の中で、コートを着た若い女性がコートフックにぶらさがって死んでいるのが今朝発見され、衣服商ジグムント・マドーフ氏の娘であるマーラ・マドーフさんと判明した。死体を発見した歌劇場の守衛オディロ・リンツはこの衣裳戸棚は使用されたことはなく、少なくとも前夜の『ローエングリン』の公演時には使用されてはいないと証言した。オディロは前奏曲のときに一度そこをチェックしたのだが、そのときには何もぶらさがってはいなかったと述べている。当局は星の形に心臓の上に並んだ細身のナイフの傷跡が死因であり死亡時刻はオペラの終演ごろと推定している。当局は暴行の可能性を否定しているが、彼女のストッキングが紛失し、靴がはきなおさせられている。昨夜ハールホフ・ケラーで一団の若者が目撃され、伝えられるところではそのうちの一人がスカーフ代りに女もののストッキングを一足首に巻いていたということであるが、しかし昨今の若者たちのあいだでは、これは最先端の流行である。

〈再びローカル〉いくつかの反ナチ・グループのスポークスマンはシュシュニクが提案した国民投票を支持すると宣言した。カール・ミッターは地下社会党の支持を約し、ヴォルフ大佐は君主主義者の、ドクトル・フリードマンはユダヤ人団体の、イニッツァー司教はカソリックの支持を約した。シュシュニク首相は夜行列車でアルプスを発ち、明朝早くウィーンに到着する予定。歓迎が予想されている。

「歓迎するともさ！」とツァーンは言った。「彼はとにかく我々の国がヒトラーの裏庭じゃないってことを教えてやったのさ！」

「まったく利口ぶりおって」と祖父は言った。「奴はいったい自分のことを何だと思ってるんだ？　ナポレオンに闘いを挑む現代のアンドレアス・ホーファーか。そりゃチロルでは大喝采だろうさ。でもベルリンの連中は奴のことを何て言ってると思う？今回の我々の相手はフランス人じゃないんだぞ」

「そんなこと言わないで」とツァーンは言った。「ここのところはシュシュニクを信じましょう。投票ははっきりとしてます。誰一人としてオーストリアにドイツ人を入れるなんて望んでないんですから」

「君はたしかにタクシーの運転手並みの考え方をしておるなあ」と祖父は言った。「誰一人として望んでいない——と君は言うが、そんなこた何の意味も持ちゃせん。わしが何を望んでいて、それがどれだけ無駄なことかを教えてやろう。わしが望んでおるのは、やると言ったことをきちんとやる男だ。ドルフスがそういう男だったが、彼はその『誰一人として』いないはずの連中に殺された。そして今の我々にはシュシュニクしかおらんというわけだ」

「でも彼は国民投票に訴えたじゃありませんか」とツァーンは言った。

「四日先にな」と、あざけるように祖父は言った。それから自分がテーブルの上にケーキのくずをまきちらしていることに気づいてもごもごと口ごもり耳を赤くした。

「君に——学生だかタクシーの運転手だか、その他なんだかよくわからんが——良いことを教えてやろう」と彼はケーキに注意しながら言った。「地球がまっ平らじゃないのはとても良いことだ。もしそうだとしたら、シュシュニクはとっくの昔にあとずさりしすぎて落っこちてただろうからな」

「お父さんったらほんと、へんくつのペシミストなんだから」とヒルケは言った。

「まったくですよ」とフォークを一本とってそれでテーブル・クロスの上のケーキのくずを集めて落としながら、祖母が言った。「知ったかぶりしてるのはあなたの方ですよ。それにあなたぐらいの重厚な歳になってそんなにテーブル・マナーの悪い人はまずいませんよ」

「俺くらいの何の歳だって?」と祖父はどなり、ケーキをシャワーのようにまきちらした。「どこでお前、そんなことば覚えてきたんだ?」

祖母は委細かまわず指先をなめて、祖父のネクタイについているケーキくずをとんとんと叩いてとった。「あなたが持って帰ってらした本の中にそう書いてあったんですよ」と彼女は自慢げに言った。「で私、そのことばがとても詩的だと思ったんです。だってあなたいつも私がロクに本を読まないっておっしゃってるじゃありませんか。

そうでしょ、お利口さん?」

「その本を見せなさい」と祖父は言った。「下らない本を一冊読むムダが省けるってもんだ」

ツァーンは祖父に向ってめくばせして、彼の紅茶のラムが少ないことを知らせた。

「明日は大がかりな歓迎会があるから、たっぷり稼げそうですよ」と彼は言った。

ヒルケは何を着ていくかを考えた。赤いウール・ジャージーの、大きな巻き襟のついたワンピースがいい。もし雪さえ降らなければ。

五回めの動物園偵察　一九六七年六月五日・月曜日・午後十一時四十五分

夜警は九時十五分前に最初の巡回にでかけ、九時十五分すぎに小型哺乳類館に戻ってきた。二回めは十一時十五分前から、十一時十五分すぎまで。まるで同じだ。

二回めのとき、僕は植込みのかげにひそんで、彼が僕のそばを通りすぎるようにした。だから彼の腰から下の様子を君に説明することができる。軍隊型のスナップ式ホルスター、ちゃちな弾帯には十二発しか弾丸がつかない。彼のスナブ・ノーズのリヴォルヴァーに何発の弾丸がこめられるのか、僕にはわからない。鍵束が弾帯からぶらさがっている。ベルトからぶらさげるには重すぎるのだろう。懐中電灯には手首にかけるための革ひもがついていて、金属ケースに収まっている。それで彼は警棒を持ち歩かないのかもしれない。グレイのあや織りの制服ズボンは裾のところで広がっていて、折りかえしはない。ソックスはこっけいな代物だった。くねくねとした模様で、片方は始終靴のかかとのところまでずり落ちていて、彼は立ちどまってはそれをひっぱりあげねばならなかった。靴はどこにでもある黒の短靴だった。彼は制服を重要視するタイプではないのだ。

僕が照らしだされる危険はない。彼は植込みに沿って光を這わせていったが、植込みは密に茂っているから、光は中まで通らない。もし彼が腹這いになって根もとのあたりに光をあてれば――それもそもそも彼の視力が人並はずれて素晴しければということだが――あるいは僕の姿をみつけることができたかもしれない。しかし、とにかくこれは身を隠すには格好の場所と言っていいと思う。

夜警は決して悪い人物ではないようだった。彼はときおりあたりかまわずいろんなところを照らしだした。咳や身動きする音が聞こえると、さっとそちらにライトを向けるのだ。長いこと夜警をやっているのだから動物たちの寝言に通じていてもよさそうなものだ。いびきをいちいち調べてまわる必要もないじゃないか。でも彼の振舞いには悪意のようなものは感じられなかった。彼は神経質になっているか退屈しているかして、できる限りいろんなものを調べあげてやろうと思っているのかもしれない。

彼にはお気に入りの動物まであるみたいで、シマウマを金網ごしに呼んだりもした。「よう、馬公」と彼は言った。「おいで、馬公」。するとずっと寝ないで待っていたらしい一頭のシマウマが彼のわきにやってきて、鼻を金網にこすりつけた。夜警はシマウマに何か食物を与え——これは規則違反にちがいない——その耳を一、二度きゅっきゅっとひっぱった。まあシマウマの好きな人間ならそんなに悪い奴じゃないはずだ。

彼は小型カンガルーの一匹ともなかなか興味深い関係を結んでいた。それはワラビーかあるいはおそらくワラルーだと思う。遠くから見るとどちらかは見わけがつかないのだ。とにかく例の大型カンガルーではない。あの大物なら道一本隔てて見てもサイズでわかる。いずれにせよ夜警はその何ものかを呼んだ。「おい、オーストラリア、こっち来いよ」と彼は言った。「さあ、ほら、ボクシングやろうぜ」。その何ものかはどすんどすんと跳んだ。長く尖った耳がしゃきっと上に立ち、硬い尻尾がぴしゃりと地面を打った。夜警の声はいささか挑発的だったし、それにまわりの動物たちの眠りまで覚ましてまわるのは不作法だったかもしれない。しかしこの夜警はかなり温和な人間であるように僕には思えた。もしこの男を我々がひっつかまえて、どこかに押しこめなくちゃならないことになっても、できるだけ手荒にしないようにしなくっちゃと僕は思った。

いま不思議なことが起こった。小型哺乳類館から小さなベルの音が聞こえたのだ。それはとてもはっきりとしたベルの音だった。動物たちの耳にもその音は届いた。あたりがざわざわとした。みんながもそもそと動きを見せ、咳や不平のうなりや警戒の鼻息が聞こえた。そういう短くて用心深い息づかいがあたりに充ちた。静かにしようとするときに動物たちはそういういろんな音を立てるものなのだ。関節がポキッという音や、お腹のゴロゴロする音や、唾をのむ音が大きく聞こえる。

まず最初にベルが鳴り、それから夜警が小型哺乳類館の外に姿を見せた。彼の手にした懐中電灯の灯が上下するのが見えた。やがてべつの灯が通路のひとつからさしてくるのが見えた。それはたぶん動物園の正門から来ていたのだと思う。そして夜警はそれに合図を返しているのだろう。

僕のいる植込みのうしろの金網に沿って、レイヨウたちがぱたぱたと歩きまわっているのが聞こえる。たしかに何かが持ちあがっているんだ。どうだい、真夜中というのに、動物園はばっちりと目覚めているんだ。

ジークフリート・ヤヴォトニクの自伝　精選抜粋編・前史のI（承前）

一九三八年三月十日。雪の舞わない暖かな木曜日で、それは大きな巻き襟のついたヒルケの赤いウール・ジャージーのワンピースにはぴったりの日和だった。

朝早く、シュシュニク首相を乗せたインスブルック発の列車が今まさに西駅に着かんとする頃、そしてまたツァーン・グランツが彼の車の黒色のフードに「シュシュニク万歳！」とチョークで書いた少しあとに、ハッキングの街はずれの田舎では一人の養鶏農夫が市内で催される祝典のために扮装をこらしていた。エルンスト・ヴァツェク＝トルマーは、その朝は卵なんか放ったらかしにして、かわりに羽毛だけを集めた。しかしそれも彼がその前夜夜なべでやっていた作業に比べればとくに突飛な振舞いというわけではなかった。彼は錫《すず》のパイ皿に穴をあけて針金でつなぎあわせて鎖かたびらのできそこないのような衣裳を作りあげ、そこにラードを塗ってべたべたにし、集めてきた鶏の羽根がはりつくようにしたのだ。そんな衣裳に身を包んだ彼の姿を一目見た人間なら、誰も彼からこの先、卵を一個たりとも買いたいとは思うまい。しかし鶏小屋の床に積みあげた羽根の山の中で転げまわる彼から逃れようとケコケコと騒ぎまくる鶏の他にはその姿を目にしたものはなかった。それに加えて、彼の浪費を非難することは誰にもできなかった。何しろこの衣裳には一銭もかかっていないのだ。彼はパイ皿ならいっぱい持っていたし、あとでそれを卵を売るときの皿に使うことだってできる。それに鳥の羽根だって実に有効に利用していた。衣裳のてっぺんだって、なんとパイ皿のヘルメットだ。耳覆いに二枚、帽子に一枚、顔のマスクに一枚だ。マスクには眼の穴がふたつと空気穴がひとつ、そして錫を金槌で叩いて作ったくちばしを針金で縛りつけるための小さな穴がふたつ開いている。くちばしは人の体を突きさすくらい鋭く作られていた。眼の穴のあいだにはオーストリア鷲の写し絵が貼ってあったが、それはエルンスト・ヴァツェク＝トルマーのトラックのバンパーから蒸気ではがされ、ラードで貼りつけられたものだった。だから金は一銭もかかっていない。忠実でそれがきわめて忠実に作られた鷲の衣裳であることは見違えようもなかった。忠実ではないとしても、それが強烈なものであることには文句のつけようがない。羽根つきの鎖かたびらは膝まで垂れさがり、パイ皿で作られた袖はぱたぱたと羽ばたきできるようにゆるくとりつけてある。頭の部分には羽根はついていないが、それでもラードが塗りたくってある。これは写し絵を貼りつけるためだけではなく、頭ぜんたいをてかてかと光らせるためでもあった。今日いちにち鷲——オーストリア鷲だ——と化したエルンスト・ヴァツェク＝トルマーは鶏小屋での最後の仕上げを終え、市電がこんな姿の自分を乗せてくれることを願いながら、市の外れに向ってかちゃかちゃという不気味な音を立てつつ歩きはじめた。

さて、ツァーン・グランツは僕の母を迎えに行く途中で、車を停めて、うまくタイヤが軋みを立てるように空気を少し抜き、カール教会と工業高校のあいだのロータリーで音を立てながらカーブを曲る練習をしていた。

祖父のマータは、その日は仕事に行かないことにした。何故ならこんな日に国際学生館の外国語閲覧室に読書に来るような人間は誰もいないだろうし、とすれば図書館長も必要ないからだ。祖父はツァーンのタクシーをじっと眺めていた。祖母が言ったように、若者には若者の楽天主義があるし、それで良いのだ。自分は自分でこの記念すべき日にふさわしい祝杯の酒を飲んでおれば、それで良いのだ。

ツァーンがロータリーを四回めに回っているところでカール教会のミサが終り、人々が外に出てくるのを見て、稼ぎのことがちらりと彼の頭に浮かんだ。母のところに行く前に早朝客を拾ってみるというのも悪くない。彼はカール教会の前の縁石に車を停めてエンジンをふかしながら、ボンネットに『テレグラフ』紙を広げて読んだ。レンホフの論説はシュシュニクの国民投票を賞賛しつつ、ドイツがそれに対してどう反応するだろうかという疑念を表明していた。

一方ヒュッテルドルフ＝ハッキング駅の市電49番乗り場では、気むずかしい運転士が鷲服を着た男の乗車を拒んでいた。エルンスト・ヴァツェク＝トルマーはくちばしをきちんと結びなおし、胸の羽根をどんどんと叩いて、そのまま堂々と歩きつづけた。

バルハウス広場《プラッツ》ではクルト・フォン・シュシュニク首相が官邸の窓から外の垂れ幕をじっと見つめていた。幕はミハエル広場にある聖ミハエル教会の手すりと、ミハエル広場にまたがってホフブルクの展示室の手すりとのあいだにかかっていた。ベッドのシーツを縫いあわせたその幕には大きな綺麗な字で〈自由オーストリアの味方、シュシュニク〉と書いてあった。シュシュニクは、こんな遠くからもはっきりと字が見えるのだから、コンマひとつが人の頭くらいの大きさがあるに違いないと思った。あの垂れ幕の向うのアウグスティン通りからアルバーティナ広場まで、いやもっと先の旧市街に至るまで群衆が彼を支持して集まっているのだと思うと、彼はチロリアン帽の先っぽまであたたかくなったような気がした。

彼はエルンスト・ヴァツェク＝トルマーの決意のほどを目にすればもっと心があたたかくなったことだろう。彼はザンクト・ファイト駅で市電から放りだされるという屈辱を味わい、ハッキングからの道々、あつまってきた子供たちにじろじろと眺められていた。子供たちは安全な距離をおいてついてきて、彼をうしろから嘲笑した。鷲はラードに汚れた羽根を何本かあとに残しながら堂々と歩みつづけた。しかしクルト・フォン・シュシュニク首相にはこの五街区も向うで行われている風変りにして愛国的な示威行進を目撃することはできなかった。

祖父マータなら、首相は遠目のきかん男だからな、と言うところだろう。僕の祖父は自分くらい遠目のきく人間はいないと自負する男だった。彼は「ヒルケ、コートを着なさい。ツァーンが来た」と娘に言ったが、そのときツァーンはまだ三ブロックも向うにいて、早朝のミサに来るような連中はタクシーになんて乗りそうもないし、カール教会の前で客待ちするのはよそうと決めたばかりのところだった。しかし遠視の故かせっかちの故か、ツァーンが家の前に到着したとき、祖父とヒルケはもうしっかりとコートを着こんでいた。

「暴力沙汰にまきこまれないでね」と祖母が言った。

「お前は本でも読んでおればよろしい」と祖父は答えた。

祖父マータがアウグスティン亭の薄汚れた窓の外にふと奇妙な影を認めたのは午後の三時か四時のことだった。彼は手にしたビールをこぼして、ツァーンの肩に顔を伏せ、うっうっと喉をつまらせた。

「お父さん！」とヒルケがびっくりして言った。

「気分でも悪いんですか？」とツァーンは訊ねた。祖父はもう一度さっと振りかえって窓に目をやった。彼はその生き物の姿が再び目についたらすぐに顔を埋められるように、ずっとツァーンの服の襟から手を放さなかった。

「あんな大きな鳥は見たことがない」と彼はもそもそと言い訳するように言った。そしてそのとき彼の見た幻影が回転ドアからのそっと姿を見せた。そして錫の翼をがちゃがちゃといわせながら酒場にとびこみ、カウンターに並んで坐ってソーセージを食べていた男たちをびっくりさせた。彼らはたじろいで一斉に後ろに身を引いた。厚切りの肉がひときれぴしゃっという音を立てて床に落ちたが、人々はそれを誰かの心臓か腕じゃないかとでもいわんばかりにじっと見つめた。

「神様！」と言うと、祖父はまたツァーンの襟に顔を埋めた。

幻影はそのおそろしい翼を広げて、羽根のついたパイ皿の胸をがしゃんと叩いた。

「カオウ！」とそれは叫んだ。「カオウ！　カオウ！　オーストリアは自由だ！」。しばしの息を呑む沈黙のあとで、店の客たちはきわめてゆっくりと気をとりなおし、その国家の象徴たる鳥のそばにかけよって抱きしめた。

「カオウ！」と祖父は威厳をとり戻して言った。ツァーンは鷲の鎖かたびらの袖をひいて自分たちのテーブルにつれてきた。祖父が鳥を熊みたいにギュッと抱きしめたとき、危くくちばしが突きささってしまうところだった。

「こりゃあ凄い」と祖父は言った。「実に立派な鷲だ!」

「ヨーロッパ広場までずうっと歩いてきたんです」と鷲は言った。「そこに来るまで市電が乗せてくれんかったもんですから」

「いったいどこの誰が君を乗せなかったりしたんだね?」と祖父は憤慨して叫んだ。

「運転士たちですよ」とエルンスト・ヴァツェク＝トルマーは言った。

「市外地域ではどうも愛国心が不足しておるらしいな」と祖父は彼に言った。

「これ、自分で作ったんでさ」と鷲は言った。「私は実は卵売りでしてね、鶏を飼ってるんですよ」、そして自分の羽根にさわり、その下の錫をコンコンと叩いた。「この皿は卵を入れて売るためのものでして」

「素晴しい!」とツァーンは言った。

「すごく綺麗」とヒルケは鷲に言って、羽根のいちばんふさふさとしたところを指でつついた。金属がつきだした顎の下からもさもさとした胸にかけ、そして翼のくぼみまで、羽根がどっさりと束のようにかたまっていた。

「頭を外したまえよ」とツァーンは言った。「そんなのかぶったままじゃ酒も飲めないじゃない」

男たちは押しあいへしあい鷲の背後に押しかけて「そうだ！　頭とっちまえよ！」と叫び、我がちに鷲のそばに寄ろうとした。

「みんな、おとなしくするんだ！　敬意を表したまえ」と祖父は言った。

ヴァイオリン弾きが一人、彼らのテーブルのすぐ上のバルコニーにとんできた。チェロ弾きがそのあとからもそもそとやってきた。彼らはハンカチを畳んだ。

「音楽！」と祖父は今やその場の支配者然として叫んだ。

ヴァイオリン弾きは弓を軋ませ、チェロ弾きは指の太さくらいもある弦の音をたてた。人々はまるでチェロ弾きに椎骨を叩かれたみたいにそれぞれの背筋をしゃんとのばした。

「静粛！」と祖父は尊大に言った。鷲はその翼を広げた。

「頭をとりなよ」とツァーンが囁いたところで音楽が始まった。感傷的な民謡の調べだ。

ヒルケは鷲を手伝ってその頭を脱がせてやった。エルンスト・ヴァツェク＝トルマーはその年老いた小妖精のような顔をくしゃっとゆがめ、顎に深いくぼみを作った。母は彼にキスしてあげたいような気持になった。祖父は実際にキスをした。おそらく彼は鷲の耳のあたりに白髪がいっぱいはえているのを見て、それで一層嬉しくなってしまったのだ。祖父の世代の男のみがオーストリア鷲になれるのだ。

エルンスト・ヴァツェク゠トルマーは圧倒されてしまった。あきらかに教養あると思える男が彼に祝杯をあげ、キスしてくれたのだ。彼はそわそわしながら民謡の拍子をとっていた。鷲の頭はうやうやしく人々の手から手へと渡り、おかげでラードがとれてその光沢がいくぶん失われた。

窓は人いきれで白く曇っていた。鷲を飛ばす良い方法があるよ、と誰かが提案した。聖ミハエル教会の手すりから彼を吊して揺するのだ。聖ミハエル教会ならシュシュニクのところからも見える。何人かがズボン吊りを提供しようと申しでた。鷲はその気になりかけたが、祖父は顔をしかめた。

「みなさん」と彼は言ってその幅広の赤いズボン吊りを持ち主に返した。「みなさん、聞いて下さい」。そしてわけのわからない表情を顔に浮かべて親指でズボンをひっぱりあげている男たちの顔を見わたした。「私の娘がここにおるんですぞ」と祖父は言って、母の顔をそっと人々の方に向けた。人々は納得して引き下がり、鷲は空に吊り下げられることを危くまぬがれた。もしそうなっていたら、それはちょっと類を見ないほど弾力的でふわふわとした飛翔になっていたことだろう。なにしろいろんな強度のズボン吊りがまとまって、それがみんなで伸びたり縮んだりするのだから。

　エルンスト・ヴァツェク＝トルマーは無事にツァーンのタクシーにたどりついた。祖父の忠告によって、鷲のくちばしの先にはワインのコルク栓がさされることになった。そのおかげで彼は人々を傷つけることなくドアまで行けたのだ。くちばしの先にコルクをつけて、少し身をかがめてタクシーにのりこむと、彼は祖父と母を後部座席で抱きしめた。その間ツァーンはゆっくりとした速度でミハエル広場を抜け、シュシュニクをたたえるくしゃくしゃのベッド・シーツの垂れ幕の下をくぐり、グラーベンのはずれにある喫茶店横丁を進んだ。

　ツァーンは車のホーンを鳴らしながら大声をあげ、オーストリアの救済を人々に告げた。「カオウ！　カオウ！　祖国は自由だ！」と彼は叫んだ。しかしそのころには人々ももうぐったりとしていて、そんな光景に注意を払うものもあまりいなくなっていた。彼らはコーヒーで酔いをさましながら、曇ったガラスを手で拭いた穴からぼんやりと外を眺めているだけだった。人々は既に奇跡に倦《う》んでいたのだ。どこかの大きな鳥がタクシーの後部座席に乗って通りすぎていくだけのことじゃないか。

　本を読み、冷めた茶を飲みながら彼らを待ち受けていたのは祖母だった。祖母は鷲がキッチンに入ってくるのを見ると、「こんなもの飼えっこありませんよ」という顔をして祖父をにらんだ。「まあ、なんてことを」と彼女は言った。「ヒルケもついていながらどうしてこんなことに」

「カオウ！」と鷲は言った。

「何かほしいのかしらね、ツァーン？」と祖母は訊ねた。それから祖父に向って「まさかあなたこれを買ったんじゃないでしょうね？　それとも何かにサインしたとか？」と訊いた。

「これはオーストリア鷲だぞ！」と祖父は言った。「敬意を表しなさい」

祖母はあまり敬意を表するとはいいがたい目つきでコルクのささったくちばしの中をうかがい、眼の穴の中をのぞきこんだ。

「奥さん」と鷲は言った。「わしはハッキングから来たエルンスト・ヴァツェク＝トルマーです」

「愛国の士だ！」と祖父はどなって、鷲の肩をどんと叩いた。羽根が一本抜け落ちたが、それはまるで永遠に宙をさまよっているように見えた。

「お母さん、この方自分でこの衣裳を作ったのよ」とヒルケは言った。

祖母はこわごわと手をのばして鷲の胸の羽根にさわった。

「これは私の最後のささやかなつっぱりだ、母さん。ヒルケの面倒もよく見てたよ」

と祖父はやさしく言った。

「ええ、そうですとも」とツァーンは言って鷲の体を叩いた。

祖父はとても哀しそうに言った。「これはオーストリアの最後のつっぱりでもあるんだ」、そして鷲の前に片膝をついた。

エルンスト・ヴァツェク＝トルマーは眼の穴に手をあて、羽根を震わせて泣きはじめた。押し殺したようなむせび泣く声がくちばしの中にこぼれた。

「カオウ！　カオウ！」とツァーンはなおも陽気に言ったが、鷲のヘルメットはすすり泣きにかたかたと震えていた。

「これはこれは」と祖父は言った。「さあさあ、どうしたね、あんたは立派な愛国者じゃないか。今日はとても楽しい一日だったよ。さあ、ツァーンが家まで送ってくれるよ、ほら」

「かわいそうに」と祖母が言った。

みんなは手を貸して鷲をタクシーに乗せた。

「一人でゆっくりと坐ってなさい」とツァーンは言った。

「頭をはずしてやりなさい」と祖父は言った。「涙でおぼれてしまうよ」

「お父さんのせいよ、これは。ほんとにペシミストなんだから」とヒルケは言った。

「ほんとに何だってお見とおしって口をきくんだから！」と祖母は言った。

しかし祖父はばたんとドアを閉めて、通りに出て交通整理をした。通りには車の影もなかったが、彼は適当に空想上の車を作りだし、ツァーンに向って車を出してよろしいという合図をした。

ツァーンは墓地のようにしんと静まりかえった市外地区を抜け、ハディク、ザンクト・ファイト、ヒュッテルドルフ＝ハッキングと進みながら、ここの亡霊たちや現在の住人たちはヒトラーと同じように神聖ローマ帝国の再来を歓迎しているのだろうか、とふと考えてみたりした。

一方、鷲はバックシートの上で扮装をといていた。ツァーンが夜間照明のついた鶏小屋から少し離れたくらがりの中に灯の消えた農家を見つけたとき、バックミラーにはもしゃもしゃ髪の老人が映っていた。彼はしくしくと泣き、車内には羽毛が舞っていた。

「さあさあ」とツァーンは言ったが、エルンスト・ヴァツェク＝トルマーは鷲の抜けがらをフロントシートに叩きつけているところだった。彼はその背中を壊そうとしていたのだが、鷲はびっくりするくらいよくできていた。それは身を少しかがめるような格好になったものの、そのパイ皿は脊椎よりも丈夫に結びつけられていた。

「さあさあ、もうよしなよ」とツァーンは言った。「そんなことしちゃいけないったら」。しかしエルンスト・ヴァツェク＝トルマーは叩いたり、羽根をむしりとったり、床に落ちた頭部を踏みつぶそうとして足をばたばたさせたりしていた。

ツァーンはバックシートに頭をつっこんで、彼の体をつかみ、車の外に出した。エルンスト・ヴァツェク＝トルマーは腕をばたばたとさせた。ツァーンはドアを閉め、その卵売りを押さえつけた。

「止しなさいったら」とツァーンは言った。「もうぐっすりと眠りなさいよ。国民投票にはちゃんと車でつれていってあげるから」

卵売りは崩れるように身を折り曲げた。ツァーンは相手を前かがみにさせておいて前にまわり、彼の頭を手で支えた。二人は顔を向いあわせにしてひざまずくような格好になった。

「ちゃんとわかった？」とツァーンは言った。「国民投票のときは僕がちゃんとここに来て、あんたを車に乗っけて、投票所までつれてってあげるから」

エルンスト・ヴァツェク＝トルマーはじっと目を凝らし、それから短距離走者がスターティング・ブロックの上でやるみたいに尻を宙に浮かせた。そして挑みかかるように頭をぶるぶると振り、ツァーンの手から身を振りほどいて、彼のまわりをぴょんぴょんとはねまわった。はじめは四つ足で、それから走りはじめるとちゃんとした二本足になった。彼は立ち止まってツァーンの方を振り向いた。ツァーンはとびかかろうと身構えた。

「お願いだよ」とツァーンは言った。「もう寝ちゃいましょうよ。面倒を起こしたくなんかないでしょ？　ね？」

エルンスト・ヴァツェク＝トルマーは両腕をだらんと下に下ろした。「投票なんてありゃせんよ」と彼は言った。「そんなことできやせんのだよ、お若いの」。そして彼は鶏小屋に向って駆けだした。ツァーンはあとを追いかけようとしたが、途中でやめた。先の方で戸口のかたちに光がこぼれ、それから閉まった。鶏小屋がぎしぎしと音を立ててかしいだ。鶏が卵を生もうとするところに踏みこまれて、うまく生めなくなっちまったんだな、とツァーンは思った。やがてちょっとした騒ぎが持ちあがった。一羽の雌鶏が羽をばたばたさせて飛んだり降りたりする姿が窓から見えた。中の電球がぐらぐらと踊るように揺れた。べつの雌鶏か、あるいはその同じ雌鶏が鋭い鳴き声をあげた。それから灯が消えた。今夜は卵はひとつも生み落とされないだろうな、とツァーンは思った。ツァーンはエルンスト・ヴァツェク＝トルマーが寝場所を作ることができたとわかるまで、じっと待った。誰かがその寝床から追い出されたわけだが、その相手は少なくとも騒ぎ立てはしなかった。

ツァーンはよろよろと車に戻り、ステップに腰を下ろして、祖父が置いていったコニャックをひとくち飲んだ。煙草に火をつけようとしたが、うまくつかなかった。ハンドルの前に坐って車を発車させようとしたところで、彼は鷲の抜けがらがフロントシートに寄りかかっているのを見つけた。ツァーンはそれをとなりにきちんと坐らせたが、すぐに横に倒れてしまった。ツァーンは鷲の頭を見つけて、それを鷲の膝の上に載せ、それに祖父のコニャックを少し振舞った。

「目が覚めたら二日酔い頭だぜ」とツァーンはその頭に向って言った。そしてくっくっと笑ったが、やがてそれはくしゃみの発作に変った。そのくしゃみの大きな音は鶏の目を覚ましたらしく、コッコッという鳴き声が聞こえた。ツァーンのくしゃみは止まらなくなってしまった。彼はヒステリックに、自分が鷲の衣裳を着て鶏小屋にぬっと姿を現わし、電灯をつけて、怯えきった雌鶏が狂ったように卵を生みつづけるか、あるいは二度と卵を生めなくなるまでカオウ、カオウと鳴きつづける姿を想像してみた。カオウと一声大きく鳴いて、エルンスト・ヴァツェク＝トルマーに特大の卵を生み落とさせてやるのだ。

しかしツァーンは実際には鷲の頭にもう一杯酒を振舞っただけだった。それらしい反応がなかったので、彼は頭に開いた穴から酒を注いだ。

何時間も鷲と酒をくみかわしながら語りあい、二人で電灯の消えた鶏小屋を見張り、高貴な巣で眠るエルンスト・ヴァッツェク゠トルマーを守っているようにツァーンには思えた。

「さあ飲め、勇敢なる鷲君」とツァーンは声をかけた。そして頭の穴にボトルをさかさにしてゴクゴクと酒を流しこんだ。

六回めの動物園偵察　一九六七年六月六日・火曜日・午前一時三十分

夜警の交替は十二時に行われたが、それを境にさまざまな事情はがらりと変ってしまった。みんなはまだ目を覚ましていた。動物園の中はみんながもそもそと動いたり歩きまわったりする音でいっぱいなのだ。眠っているものなんて一匹もいやしない。真夜中がくるとみんな残らず不眠症にかかっちまったというわけだ。

最初のうち僕の存在が気づかれたのかと思った。早番の夜警が遅番に誰かが動物園の中をうろついていると教えたか、あるいは動物たちが噂しあっているのだと。蹄で地面を叩いたり、さえずったり、呻いたりという動物たち独自の伝達方法で、彼らは語りあってるのかもしれなかった。

　しかしそれはどうやら動物たちが目を覚ましている本当の理由ではないようだった。新しい夜警がその原因なのだ。小さなベルがみんなに予告を与え、それで獣たちは彼がやってくることを知ったのだ。二人の夜警にはかなりの違いがあるんだ。

　その男は僕のそばを通りすぎた。彼は警棒を身につけている。左側のブーツの内側に縫いつけたさやにそれをつっこんでいるのだ。戦闘靴《コンバット・ブーツ》を応用したくるぶしの上まであるもので、靴紐はふくらはぎでゆるく結ばれている。グレーのズボンの裾はブーツの中にたくしこんである。彼のホルスターはカウボーイ風のオープン式で、その自動拳銃の銃身は少なく見積っても十五センチくらいの長さはある。彼は鍵束を妙な格好に持っていた。そのリングに腕をとおして、肩の上にかけ、肩章でそれを固定しているのだ。彼の制服にはちゃんと肩章がふたつついていた。キイはぜんぶ彼の腕の下にぶらさがり、体にぶつかってジャラジャラと音を立てている。それはどうもぎごちない格好であるように僕には思える。腕の下に鍵束を吊したりすると、腕の格好がすごく変になってしまうものなのだ。でもそれは右腕の方だから、彼としてはあるいは右腰の上の方についているオープン・ホルスターからさっと拳銃を引き抜けるようにしているつもりなのかもしれない。はた目から見るとバランス悪く見えても、この男はきっと銃器に精通しているのだろう。それからもちろん懐中電灯を持っている。彼は左手にそれを持ち、手首にその吊り紐をとおしている。だから警棒にもさっと手をのばすことができる。筋のとおったやり方さ。だって警棒が使えるくらい近くに相手がいるのなら、何もライトで照らす必要なんてないわけだものね。そしてもし相手が拳銃を使わなきゃいけないくらい遠くにいるなら、もう片方の手に懐中電灯を持ってそちらをしっかりと照らしだす必要がある。この夜警は己れの職務にかなり真剣にとりくんでいる男であるようだ。

彼は僕のいる植込みに沿ってずっと歩いた。目の前をとおり過ぎたとき、僕は根もとのすきまから顔を出してこの男の上半身を見あげた。鍵束と肩章とねじ曲った右腕が見えた。しかし僕は彼の背中を見ただけだし、それも一瞬のことだった。彼は素速く懐中電灯の光をまわしていたからだ。足の先の方をちらちらと前後に照らしていたかと思うと、さっとそれを回転させて体のまわりをぐるりと照らすのだ。

かれこれもう一時間半にもなるというのに、彼は懐中電灯をふりまわしてまだ動物園の巡回をつづけている。たぶんこの男は早番の夜警の仕事ぶりをあまり信用していないのだろう。そしてたぶん、彼は自分が通常の職務位置につく前に、ここに危険がないことをきちんと納得しておきたいのだろう。

毎晩こんな具合に平穏を乱されることは、動物たちにとってはさぞ迷惑なことであるにちがいない。夜警が不意打ちをかけるようにさっと懐中電灯の光をまわしているのが見える。それもしばしば同じところを三度も四度も照らしたりするのだ。そして彼は鍵の点検についてはひどく乱暴だった。ちょっと檻の扉をひっぱってみるだけでは足りずに、檻ごとがちゃがちゃと揺するのだ。

みんなが眠れないのも無理ないさ。

ジークフリート・ヤヴォトニクの自伝　精選抜粋編・前史のⅠ（承前）

一九三八年三月十一日の不吉な金曜日。朝の五時半すぎに早朝司祭が聖シュテファン教会の脇祭壇の用意をすると、クルト・フォン・シュシュニクがさっと入りこんできて極めて短いお祈りをはっきりとした口調で唱えた。彼は内務大臣のスクーブルからドイツがザルツブルクの国境を閉鎖し、関税役人を全員ひきあげさせたという電話連絡を受けて以来眠ることができず、首相官邸に向う途中だった。スクーブルはまたドイツ軍がライヘンハルからパッサウにかけて集結しているとも報告していた。官邸に着くとシュシュニクはミュンヘン駐在のオーストリア総領事から送られた電報を読んで、また暗い気持になった。そこには「獅子は移動準備完了」とあった。それはみんな夜明け前のことだ。夜が明けるとドイツの朝刊記事が全部電報でウィーンに送られてきて、クルト・フォン・シュシュニクはそれに丁寧に目を通した。それらはドイツ的な感情過多がそれほど目立つものではなかったが、効果的であることには間違いない。ナチの広報機関であるDNBは、槌と鎌の旗がウィーンにひるがえり、暴徒は「万歳シュシュニク、万歳モスクワ」と連呼していると主張していた。DNBは総統《フューラー》はオーストリアのためにも「対ボルシェヴィキ十字軍」としての行動をとることを余儀なくされるかもしれないと述べていた。クルト・フォン・シュシュニクはこれは国民投票に対するひどいでっちあげの報道だと思い、愕然とした気持になった。彼は英国公使にすぐに電話を入れた。公使はロンドンのハリファックス卿に電報を打ち、英国はどちらかを支持するつもりがあるかどうかを問いあわせた。シュシュニクは最初の光がホフブルクの展示室のすすけたガラス窓から射しこんで、中にある珍しい古い宝玉や黄金を照らしていくのをじっと眺めていた。

　三月の弱い光が射して眠たげなザンクト・ファイトの家々の窓のブラインドが上がる頃、ツァーン・グランツは朝日に向って歓喜の声をあげていた。早朝で交通がほとんどなかったのはツァーンにとっては幸いだった。というのは彼はろくに注意もしないで交差点をつっ走っていたからだ。丸石の上を走ると頭がグラグラしたので、彼はできる限り市電の軌道の上を走った。車のタイヤと線路の幅はぴったりとは合わなかったが、片側のタイヤだけはなんとかがたがたと揺らさずに車を進めることができた。

ヴェーリング街を市内に近づいているところで、彼は車を停めて客を拾った。フォティフ教会の早朝ミサから頭を垂れ、肯きながら出てきた男が後部席に乗りこんだ。彼がドアを閉めるか閉めないかのうちに、ツァーンは車を発車させた。

「カオウ！　カオウ！　どちらまで？」とツァーンは訊ねた。

男はズボンについた鶏の羽根を払い落としながら「これはタクシーかね、それとも農家の庭先かね？」と訊いた。そして首をあげてバックミラーにうつったツァーンのくちばしを目にし、斑入りの羽根をつけた肩がハンドルの上にかがみこんでいるのを目にした。男は半開きになったままのドアから転げるように出ていった。

「ドアくらいちゃんと閉めてってほしいね」とツァーンは言って、羽毛の舞う後部席をしばらく眺めていた。

ツァーンはコリン通りに入ったところで車を停め、のそのそとタクシーを降り、揚々とヴェーリング街の角まで歩いて戻った。そこではさっきの男がよたよたと縁石の方に歩いていた。たぶんその男はミサから出て来たばかりなので天使でも見たような気になったのだろう。

それからツァーンはタクシーまで飛んで戻り、弱い日射しを少しでも中に入れようと日よけをまきあげていたカフェの主人を驚かせた。彼は日よけを巻くハンドルを放してしまったので日よけはがらがらと下に落ち、ハンドルが勢いよく回って手の甲を打った。

「けさは早起きしたなあ」とツァーンは言って、彼のタクシーのステップの上からさまじい鶏の鳴き声を上げた。ツァーンのつけているのは鶏の羽根だったので、鶏と鷲の鳴き声がだんだんに混濁してきたというわけなのだ。

ツァーンは何かが欠けているような気がした。そう、爪がないのだ。どんな鳥であれ、爪を欠くことはできない。それで彼はコールマルクトの肉屋の前で車を停め、鶏を一羽丸ごと買った。そしてその両脚を切って鎖かたびらの網目に結びつけた。前腕ほどの長さのある広い裾口のすぐ下のあたりだ。爪は彼自身の手に向けて、曲るようにかぶさっていたので、運転しているとそれが手をひっかくことになった。

しかし肉屋の主人というのは一般的にどうしようもなく想像力の不足した人種であって、このコールマルクトの肉屋もその例外ではなかった。彼はヨハネスガッセ放送局に電話をかけて、鳥の扮装をした男がタクシーに乗ってひどい運転をしていると通報した。

「その男は鶏を丸ごと一羽買って、タクシーのドアでそいつの両脚を切り落としたんだぜ」と肉屋は言った。「脚が完全にもげるまでドアをばたばた開けたり閉めたりして、それから残りの鶏を捨てちまったんだ！」。そのような人物に対して人々は警戒する必要があると肉屋は考えたのだ。

しかしヨハネスガッセ放送局はその羽根のはえた何者かに関する通報を既に受けていた。通報者はタクシー会社の男で、彼は天使を見かけたと言って不敬な言葉を吐き、社会秩序を乱したという理由でヴェーリング街で逮捕された人物について心配げな口調で電話をかけてきたのだ。そんなわけで、ツァーンについての噂は広まっていった。ラジオでそのニュースを聞いて興味を持たなかった人物といえばクルト・フォン・シュシュニクただ一人だった。彼にとってはその日は大変な一日だったのだ。

気の毒なクルトが次に直面したのはナチ党員の閣僚ザイス・インクヴァルトからの報告だった。彼はミュンヘンにいる怒り狂ったゲッベルスなる人物から、どう考えても無茶苦茶としか言いようのない電話がかかってきたことを告げた。ゲッベルスはザイス・インクヴァルトに内閣を掌握し、シュシュニクに国民投票中止の声明を出させるようにと命令したのだ。ザイス・インクヴァルトは申しわけなさそうにそれをシュシュニクに伝えた。彼としては物事がいささか早急に進みすぎているような気がしたのだ。彼とシュシュニクはミクラス大統領に会いに行ったが、その前にシュシュニクは（あるいはその側近の誰かかもしれないが）官邸の使い走りの少年をミハエル広場にやって、地面に落ちて交通を混乱させているベッド・シーツの垂れ幕を取りのぞかせた。

祖父マータは今日も図書館長の勤めを休んで自宅にいることにした。彼はラジオのニュースでタクシーを運転している鳥男のことを耳にして以来、一瞬たりとも窓のそばを離れることができなかったのだ。祖母は祖父のコーヒーをそこまで運び、ヒルケは彼と一緒にシュヴィント通りをじっと眺めていた。日の光はまだ通りに射しこんではいなかった。太陽はだいたい雲に隠されていたし、たまに雲間から顔を出しても通りの向い側の建物の最上階か屋根を照らすだけだった。ブルガリア大使館のてっぺんにあるキューピッドの像が手にした真鍮の球に日があたったときだけ光はまばゆげに輝いた。キューピッドの像はいたるところにあったが、真鍮の球を持っているのはブルガリア大使館のキューピッドだけだった。あるいはそれは誰かがブルガリアを侮辱するために持たせたものなのかもしれない。いずれにせよブルガリア大使館はシュヴィント通りにある唯一の大使館だったので、祖父はツァーンが姿を見せるまでそこの様子を眺めて過した。ブルガリア大使館でさえ、今日はひっきりなしに電話をかけたり受けたりしていた。体じゅう毛むくじゃらではないかと想像されるがっしりとした小男が、祖父がそこに立って眺めているあいだ、執務室の窓際の電話の前でずっとかがみこんでいた。

祖父は新しいラジオ・ニュースでコールマルクトの肉屋に関する短報を耳にすると、祖母にラム入り紅茶を持ってきてくれと頼んだ。コールマルクトの肉屋は細かいところに目が行く男だった。ヨハネスガッセ放送局はその鳥の衣裳を着た気のふれた男の特徴を述べていた。彼はコニャックの匂いをぷんぷんさせながら、ボンネットにチョークで「シュシュニク万歳！」と書いたタクシーを運転している、と。

もしこのローカル・ニュースがシュシュニクの注意をいささかなりとも引いたとすれば、それはナチの広報機関がこのような出来事をどれくらい上手く利用できるかということを彼が十分に想像できたからにすぎない。鳥の扮装をした一団のボルシェヴィキのテロリストが市の交通システムをのっとり、シュシュニクのインチキ国民投票を助けて人々が投票所に行くことを妨害していると。しかし、今のところ地域的な小事件は彼の興味の外にあった。彼としてはザイス・インクヴァルトに対するドイツ側の要求が実現されなくてはおそらく物事は収まらないだろうということを老ミクラス大統領に納得させることで手いっぱいだったが、長いあいだずっといないも同然だった老ミクラスは、この件に関しては頑として首を縦に振らなかった。

おそらくシュシュニクは早朝に首相官邸の暗い色の板張りの執務室から執務室へと歩きながら、その壁に書かれた文字を読みとっていたことだろう。マリア・テレジアとエーレンタール、そして暗殺されたドルフスのために捧げられた木彫りの聖母像――オーストリアのために決断を迫られた人々のギャラリイだ。それはいつもドイツにつくかつかないかの決断だった。

そのような重くるしい思いはツァーンの頭にはひとかけらも入ってはこなかった。彼は鳥で、空を飛んでいた。彼はゲーテ通りを進み、オパーンリングを曲ってくる市電に対してもギリギリまでブレーキを踏まなかった。ツァーンが派手な急停車をやったのは失敗だった。そのキイッという音は道路工事をやっていた荒っぽい連中の注意を引いた。彼らはドリルの刃の交換を待っているところだったのだが、そのうちの一人がおそらくラジオの近くにでもいたらしく、ボンネットに書かれた「シュシュニク万歳！」という文字にふと思いあたったようだった。しかし不幸中の幸いというべきは、彼らがそしらぬ顔でこっそりと近寄って来たりしなかったことだった。彼らは雄たけびをあげて飛んできたので、ツァーンは自分に危険が迫っているらしいことを手遅れになる前に感知することができたのだ。彼はステップボードに工夫の一人を乗せただけで交差点をつっきることができた。その工夫は窓からツァーンの姿をのぞけたことで得意になったかもしれないが、ツァーンがシラー広場まで走って鳩をびっくりさせ、怯えた鳩がぼとぼとと糞をたらしながら飛び立ったときにはそれほど得意でもなかったはずだ。

「カオウ！」とツァーンは鳩に向って叫んだ。仲間同士のあいさつというわけだ。工夫は鎖かたびら鷲のぽっかりと開いた眼の穴から一度ぎろりと睨まれただけで、自分のやっていることを後悔させられる羽目になった。俺は仲間と一緒にドリルの刃の交換を待っているべきだったのだ。ロックされたドア・ハンドルにつかまって窓ガラスにごつんごつんと頭をぶっつけたりしているべきではないのだ。

シラー広場をぐるっとまわって美術アカデミーの窮屈なアーチをくぐるとき、工夫はタクシーにぴたりとしがみつきながら、自分の声とは思えないおぞましい悲鳴の反響を耳にした。

ツァーン・グランツはふと正気を取り戻して、美術アカデミーの最後のアーチに向いながら親切心でタクシーのスピードをゆるめてやった。そしてドアを開けた。それほど強くはなく、ごく自然に外に開くようにして、工夫をステップボードから振り外したのだ。工夫はハンドルにぶらさがっていたが、アーチが近づいてくるのを目にして、ハンドルから手を放したので、ツァーンはドアを閉めた。工夫がとびおりたはずみで倒れないようにペダルを逆踏みしているみたいに必死にあとずさりしている姿がバックミラーに写って見えた。しかし彼は道化た格好で転び、くるっとまわってミラーの中から姿を消した。

ツァーンは小路を走りつづけるのが賢明であろうと思った。誰があとを追いかけてくるともわからないのだ。しかしアトリエ劇場のわきの小路を走っているうちにガソリンが切れた。彼はタクシーを黒い瞳のカトリーナ・マレクの看板の下に停めた。彼女はこの二週ばかりアンティゴーネ役で評判をとっている女優だった。

「失礼」とツァーンは言った。ドアを開けたとき、カトリーナにぶっつけてしまったのだ。女優のカトリーナ・マレクがシーツをまとってタクシーを呼んでいるのはちょっと変じゃないかという思いがもしたとえ頭に浮かんだとしても、ツァーンはそんなことを深く考えたりはしなかった。だってツァーン自身からして相当な格好をしていたからだ。

一方祖父は彼自身が〈遠目〉と称するものによって心を乱されていた。

「ヒルケ」と彼は呼んだ。「わしのコートを持ってきてくれんかな。どうやら外に出てみた方が良さそうだ」。そしてシュヴィント通りに入ってくる入口は二方向あったにもかかわらず、彼は片側にだけしっかりと視線を注いでいた。

鷲の方は車を降りてもなお小路づたいに走りつづけていた。彼はゴミ缶の並んだ道を低空滑走しつづけたが、リルケ広場にさしかかったあたりでやっと僕の母の家の近所にいることに思いあたった。ツァーンは重い鎖かたびらを着こんで飛びつづけることにいささかの疲れを感じはじめていた。彼は工業高校のすぐ裏手から出発するグスハウス街市電のいちばんうしろのデッキに乗りこんだ。車内に入らない方が賢明だろうと彼は思ったのだ。しかし電車がスピードを上げると、鷲のパイ皿はかちゃかちゃと音を立てはじめた。車掌は通路をじろじろと眺めた。彼は電車の部品がゆるんで音を立てていると思ったのだ。ツァーンは手すりにつかまってデッキの階段を一段下りた。誰かがパン屋の窓から彼を指さした。デッキの階段に立っているのはツァーン一人だった。尻尾の羽根が飛んでいるような格好になってきた。

一ブロックか二ブロック行けばいいだけだったから、そのままうまく行きそうに思えたが、最後尾の車両に乗っていた工業高校の生徒たちの一群が煙草を吸うためにみんなで外に出てきた。

「よう、おはよう」と鷲は言ったが、生徒たちの方は声もでなかった。「君たち今朝のカトリーナ・マレク見てないだろう？　彼女、シーツ着てたぜ」とツァーンは言った。

工科生徒の一人が「あなたひょっとしてあの鳥男？」と訊ねた。

「なんだよ、鳥男って？」とべつの生徒が訊ねた。

「なんだい、鳥男って？」とツァーンも訊ねた。

「みんなを脅してまわってるって奴さ」とその生徒は言って、彼の方に少し近づいた。

もう一人の生徒もそのことを思いだして、やはり彼のそばに近寄ってきた。

ツァーンは頭をとっておけばよかったなと思った。頭をかぶっているとまわりの視界が妨げられて、どこで跳び降りれば馬のつなぎ柱やゴミ箱にぶつからずにすむかを見きわめられないのだ。

「そろそろ降りる駅かな」とツァーンは言ったが、電車は速度をゆるめる気配はなかった。彼は片脚をデッキの階段のさらにひとつ下に置いて、手すりの向うに身をのりだした。

「つかまえろ！」といちばん近くまで寄っていた生徒が叫んで、弁当箱でツァーンの手を押さえた。しかし鷲は爪のひとつをあとに残して後方に飛んだ。

ツァーンはすさまじい音を立てて舗道に落ち、パイ皿は火花を散らせた。金属をつなぎあわせていた小さな針金がいくつか鷲の背中に食いこんだ。しかしそこは母の家から一ブロックも離れていないところだったし、縁石に沿って舗道をごろごろと転がっていくパイ皿を惜しんでいるような余裕は彼にはなかった。

「ヒルケ、ラジオはもう消してくれ」と祖父は言った。ラジオは鳥男がオパーンリングの道路工夫の一人を暴力的にさらっていったという短いニュースを伝えていた。

ヒルケは既にコートを着て、ゆったりとしたスカーフを首に巻いているところだった。そして祖父のあとからアパートの部屋を出る階段を下りた。祖父は大理石と鉄のらせん階段を見上げ、郵便受けやドアが開閉しないかと耳を澄ませていた。それから彼はヒルケをつれて階段を降り、長いロビーを抜け、一フィートくらいあるクランク式のハンドルのついたドアのところまで行った。ヒルケは通りの両方向に視線を走らせていたが、祖父の方は左のアルゼンチン街の方向だけをじっと睨んでいた。一人の男がアルゼンチン街に背を向けて立ち、親指でパイプに煙草を詰めていた。

やがて男は角の方を振りかえってひょいと頭を下げた。百羽もの鳩が羽ばたきしながら近づいてくる音が聞こえたような気がしたのだ。次の瞬間ツァーン・グランツが身を傾けながら角をまがって姿を見せ、男をつきとばし、どこかの家の地下室に通じる短い階段をぐらぐらとよろけつつ降りて、そのドアにどすんとぶつかった。そんなわけでその男がやっと立ちあがって髪の中からパイプ煙草を払っているときには、ツァーンの姿は既に地面の下の方に消えていた。男は通りの両方向を見わたしたが、何も見えなかったので、自らばたばたと羽ばたきのような音を立てながらアルゼンチン街を脱兎のごとく駆け去っていった。

祖父は手を振った。小柄な洗濯女があわてふためいて地下室のドアを開けたとき、ツァーンは舗道にはいあがっているところだった。彼女は靴下干しで鷲を突き、さっそうと舗道に躍り出た。そして鳥を打ち据えようとしたが、ツァーンは彼の冷やりとした鉤爪を怒り狂った女の胸にふにゃりと置いた。洗濯女はそれが本物の鳥であることを知って、よたよたとくずれ落ちて膝をついた。

ツァーンは翼を振りながら母の方に飛んできた。彼は最後の数ヤードをほとんど空を飛ぶようにしてやってきて、駐車した車を跳びこえかけたがくちばしがアンテナにひっかかって、頭の部分がばりっと裂けてしまった。祖父はパイ皿の内側をつかんでがらがらという音を立てながらツァーンを玄関の中にひきずりこんだ。ヒルケは鷲の頭を拾いあげて、スカーフでくるんだ。通りの先では洗濯女が両手で顔を覆ったまままだ舗道にへたりこんでいた。彼女は尻を上にあげて、神様の紳士的とは言えない来訪を待ち受けているように見えた。

僕の母は落ちた羽毛をかきあつめた。駐車した車から祖母の台所まで念入りにだ。ツァーンは台所でぐったりとオーヴンにもたれかかっていたが、それはまるで羽根をむしられてフォイルにくるまれ、まさに焼かれんとする鳥の姿に似ていた。

「おい、ツァーン」と祖父は訊いた。「君はタクシーをどこに置いてきたんだ？」

「カトリーナ・マレクのところ」とツァーンは言った。

「どこだって？」と祖父は訊きかえした。

「彼女の鼻の下のところでガソリンが切れちゃった」とツァーンは言った。

「ここから遠いのかね？」

「彼女、シーツをまとっています」

「君がタクシーを降りるところを誰かに見られたかな？」

「プロレタリアートたち」とツァーンは言った。「奴らは蜂起して街を破壊しようとしてるんです」

「誰かが君がタクシーを降りるところを見たかね、ツァーン？」

「カトリーナ・マレク」とツァーンは言った。「彼女を迎えに戻らなくちゃ」

「可哀そうにもう寝かせてあげなさいよ」と祖母は言った。「この人、頭が混乱してるのよ。衣裳をとって、ベッドにつれていってあげなさい」

「ああやれやれ、まったく大変な一日だった」とツァーンは言った。しかし母は親切な人だったので、朝はまだ始まったばかりだということは彼に教えずにおいた。

シュシュニクにはすでに結論の予想はついていたが、それでもその一日は彼にとってもまた長い一日であっただろうと僕は推察する。ヒトラーがその気の毒な首相に電話をかけて口頭で最後通牒をつきつけたのは朝もまだ九時半のことだった。国民投票は少なくとも二週間は延期せよ、さもなくばドイツ軍は今夕にもオーストリアに進軍すると。一九一五年度の在郷軍人は来るべき投票日の治安の名目で召集された。オーストリア・ソコニイ・バキューム石油会社は軍隊の出動にそなえて予備燃料を供給するようにと要請された。そしてシュシュニク首相は街が正午に向けてシュシュニク支持の祭典の二日めの準備を整えていくのを暗い気持で眺めていた。国民投票を支持するパンフレットが路上を舞っていた。正午には太陽はあたたかく輝いていた。人々は祝典のまわりを固める民兵の数が増えていることにはあまり気づいていないようだった。おまけに民兵さえもが、ワルツや愛国的行進曲にあわせて長靴を踏みならしているという有様だった。人々は窓を開け、広場に向けてラジオをつけ放しにしていたのだ。

シュシュニクはムッソリーニに対してこれで三度めの電話をかけたが、総領《ドゥーチェ》はあいかわらず〈連絡不能〉だった。誰かがフランスにもう一度メッセージを送っていた。

ヨハネスガッセ放送局の正午の海外ニュースはどうも歯切れの悪いものだった。ザルツブルクの国境線が閉鎖され、人数不詳の軍隊が集結しているとニュースは伝えていた。戦車部隊が夜のあいだに移動し、そのヘッドライトのきらめきが国境線のこちら側をうかがっていた。朝にはドイツ側の森の中から煙幕が立ちのぼるのが見えたが、それは百万もの煙草に火が点けられ、一度だけふかしてから合図で消されたものだということだった。それからベルリン放送局が昨日と今日のウィーンにおけるボルシェヴィキの蜂起について報道していることも若干伝えられた。しかし実際には一九三四年のシュリンガーホフ宮殿の大包囲と占拠以来ウィーンでボルシェヴィキ蜂起が起こったことは一度としてなかった。

ローカル・ニュースの方はもっと充実していた。誘拐された工夫が発見された。彼は鳥男の疾走するタクシーから叩き落とされたが、奇跡的にかすり傷を負っただけですんだ。その工夫の言によれば鳥男は少なく見積っても二メートル十センチくらいの身長があったということである。現場はシラー広場であった。鳥男はその次にグスハウス街市電に乗っているところを目撃された。勇敢な工業高校生の一団が彼を捕えようとしたが、力が及ばなかった。最後に鳥男は洗濯女であるドレクサ・ネフさんを襲った。ネフさんはどう考えてもあれは人間ではないし、自分を襲ったあと、それがどっちに去っていったのか見ていないと述べた。ベルヴェデーレ庭園わきの警察は現在茂みや樹上を捜索中である。ボンネットに「シュシュニク万歳！」と書かれた件のタクシーは途中で乗り捨てられた模様だが、今のところまだ発見されてはいない。

　しかし祖父には何処を探せばいいのかはちゃんとわかっていた。劇場案内を片端から調べ、カトリーナ・マレクがアンティゴーネ役で大当りをとっている劇場を調べ、そのアトリエ劇場が工夫のふりおとされたシラー広場と、鷲が最初にタクシーなしで現われたグスハウス街市電のちょうどまん中に位置していることを発見した。祖父は二クォート入りのクッキーの壺を空け、スポンジを水に浸した。そしてオーバーコートのポケットにじょうごを入れた。ツァーンは車のキイを持っていなかったので、祖父はイグニションにキイがさしっぱなしになっていることを期待した。ヒルケはスポンジをハンドバッグに入れ、祖父はクッキー壺をわきに抱えた。彼はその中に何かがたっぷりと入っているようにそれをうやうやしく抱えていた。二人はヒルケのベッドに横たわってすやすやと眠っているツァーン・グランツの介抱を祖母にまかせ、シュヴィント通りのアパートをあとにした。

　クルト・フォン・シュシュニクが祖父に比べてずっと妥協的な人物であったのは、

思えば不運なことであった。午後二時半すぎにシュシュニクはドイツの最後通牒に屈した。彼は国民投票を延期することをベルリンのゲーリングに伝えるようにとザイス・インクヴァルトに言った。ザイス・インクヴァルトはゲーリングに、シュシュニクがまだ首相の職を辞していないこともついでに報告した。もし忠告を求められたなら、祖父はシュシュニクにゲーリング元帥のとどまるところを知らぬ食欲について一言二言忠告することができたに違いない。

しかし祖父は誰かに忠告を与えるどころではなかった。彼はクッキー壺に入れたガソリンを腕に抱えて母と一緒にカール広場にあるガソリン・スタンドを出るところだった。壺の中には四分の三しかガソリンは入っていなかったので、祖父はこぼすことなく歩くことができた。母は普段の家族づれの外出のときよりもずっと楽しそうににこにこと笑っていた。というのは祖父はガソリン・スタンドの男にこれは大食漢でいつもガソリンを切らせている叔父へのいたずらプレゼントだと言ったからだ。

二人はゲトライデマルクトを、いかにも親子づれという風に言葉をかわしながら横切った。そしてアトリエ劇場の看板が見えると歩みをゆるめた。

「ほら、ごらん」と言って、祖父はマティネーの時間を読んだ。

「わきの方にももっと沢山あるはずよ」とヒルケは言った。そして小路にまわって、カトリーナ・マレクの鼻先にうずくまっているタクシーをみつけた。「さあ行きましょう」と何気ない声を装って彼女は祖父に言った。「これはたしかにマレクの看板の中ではいちばん出来が良いわね」

「ちょっと待ちなさい」と祖父は言って、マティネーの時間をじっと調べていた。それから前に進み、相変らず看板を読むふりをしながら通りの左右を鋭く見まわした。彼は小路の角から手をだして、指で母に合図をした。彼女はハンドバッグから濡れたスポンジを出して、「シュシュニク万歳！」というボンネットの上の字を拭った。それから彼女はうしろに退ってカトリーナ・マレクの姿を眺め、何気なさそうにタクシーのまわりをぐるりと歩いて、ところどころについたチョークの粉を払いおとした。それが終ると彼女は小路を出て、祖父の腕をひっぱった。

「ちょっとあっちに行ってよく見てごらんなさいよ」と彼女は言った。「とてもいい写真よ」

「これを読んでごらん」と祖父は言った。「どうだい、凄いと思わんかね？」、彼は角を曲りながら、後ろのマティネーの予定を指で示した。ヒルケは首をさっとまわして両側を見た。そして祖父に向けて腕輪を振った。

小路に入って祖父は「こりゃたしかにたいした美人だ」と言った。そしてタクシーのまわりを一度ぐるりとまわってガソリンのキャップを外し、じょうごを中にさしこんでからフェンダーにもたれてカトリーナ・マレクの姿をほれぼれと眺めた。「あのスケジュールについてお前どう思うね？」と彼が声をかけると、母は再びじゃらじゃらと腕輪を振った。祖父は壺の中のガソリンを燃料タンクの中に入れた。小路をあとにするときに運転席をのぞきこむと、イグニションにキイがさしこんであるのが見えたので、彼はほっと一安心した。

「本当にすごいわね」とヒルケはスケジュールを指さしながら言った。彼女は祖父の腕をとり、二人で小路をあとにし、一ブロックばかり歩いた。祖父は彼女に向っておお辞儀をし、その頰に口づけをし、クッキーの壺を手わたした。母はキスをかえし、まっすぐに歩きつづけた。一方祖父は横に曲って劇場の裏手に出た。そして足どりも軽く小路に入り、正面からタクシーに向いあった。

母は商店のショウウィンドウに顔が映るように髪をうしろにやり、ぴょんぴょんとはねるように歩きつづけた。彼女はきゅっと上にあがった胸に壺を抱きしめていた。彼女の半分透けた像がラックにずらりと並んだドレスや、靴の列や、くるくると回るケーキや菓子パンの陳列台の向うに重なって映っていた。コーヒーハウスの窓ガラスにもカップの縁の上あたりに彼女の顔が浮かんでいた。そしてその像はたとえ透明なものであっても、母がその中をのぞきこんでいるときにちょうど外を見ていた人にとってはそれは忘れがたいものとして残った。彼女はツァーン・グランツもまた彼女のいかにも女の子らしい香りのするベッドがひきおこした夢の中で自分の姿を見てくれているところを想像した。しかしだからといって交差点をすっかり見落としてしまうほどぼんやりとしていたわけではない。彼女はフラウマン通りとミュールの角で足をとめ、近寄ってくるタクシーの運転手の顔をよくたしかめてから手を振った。

「どちらまで?」と顎を胸につけて祖父は言った。そして車を出発させてから、「どうだい、お父さんもなかなか凄いだろう?」と言った。「なにしろエリザベート街の先の方まで行ってガソリンを満タンにして、それからちょうどこの角でお前を拾いあげたんだもんな。お前が向うからやってくるのが見えたよ。お前を待たせることもなく、タイミングぴったりってわけさ」

ヒルケは耳のあたりで自分の髪をひっぱった。そして祖父を褒めるように楽しそうに笑った。祖父も何度も肯きながら、それにあわせて笑った。「上出来、上出来、我ながら完璧の出来さ」

走り去っていくタクシーの中で身をゆすって笑いこけている二人の姿を目にしたものはこう思ったことだろう。あんな老人がどうしてあれほど可愛い娘を笑いころげさせるような面白いことが言えるのだろう、と。

祖父は物事を立派にやりとげることができたのだ。デリケートに、しかも華麗に。

ゲーリングも立派に仕事を終えたが、それほど華麗でもなく、そこにはまたデリカシーのかけらもなかった。シュシュニクの最初の譲歩を電話で知らされた二十分後に、ゲーリングは電話をかけかえした。そしてザイス・インクヴァルトに対してシュシュニクの行為は受け入れがたい、彼と彼の内閣は辞職を求められているのだ、と告げた。ミクラス大統領はザイス・インクヴァルトを首相に指名しなくてはならないのだと。ゲーリングはなかなかユニークな言葉で物事を説明した。もしシュシュニクの内閣が早急に進退の意志を表明しなければ、オーストリアはドイツからの支援を受けることになるであろうと彼は言った。

そのニュースをクルト・フォン・シュシュニクに伝えたのはザイス・インクヴァルトだったが、彼は穴があれば入りたいといった風情だった。そしてシュシュニクは最後から二番めの後退を行った。三時半に、つまりゲーリングの電話からわずか三十分後にということだが、シュシュニクは全閣僚の進退をミクラス大統領の手に委ねた。

これはまあ勝手な考え方だが、もしシュシュニクがあと一時間もちこたえてくれたなら、戦後になって振りかえったとき、物事の体裁はもっとよくなっていたと思う。というのは一時間後にハリファックス卿のメッセージがウィーン駐在の英国大使館から伝えられたからだ。英国政府は貴国を危機的状況に追いやるような忠告を与えることは責任上できない、英国政府はその危機に対して何らの対抗措置もとれないからである、という内容のメッセージだった。

それは自分が見捨てられてから屈服するか、あるいは自分が見捨てられそうになっていることを知って自分から投げだしてしまうかの違いである。しかしまああとになってみればなんとだって言える。

三時半にはシュシュニクは自分が見捨てられたことを教えてくれる公式文書なんて必要なかった。彼には予想することができたのだ。ハリファックス卿は逃げを打っただろうし、ローマにいるフランス外相のブロンデル氏はチアノ伯の個人秘書から、もしオーストリア問題でお越しになったのであれば語りあうべきことは何もないと告げられ、ムッソリーニは絶対に電話には出ないだろうということを。ムッソリーニはどこかに身をひそめて、どれだけベルが鳴っても受話器をとりはしないのだ。

そのようにしてシュシュニクは新しい首相の指名を連邦大統領ミクラスの手に委ねた。老ミクラスは過去にも同じような目にあったことがあった。四年前にナチの蜂起《プッチ》があって、哀れなドルフスが首相官邸の神聖なる執務室の中で殺害され、眼下の中庭に暴徒が集まり、その状況がどちらに転んでも、その方向に大衆を扇動しようと待ちかまえていたときのことだった。そのときミクラスはクルト・フォン・シュシュニクを選んだのだ。今ミクラスに与えられた期限は七時半までだった。そんなわけで老大統領は首相探しにとりかかった。

忠実な内務大臣であるスクーブルの名があがったが、スクーブルの方は色よい返事をしなかった。彼の名はベルリンでも知られていたし、その首班指名はヒトラーをもっと怒らせそうだった。憲法の権威であるエンデル博士もいたが、首相になりたいという彼の望みは以前に内閣の首班になることで達せられていた。軍の監察長官であるシルハウスキー将軍は、自分は軍人であって政治家ではないと言った。そんなこんなで首相のなり手は見つからなかった。

ミクラスが祖父を知らなかったのは残念なことだった。祖父ならたぶんそういうややこしい問題のもうひとつくらいは嬉々としてこなしただろうに。

祖父はタクシーをカール教会の駐車場に停めてドアをロックし、ヒルケとクッキー壺とともに家に戻った。祖母の抗議を無視して、二人はツァーン・グランツの姿をのぞき見た。パイ皿のよろいから出され、わずかに残った爪を外された鷲は少女の小さなベッドから両足をつきだしていた。耳には鶏の羽根が一枚縁かざりのように付いて、ピンクの毛布にくるまれて、彼はいかにも心地良さそうだった。彼はこまごまとした女の子っぽい装飾の中で小人国の巨人のごとくに眠っていた。ヒルケは彼の布団をなおしてやった。彼は夕食の時間になっても眠りつづけていた。彼が起きたのはヨハネスガッセ放送局の七時のニュースのときだった。祖父はツァーンにニュースを聞きのがさせるわけにはいかないと思ったのだ。

国民投票の延期と内閣の総辞職が伝えられた。残ったのはザイス・インクヴァルトだけで、彼は内務大臣として残留した。

ツァーンの体はまだ十分には回復していなかった。彼が一言も口をきかずにベッドに戻るころ、老ミクラスは連邦大統領室で一人、時計が七時半をまわるのを見つめていた。ゲーリング元帥の最後通牒の期限はもう切れていたが、ザイス・インクヴァルトはまだオーストリア首相に就任してはいなかった。ミクラスはその公認を拒んでいた。

クルト・フォン・シュシュニクは次に彼の役職上の最後にして極めて決定的な後退を行った。彼はシルハウスキー将軍に対してオーストリア軍をドイツ国境から撤退させ、あらゆる抵抗を放棄し、エンス河後方で静観せよ——あるいは手でも振れ——という命令を下したのだ。いずれにせよオーストリア軍の手持ちの弾薬は戦闘状態になれば四十八時間しかもたなかった。とすれば流血は無意味ではないか？　ザルツブルクからはドイツ軍が国境線を越えたという電話連絡が入ったが、これは誤報だった。これもまた結果論になるが、シュシュニクはその真偽をたしかめる手間もとらなかった。彼は後退したのだ。

八時に彼はヨハネスガッセ放送局に対して全国民に向けて声明を発表したいと申し出た。マイクの線がバルハウス広場の大階段の手すりにはりめぐらされた。そこで祖父は再びグランツを起こした。

シュシュニクは悲嘆に沈み、誰をも非難しなかった。力に屈服し、抵抗はするなと彼は訴えた。オーストリアにおいて暴力革命が進行しているというベルリンのラジオ報道は間違っており、クルト・フォン・シュシュニクのオーストリアはテロの血に汚されてはいないと彼は述べた。オーストリアは悲しみの中に屈服させられようとしているだけなのだと。その番組の中で祖父の沈みゆく心を感傷的に打ったのは文化宣伝長官であるびっこの老ハマーシュタイン＝エクォールトの粗野な叫びだけだった。彼は首相が語り終えて、放送局員がマイクのプラグを抜く直前にマイクを握り、「オーストリア万歳！　私は今ほどドイツ人であることが恥かしかったことはない」と早口で叫んだのだ。

そのことばを耳にして、祖父は悲しく思った。ハマーシュタイン＝エクォールトのようなタフな老びっこでさえ自分の中にドイツ人の血が流れていることを問題にし、オーストリアが人種的にはドイツに所属せざるを得ないと見ているのだ。

しかし祖父の考え方はそれとは違ったものだった。「母さん、荷づくりしなさい」と彼は言った。「ガソリンを満タンにしたタクシーが近くに停めてある」

母はツァーン・グランツの腕をとった。彼女はそれほど強い力でどんな生きものをも握りしめたことはなかった。そしてツァーンが目を開けて彼女と目をあわせるのをじっと待った。彼の腕を握りしめた彼女の指はこう語っていた。ヒルケ・マータは鷲がしっかりと目覚めて心を決め、それをはっきりと口に出すまではこの腕を離さないし、旅仕度も荷づくりもしないと。

一方ミクラスは孤立無援のまま決心を固めた。彼はシュシュニクの辞表を受理することを拒否し、あいかわらず抵抗を説いていた。ドイツ国境とエンス河のあいだにはもはや一兵たりとも存在しないというのにだ。ドイツのウィーン駐在武官であるムッフ中将は連邦大統領の執務室でドイツ軍が国境を越えたというのは誤報であると説明していた。しかしもしミクラスがザイス・インクヴァルトを首相に指名しなければドイツ軍は本当に国境を越える、とムッフは言った。おそらく老ミクラスの抵抗はみかけほどは無益なものではなかったのだろう。彼はオーストリア占拠をなんとか合法化しなくてはならないというヒトラーの心づもりさえちゃんと見抜いていたのかもしれない。しかし我慢強いムッフは彼を責めたてつづけた。連邦大統領は各県が今やオーストリア人ナチ党員の官吏に掌握されていることを御存知なりや？　ザルツブルクとリンツではナチ党員に既に実権を与えていることを御存知なりや？　そもそも官邸の外の階段を御覧になりましたか、と。そこではウィーンのナチ青年党員が集まって煙草を吸いながら、大階段のバルコニーの上にのりだしてふざけていた。彼らはドルフスの死を悼む木彫りの聖母像に煙の輪を吹きかけていたのだ。

十一時になっても我慢強いムッフはまだ御存知なりやを連発していた。ザイス・インクヴァルトは彼の来るべき内閣のリストのチェックをつづけていた。ミクラスはその抵抗の十時間めに、マリア・テレジアの逸話を話していた。

十一時に祖父は銀器と陶器の選りわけをしていた。陶器は壊れやすいし売りにくい。だから陶器はウィーンに残し、銀器は持っていく。そしてツァーン・グランツがウィーンを去るか留まるかは僕の母の手がいまだ触知している最中であった。

「だからといって連中が進軍してくるとは限らないでしょう」とツァーンは言った。

「それに僕のタクシーでいったいどこに行くっていうんですか？」

「奴らはちゃんと進軍してくるさ」と祖父は言った。「そして我々は私の弟のところに行くんだ。弟はカプルンで郵便局長をやっているんだ」

「そこはまだオーストリア領内じゃないですか?」とツァーンは言った。

「危険なのは街だけさ」と祖父は言った。「キッツビューラー・アルプスならすごい田舎だよ」

「餓死しちゃうくらいすごい田舎なんでしょう?」とツァーンは訊ねた。

「図書館員はいくらか貯金をしておるもんさ」と祖父は言った。

「こんな夜中に銀行からどうやって預金を引き出すんですか?」とツァーンは質問した。

「なあツァーン、君がしばらくここに留まっていてくれるなら、私は君に預金通帳の信認状を与えることができるし、君が手形にして送ってくれればいい」

「あなたの郵便局長の弟さんあてにですね、もちろん」とツァーンは言った。

「朝にみんなで出発すればいいじゃない。そうすればツァーンも一緒に行けるわ」とヒルケは言った。

「もし彼がそうしたいんならそうすればいいさ」と祖父は言った。「そうすれば私が朝までここにいて、ツァーンの運転で今出発すればいい」

「全員で朝にここを発てばいいじゃないですか」と祖母が言った。「それに朝になれば何もかもうまく収まっているかもしれないでしょう」

「朝になれば沢山の人が出発することになる」と祖父は言った。「それにツァーンはずっとタクシーを会社に返していない。みんなが君のタクシーの行方を探しまわることになるんじゃないかね、ツァーン？」

「タクシーは今夜出発した方がいいな」とツァーンは言った。

「でも、もしツァーンがあとに残ったら、彼はどうやってカプルンまで来るの？」とヒルケが言った。

「ツァーンは残りたくなきゃ残る必要ないさ」と祖父は言った。

「どうして残りたいなんて思うのよ？」とヒルケは訊いた。

「よくわかんないけど、一日か二日かここにいて物ごとのなりゆきを見てみたいって気もするんだ」とツァーンは言った。

　母はツァーンの脈をとりつづけていた。ヒルケ・マータは再び指先をとおして彼に語りかけていた。ねえツァーン、外には誰もいないのよ。人っ子一人いないわ。

　しかし真夜中の少し前にはバルハウスの中庭には親衛隊第八十九団のごろつきが四十人集まっていた。それはドルフス暗殺犯オットー・プラネッタの所属していた部隊でもあった。老大統領はその姿を見たときに、あるいはウィーンで起ることになるかもしれない虐殺の光景をシュシュニクと同じようにかいま見たのかもしれない。そしてミクラスが仲介者ムッフに対して頭を垂れたのはそのときだったのかもしれない。

ツァーン・グランツは祖父の預金通帳でポケットをふくらませて、仲介者のような気分になっていたに違いない。彼はシュヴィント通りからカール教会まで歩いた。母は彼の腕にしっかりとしがみついていた。グスハウス街の角で二人は舗道の下に降りなくてはならなかった。

ウィーンのナチ青年党員のアルファベット別集会帰りの五人の若者が腕を組み、歩調を揃えて、一列に並んでやってきたのだ。それは第四区のSの集会だったのだろう。縫いこまれたばかりの彼らの名札はまだキラキラと輝いていた。P・シュネル、とそれは読めた。それからG・シュリット、その他にはF・ザムト、J・シュパルト、R・シュテック、O・シュルット――よくある名前を適当に並べてみただけだけれどね。

ツァーンは彼らには声もかけなかった。母は彼の手をぎゅっと握って抑えた。彼はカール教会の駐車場でタクシーのドアを開け、べつの道を通ってシュヴィント通りに戻った。そこらを歩きまわっている若者たちに二人がどうして急に車に乗ることになったのかと見とがめられるおそれがあったのだ。ツァーンはライトを消したままシュヴィント通りを進んだ。祖父はレバー・ハンドルのついた玄関の大扉の両方を開けた。ツァーンはバックして舗道に車を乗りあげ、それからアパートの中に入った。

夜も更けていたが、アパートの階上の人々はぐっすりと眠るというわけにはいかないようだった。彼らはツァーンがエンジンを切る前に車の音を耳にしたはずだった。彼らはそれをゴミ集めの車だとでも思っただろうか？　朝まで置いてはおけない何かおそろしいゴミを集めるゴミ回収車だと？　しかしゴミ缶を抱えて下に降りてくる人の姿はなかった。らせん階段の手すりから身をのりだしてこわごわと下の様子を見る人々の顔も見えなかった。郵便受けの口や少しだけ開いたドアのすきまから光がさっとこぼれただけだった。祖父はそんなあたりをうかがうような光が階段から消えてしまうのをじっと待った。それから祖母を手すりのところに立たせ、誰かが電話のハンドルを回す音がしないか耳を澄ませているようにと命じた。

彼らが荷物をタクシーの中に積みこみはじめたのは土曜日の午前一時だった。

七回めの動物園偵察　一九六七年六月六日・火曜日・午前二時

獣たちのあるものは眠りに落ちた。ぴりぴりとした空気はまだ動物園の中に残ってはいるが、それでも夜警は小型哺乳類館の中にひきあげてしまったので、我々のうちのあるものはまた眠くなってきたのだ。

夜警が最初に建物の中に入っていったとき、僕自身ひと眠りしたくなった。オリックスたちがゆっくりと地面にうずくまる音も聞こえた。僕も少し眠る気になって、木の根に抱きつくように体を丸めたとき、小型哺乳類館の色が変った。それが始まりだった。檻の上の輝きはそれまでまっ白だったのに、血のまじったような紫に変っていた。夜警が赤外線照明に切りかえたのだ。

彼らはまた目を覚ましている。何が何だかよくわからないままに一方の灯を消され、一方の灯をつけられたのだ。またしても、こんなに早く日が暮れてしまったと信じこまされているのだ。

僕は植込みにそってこそこそと移動し、ドアを見るために、その外に身をのりだしさえした。

夜警はどうしてそんなことをしたのだろう？　彼は動物たちが目覚めているところを見たかったのだろうか？　とすれば彼は少々身勝手な男ということになる。自分の都合で動物たちを起こしたわけだからね。そんなに見たけりゃ、動物園が開いている時刻に見物にくればいいのだ。しかし僕にはそれが彼の目的だとは思えない。

とくにこの夜警の顔をまじまじと見た今となっては、彼の目的がそんなところにあるとはとても思えない。つまり僕は近寄って彼の顔を見たのだ。僕はその小部屋をのぞいてみたかったわけだ。

僕はある檻の背後にきちんと立ちあがった。僕は檻の中をはっきりと見とおすことはできなかった。月光は手前側だけを照らしていた。しかしそれは屋内と屋外にわかれた猿舎の一部だろうと僕にはわかった。僕が紫色に染まった小型哺乳類館の階段をじっと見下ろしていると、ひどくざらざらとした感触の二本の腕がのびてきて僕の頭をつかみ、僕を鉄格子にぐいと押しつけた。僕は身を振りほどくことはできなかったが、手の中で頭をねじってそいつを見ることはできた。目にうつったのはオスのジェラダヒヒの毛のはえていないつるつるとした赤い胸だった。アビシニアの高原からやってきた凶暴で力の強い悪党だ。

「おい、僕はお前を助けにきたんだぜ」と僕は小声で言った。しかしそいつはせせら笑った。

「静かにしてくれよ」と僕はお願いしたが、そいつの二本の親指は僕の耳のうしろにめりこんできた。ヒヒはぎゅっと僕をしめつけて気を失わせようとしているのだ。僕は上着に手をのばして海泡石のパイプをそいつに渡した。

「ねえ、パイプでもひとつどうだい？」と僕は訊ねた。そいつはパイプを見た。僕の肩の上の片方の腕の力が少し抜けた。

「ほら、とりなよ」と僕は小声でいったが、この調子ではそいつの広がった鼻の穴にパイプの吸いくちをねじこむ羽目になるのではないかとひやひやした。

そいつはとった。片手が首から離れ、パイプを持った僕の手を丸ごとぎゅっと握ったのだ。それからもう一方の手が僕の指のあいだにはさまれたパイプをそっと探った。僕は頭をぐっとうしろに引いたが、手を振りほどくことはできなかった。ジェラダヒヒはパイプをその口の中につっこみ、僕の腕を両手でしっかりと握りしめていた。とても僕の力でかなう相手ではなかったが、僕は足を鉄格子にかけ、全体重をかけて体をうしろにつっぱった。僕はどうと倒れてそいつの手の届かないところまで離れることができた。ジェラダヒヒは僕の海泡石パイプをむしゃむしゃとかじってから、自分が欺かれたことを知って、それを檻の床に吐きだした。そして大騒ぎをした。

わあわあと叫びながら檻の中を走りまわり、鉄格子からとびおりたり、水の中をはねまわったりした。そして猿舎の連中はヒヒが自分より程度の悪い動物に出し抜かれたことを知った。

やっと眠りにつきかけていた動物がいたとしたら、僕は彼らに謝らなくちゃならない。彼らは霊長類の大騒ぎによってすっかり目を覚ましてしまったのだ。大猫たちは吼《ほ》えかえし、熊たちは腹立たしげにうなり、動物園じゅうが蹄の音や、金網から金網へととびうつる音でいっぱいになった。僕はよろめきつつ通路をあとずさりしてもとの植込みの中にもぐりこんだが、それといれちがいにラベンダー色の廊下の端に夜警が姿を見せた。

それは僕を驚かせた。僕はきっと赤外線が消されるだろうと予想していたのだ。そして迷彩服を着こんだ警備員が戦闘スタイルで匍匐《ほふく》前進しながら、警棒を手に僕のうしろにまわりこんでくるだろうとね。しかし奴はまるでびっくりして凍りついたみたいにそこに立ちすくんで、ぽかんと血の色をした通路を眺めていた。これじゃまるでどうぞ射って下さいと言わんばかりだ。

彼の手にした懐中電灯の灯がぐるぐるまわりながら通路をこちらにやってきたとき、僕は植込みのうしろに無事もぐりこんでいた。その灯があちこちを照らしだすと、園内はとつぜん静かになった。彼は木立ちから木立ちへ、檻から檻へとまわった。彼が僕の襲撃された場所を通るとき、きっと何か問題が持ちあがるだろうと僕は予想していた。しかしジェラダヒヒはきっと僕のパイプの破片をかきあつめて、壁のドアから奥にこそこそと逃げこんでしまったのだろう。猿舎のあちこちにある欄干や段々の中に身を隠してしまったわけさ。

しかしそれでも夜警はそこが騒ぎの始まりであることを了解したようだった。彼はそこで足をとめて檻の隅々からまわりの樹木のてっぺんまでを照らした。彼はジェラダヒヒがいた場所の檻をおそるおそる蹴とばした。「お前か?」と彼は歯切れの悪い甲高い声で叫んだ。

園内の動物たちはすっかり目を覚ましてはいたが、しんと静まりかえっていた。無数の息がひそめられ、それは細かな断片となって消えていった。

夜警は猿舎をとおりすぎて足速に前進し、そして僕の身をひそめている植込みのところでまた足を停めた。小型哺乳類館の血の色をした光が通路に立った彼の姿を淡く照らしだしていた。彼はライトを小刻みに振りながら、我々の方をぐるりと見まわした。「いったいどうしたってんだ?」と彼は叫んだ。

蹄のついた動物が足を踏みはずす音がした。それはすんでのところで踏みとどまった。夜警はオーストラリアの動物が集まった区域を素速く照らした。光が空を射し貫いた。彼は付近の樹木の上に光をあてて、そこにヒョウかオオヤマネコが身をひそめ、今まさに跳びかかろうとしていないことをたしかめた。「お前たちみんな！」と彼は叫んだ。「みんな早く眠っちまえ！」

彼の懐中電灯は腰のところで傾いて、その光は上方を向き、彼の姿を浮かびあがらせてくれた。つまり警備員は自分で自分を照らしていたのだ。

僕は淡く赤外線に染まった彼の老いた顔を正面から見ることができた。鋭く細いくっきりとした真紅の傷あとが、刈りあげた白髪頭のてっぺんから耳をとおって左の鼻腔まで走り、その先は歯肉までつきとおっていた。上唇の一部はその傷の中に食いこんでいる。かすかに盛りあがったぎざぎざの切りくちのようになって、左上顎の歯肉をすっかり露出させているのだ。それはまっとうな決闘の傷なんかじゃない。おそらくフェンシングの剣でめちゃめちゃにやられでもしたのだろう。

真正面から僕は彼の顔を見た。顔とそのたいした制服とをだ。その制服たるやなんといまだに肩章がついていて、おまけに名札までついているのだ。彼の名はO・シュルット――あるいはそれはかつての彼の名前かもしれない。でももしその制服の中身がO・シュルットじゃないとしたら、どうして奴は名札をそのまま残したりするだろう？　ピリオドがかすんで消えてしまったO・シュルットだ。自分の顔を見られもしないうちに相手の名前がわかるなんて、これはすごく有利じゃないか。夜警の名はO・シュルットなのだ。

不思議なことに、僕はこの名に覚えがある。以前この名を口にしたことがある。僕がO・シュルットという男を知っていたというのはあり得る話だ。昔一人か二人シュルットを知っていた。ウィーンではシュルットというのはありふれた名前だ。それに僕は小説か何かでこの名前を使った覚えがある。間違いない。僕はかつてこのO・シュルットという名前をでっちあげたんだ。

しかしこのO・シュルットというのは現実の人間だ。奴は樹の上を照らしてオオヤマネコとかそういう動物の影を探しもとめている。動物たちはO・シュルットがうろつきまわっているあいだはとても眠れそうにないし、僕だって同様だ。

O・シュルットが小型哺乳類館にひきあげてしまった今でも僕は眠ることができない。彼は興味を失ったふりをしながら、僕のいる植込みから離れていった。何げなく道をあとずさりしながらぐるりと素速く光をまわして、あたりの暗闇の中にひそんだものかげを見つけようとした。O・シュルットは光を浴びせかけながら「あああ！」とか「おおお！」とかいう母音で構成された叫びを発した。その光線のとどかないところにいる何かを驚かすためにだ。

今動物たちは眠りにつこうとしている。うなり声や体を伸ばす音やため息や体をかがめる音が聞こえる。猿舎では短く鋭い言い争うような声が聞こえ、誰かがブランコを壁にぶっつけるような音が響いている。でも僕は眠ることができない。

O・シュルットが次の巡回にでかけるとき、僕はあの血の色をした隠れ家にしのびこんで、何故奴が赤外線をつけたりしたのか調べてやろうと思うのだ。僕はその理由のひとつを推察することはできる。O・シュルットは誰かに見られることを好まない男なのだ。たとえその相手が動物であったとしてもね。

ジークフリート・ヤヴォトニクの自伝　精選抜粋編・前史のI（承前）

一九三八年三月十二日、土曜日。午前一時、バルハウス広場の首相官邸。ミクラスは屈服した。今やザイス・インクヴァルトがオーストリアの首相だ。

ザイスとムッフ中将は協議を行い、ベルリンに全てが思いどおりに運んだことを知らせ、国境のドイツ軍が侵攻を中止することを確認するということで合意した。

哀れなザイス・インクヴァルトにはものごとの道理というものがわからなかったの

だ。

家に入れてもらったライオンは
夕食がでるまで帰らない。

しかし午前二時にベルリンに電話をかけて作戦の中止を進言したのはムッフの方だった。たぶん彼はこんな風に言ったのだろう。「うまくいきました。軍隊はひきあげてかまいません。もう大丈夫です。政治的権力はドイツ国内同然に掌握しました。もう国境線に兵隊を集めておく必要はありません。こちらは思いのままです」と。

二時半に、陸軍省と外務省と総統官邸のあいだですったもんだの口論があった末に、ヒトラーの副官は総統をお起こしするようにとの命令を受けた。

午前二時半に起こされたりしたら、どんな理性的な人間だってまともじゃなくなっちまうさ、と祖父は言った。

二時三十分にはツァーン・グランツは僕の母を大きな玄関の扉に押しつけていた。祖母はまだ誰かが電話のハンドルを回す音を耳にしていなかった。祖父はこまごました荷物を運んでいた。台所用品をつめた木箱や、食物とワインを入れた段ボール箱や、冬用のスカーフや帽子を入れた紙箱や、かぎ針編みをしたベッド・スプレッドなんかだ。

「陶器は全部駄目としても、グレービー・ソース入れくらい持っていけるでしょ」と祖母は言った。

「駄目だよ、母さん」と祖父は言った。「必需品しか持っていかないんだ」。そしてヒルケの部屋の最後の点検をした。彼は鷲の衣裳を冬の軍隊雑のうの底に入れて持っていくことにした。

台所で彼は香料棚にあった瓶をありったけ雑のうの中に放りこんだ。どんなものだって味さえついていれば食べられる。それからラジオも入れた。

階段のところから祖母が声をひそめて言った。「いま車の中を見てきたんだけど、座席を一人ぶん開けていくつもりなのね」

「そうだよ」と祖父は言った。つまりもう一人誰かを乗せて未明にウィーンを出発できるというのが彼の心づもりだったのだ。

それはシュシュニクではなかった。彼は涙を流す警備兵と握手をし、スワスティカの腕章をつけ隊列を組んでナチ式の敬礼をする市民たちには目もくれずにバルハウス広場の官邸を去っていった。

ザイス・インクヴァルトは申し訳なさそうに彼を車で自宅まで送らせたが、そこに待っていたのは十週間の自宅拘束と七年に及ぶナチ刑務所での監禁だった。それというのも、クルト・フォン・シュシュニクが何ひとつ罪を犯した覚えはないとハンガリー大使館の保護の申し出を断ったせいだった。そして午前零時以降にチェコやハンガリーの通関事務所に押し寄せていた君主主義者やユダヤ人やカソリック教徒の一部とは行動を共にしなかったのだ。

祖父は車の列が逆に流れているのを目にした。東へだ。しかし祖父にはチェコ人やハンガリー人が次の標的になるように思えたし、そのために何度も逃げまわるのはごめんだった。それにそうなると今度は東に行くか西に行くかを選り好みすることはできなくなってしまうのだ。東に行くしかないし、とすればそれはロシアということになる。祖父は自分が黒海くんだりまで追いやられてコサックやらもじゃもじゃ頭のトルコ人やらに駆りたてられているなどという悪夢のごとき光景はとても我慢できなかった。

そのようなわけで、西に向けて彼らとともに進む車の姿はまったく見受けられなかった。ザンクト・ファイトは暗く、ハッキングはもっと暗かった。灯をともした市電が何台か彼らと同じ方向に進んでいるだけだった。車掌たちはスワスティカの旗を振り、駅では腕章と名札をつけた連中が唄を唄い、誰かが一音しか出ないチューバをぶうぶうと吹いていた。

「これが西へいちばん速く行く道なの？」と祖母が訊ねた。

しかし祖父はしかるべき道を進んでいた。彼は途中で一度停車しただけだった。それはハッキングのはずれにある灯の消えた鶏小屋だった。

エルンスト・ヴァツェク＝トルマーは三羽の名もなき鶏たちの羽根をむしりとって串刺しにし、鶏小屋の床の低く燃える石炭の火で焙っているところだった。彼は小屋の寝床に坐って骨をかじっていた。祖父とその愛国者は卵をあつめて金だらいに水と一緒に入れ、固ゆで卵を作った。ヴァツェク＝トルマーは彼のところのいちばん良い肥育鶏をしめ、羽根をむしった。そして金だらいの中に放りこんで煮た。それから二人は四羽の極上の雌鶏といちばん強い種つけ用の雄鶏を一羽つかまえて縛りあげた。ヒルケは鶏たちをひとつにまとめて強くくくりあげ、毛布の中に押しこんだ。彼らはバックシートの下で騒ぎまわり、母と祖母のあいだに置かれた雑のうにぶつかった。エルンスト・ヴァツェク＝トルマーは祖父と一緒にフロントシートに坐った。二人のあいだには台所用品を入れた木箱があり、その下には卵を入れた金だらいが置かれていた。でかける前にヴァツェク＝トルマーは鶏たちを外に出し、小屋に火をつけた。そしてグラヴ・コンパートメントにいちばんよく切れる肉切り包丁をつっこんだ。

三羽の焙り焼きにされた名もなき鶏とゆでたての肥育鶏は走る車の中でヴァツェク＝トルマーの手で切り開かれ、細かく裂かれた。エルンストは鶏の肉とゆで卵をみんなに配った。そのあいだ祖父は南へと方向を転じ、グロックニッツとブリュック・アン・デル・ムールを通り過ぎ、それから西に進み、時には少し北にも折れて山のふもとを迂回した。そしてザンクト・マルティンのところでまっすぐ西に方向を定めた。

ウィーンからはるばるとリンツの南のあたりまで来たところでガソリン・タンクはおおかたからっぽになってしまった。タクシー生活に慣れていたそのメルセデスは三月だというのにラジエーターから湯気を吹きあげ、エルンスト・ヴァツェク＝トルマーは卵を入れた金だらいの生ぬるい水を注ぎこんでラジエーターを冷やさねばならなかった。

バックシートに坐った母はひとこともロをきかなかった。彼女は自分の膝でツァーン・グランツの膝をはさんでいた感触と、彼のぐったりとした体の重みをまだ味わっていたのだ。その重みは彼女の背中を大きな玄関ドアのざらざらとした木目にしっかりと食いこませてしまった。

「生きてる鶏って臭いのねえ」と祖母は言った。

「ガソリンを入れなくっちゃな」と祖父は言った。

プルゲルンに着くと、そこではまだ祝賀会が行われていた。祖父は窓ガラスを下ろして開け、制服のコートを胸まで開けた警官のわきに車を停めた。どういうわけか彼はスワスティカの腕章を頭からかぶってカラーみたいに首にまきつけていた。自分でかぶったのか、それとも誰かに頭を押さえられてそうしたのかはわからなかった。

ヴァツェク＝トルマーはグラヴ・コンパートメントを開けて、膝で半開きになるように押さえていた。肉切り包丁がちらちらと彼に目くばせしていた。祖父は開いた窓からナチ式の敬礼をした。「国中がこのような夜に夜どおしの祝いをしているというのは嬉しいことですな」と彼は言った。しかし警官は中にあばれている鶏と卵を入れた大鍋を怪しんで車をのぞきこんだ。

エルンスト・ヴァツェク＝トルマーは祖父の背中をどんどんと叩いた。「この男の弟がザルツブルクで役職に就きましてね」と彼は言った。「あなたもウィーンの光景を見るべきでしたよ。ボルシェヴィキどもはみんな我々と入れちがいに東へと向っておりましたよ」

「あんたの弟さんがザルツブルクで役職に就いたって？」と警官が訊いた。

「私はミュンヘンに派遣されるかもしれん」と祖父は愉快そうに言った。

「そりゃめでたいね」と警官は言った。ヴァツェク＝トルマーが彼にゆで卵をさしだした。

「盛大にやりましょうね！」と祖父は言った。「街じゅうあげて夜明けまで！」

「いったいどうなってるのか私にも見当がつきませんよ。もう本当に、どうなることやら」と彼は言った。

「盛大にやるのみ」と祖父は言った。そして前に進みかけてから思いなおしたようにふと車を停めた。「ところでガソリンを少しわけていただけんでしょうかな?」

「ホースがあればなんとかなるんだが、お持ちでしょうかね?」と警官は言った。

「ホースならありますよ」とヴァツェク＝トルマーは言った。

彼らはうす暗い郵便局の裏手にとまった郵便配達の車を見つけた。警官はサイフォンの吸いだしまでやってくれたので、彼らは警官にゆでた鶏のもも肉をひとつあげた。

僕の母は膝のあいだにはさみこんだ想像上の膝をぎゅっとしめつけた。そして手のつけねのところで窓ガラスをこすった。それはまるで水晶球にツァーン・グランツの一挙一動を映しだそうとしているようだった。その冷静沈着な一挙一動が、彼をウィーンから脱出させてくれるのだ。

そのあとのおおかたの出来事は風聞だ。ツァーンはドイツ軍が経緯におかまいなく国境を越えたことを、困惑したムッフがそれを耳にしたのと同じくらい早く知ったのだろうと母は考えた。事実としてわかっているのはツァーンが信認状つきの祖父の預金通帳を手形に変えてカプルンの郵便局長あてに送ったということだけだ。あるいはツァーンはそのドイツののっとりを昼のレンホフの記事でやっと知ったのかもしれない。そしてリンツでヒトラーが暖かく迎えられたことを耳にしたのかもしれない。総統は軍隊と戦車を率いて、「母親の墓に参るために」パッサウに向けて国境を越えて進軍し、そこに立ち寄ったのだ。そしてツァーンは、あるいはそれは他の誰かかもしれないが、タクシーを借りるか盗むかしておたずねもののレンホフ記者を乗せ、チェコ人に追いかえされはしたものの、キットゼーでハンガリー国境を越えたのだ。もしその運転手がツァーン・グランツでないとしたら、どうしてツァーンは母に会いにカプルンにやって来れなかったのだろう？　だからその男はツァーン・グランツに決まっているのだ。そして彼は僕という人間のかたわれを運び去ってしまった。なぜなら僕という人間はそのときせいぜい母の頭の中にちょこっと浮かんでいるに過ぎなかったからだ。だから僕という人間のかたわれはキットゼーのハンガリー国境の彼方なりどこかなりツァーン・グランツとともに運び去られてしまったのだ。

そのあとは祖父の弟のもとにひっそりと身を隠した七年間の生活がつづいた。弟は職に留まるためにナチ党に加入した。カプルンはその当時とても小さな町だったし、郵便局の仕事も楽だったので、ナチのふりをするのはそれほどむずかしいことではなかった。もっとも彼が監督をしていたある青年団の連中といるときだけはべつだった。そのメンバーの何人かは郵便局長の忠誠を疑っていて、彼らはヒトラー・ユーゲント兵舎のあまりしっかりとは区切られていない便所の中で油断していた彼にSSの小型火炎放射器の炎を浴びせかけた。その火炎放射器は郵便局長がその朝みんなに実演してみせたばかりのものだった。しかしその事件が起こったのは戦争がほとんど終りかけていた頃のことだったから僕の母や祖父母は食べもののことでそれほど苦労せずにすんだ。とくにエルンスト・ヴァッツェク＝トルマーは食料を貯めこむ天才だったし、祖父が賢明にもウィーンで最後に雛のうの中に加えた香料に負うところも大きかった。

それ以外のことはリンツ滞在中のヒトラーにあてたゲーリングの手紙に要約されている。彼はベルリンのラジオで総統がその最初の都市で熱烈に歓迎されていることを知ってその電報を打ったのだ。「それほど有難がってもらえるんなら、しっかり骨までしゃぶらせてもらいましょうよ」と彼は書いた。ヒトラーは言われるまでもなくそれくらいのことは心得ていた。ゲシュタポの第一次検挙者はウィーンだけで七万六千人に達した。（もしツァーン・グランツが記者の逃亡を助けたタクシーの運転手でなかったとしたら、彼はその七万六千人のうちの一人にはなっていただろう。だから彼はその運転手であったにちがいないのだ。）

そのつづきは、僕に関する限り、母にとっての二人めの求婚者が登場するまで始まらない。第二の求婚者が最初の求婚者より劣っていたとか、あるいは僕の父がツァーン・グランツでないことに対して僕が母を非難したというようなことを言いたいわけではない。何故ならたとえ遺伝子によって伝えられてはいないにせよ、ツァーン・グランツのある部分は僕の中に間違いなく入りこんでいるからだ。僕が言いたいのはツァーン・グランツがどれほど強く母の頭の中で僕という人間を規定したかということなんだ。たとえそれ以外に何も彼が母に残さなかったとしてもだ。

八回めの動物園偵察　一九六七年六月六日・火曜日・午前三時

おおかたのものは眠ってしまった。水鳥舎の中の一羽がぐしゃぐしゃと何かをうなっている。予言かあるいは消化不良だ。僕はぱっちりと目覚めている。そしてO・シュルットにも眠りなんてものは訪れまい。しかしそれ以外のものはみんなぐっすりと寝こんでしまった。

どうして人々はオオウミガラスが絶滅してしまったなんて断言できるのだろうと僕は考えていた。トリニティー湾のアイルランド人たちはオオウミガラスの弱々しい末期の言葉を聞きとったのだろうか？　それは本当に「僕が最後の一羽です。あとはもう、おりません」と言ったのだろうか？

アイルランド人はみんないつも酔払っているという話だ。どうして彼らにその砂浜にうちあげられたオオウミガラスが最後の一羽だったなんて決めつけられるのだろう？　それは謀りごとだったのかもしれない。オオウミガラスたちは自分たちの絶滅を予期して、それが最後の一羽だと見せかけるようにと因果をふくめた殉教者の一羽を送ったのかもしれない。そしてどこかで、おそらくウェールズの荒涼とした海岸に建った小屋の中で、オオウミガラスたちの一族はひっそりと暮しているのかもしれない。彼らは繁殖し、子供たちにみんなのために犠牲になって浜辺に自らを打ちあげた殉教者のことを語り伝えているのだ。もう人間にだまされてはいけませんよ、と。

僕はオオウミガラスというのはひょっとして悪賢い鳥なんじゃないかと思う。若いオオウミガラスたちは好戦的な性格で、彼らはダイビング・チームを組織し、小さな漁船に穴をあけて沈め、かつての海蛇や人魚と同じように伝説上の動物として噂を広めているのではないだろうか？　そして彼らはオオウミガラス海軍が全世界の水路を制覇すべく活動しているのだ。人間の歴史だってそんな風に展開するものだろう。生き残ったオオウミガラスたちはそれくらいの悪意を抱いて生きてるんじゃないのかな？

僕はO・シュルットについても考えてみた。僕がかつてそれと同じ名前を作りあげたなんて興味深い。僕は自分が書いた物語（中には真実を書いたものもあるし、でっちあげのものもある）をひとつひとつ思いだして、僕の作ったO・シュルットに思いあたった。それは明らかにこの夜警よりもずっと年若いO・シュルットだ。興味深いことに、僕のでっちあげたO・シュルットは端役の通行人で、ウィーンのヒトラー・ユーゲントのアルファベットべつチームの一員だったはずだ。興味深いと思わないか？

ちょっと考えてみてくれ。もし僕の作りあげたO・シュルットが僕の意図どおりにずっと通行人の役をつづけていたとしたら、この人物は今いったい何をやっていると君は思う？　ヒーツィング動物園の遅番の夜警くらいぴったりとしたはまり役は他にないと思わないか？

ジークフリート・ヤヴォトニクの自伝　精選抜粋編・前史のⅡ（承前）

僕は僕の父である人物をユーゴスラヴィアの民族分布地図にあてはめることはできない。彼は一九一九年エセニエで生まれた。ということは彼は少なくともクロアティア人であり、そしておそらくはスロヴェニア人でもあるということになる。彼は明らかにセルビア人ではなかった。ヴラトノ・ヤヴォトニクはかなり世俗的な種類のユーゴスラヴィア人であったにもかかわらず、僕の知る限りではセルビア人だろうがクロアティア人だろうが何だってかまわないと考えている唯一のユーゴスラヴィア人であった。クロアティア人とセルビア人をわけて考えるなんて、彼にとっては無意味な話だった。彼の政治観は極めて個人的な種類のものであった。

彼に文化的背景がなかったということではない。もし彼がエセニエで生まれたとすれば、彼がローマ・カソリックの洗礼を受けているのは当然のことだし、もしエセニエが生地じゃなかったとしても、少なくとも東方正教会に属するほどはセルビア寄りではなかったということははっきりしている。しかしそんなことはヴラトノにとっては何の問題でもなかった。

とはいってもその生誕の場所が彼に何ひとつ影響を及ぼさなかったというわけではない。僕の父は言語学者のはしくれのようなもので、彼が各国語を学んだザグレブ大学はエセニエから五〇マイル足らずの場所にあったのだ。彼はさまざまな国の軍隊が占領軍としてやってくる前にそれらの国のことばを習得してしまったわけだが、その事実はあるいは彼が年若きペシミストとなるべき前兆であったかもしれない。

その動機がどのようなものであれ、一九四一年の三月二十四日、彼はザグレブにいた。それは外相のツィンツァー・マルコヴィッチがベルリンをあとにしてウィーンに向い、ベオグラード大学の学生たちがそのセルビアのキャンパスでデモをしてドイツ語の教科書を焼き、ドイツ語のクラスを閉鎖した日であった。

ザグレブにおけるクロアティア人たちの反応はおそらくもっと冷ややかなものだった。そんなおおっぴらな反抗をすればセルビア人たちはきっとみんな殺されてしまうだろうと彼らは思った。ヴラトノはその行動は見当はずれだと感じただけだった。どちらの側につくかなんていうのはたいした問題ではない。ドイツ軍がユーゴに侵攻してくれば、ドイツ語を話せるということで一命をとりとめることもあるかもしれないのだ。教科書を焼くなんて馬鹿げている。

そんなわけでその翌日、父はザグレブをあとにしてエセニエに向った。きっと軽装の旅であったはずだと僕は思う。

その日三国間協定がウィーンで結ばれた。ヴラトノはおそらくそのニュースをエセニエに向う途中で耳にしただろう。彼はドイツ軍が国内に入ることを承認するようなこのとりきめにセルビア人たちの民族主義者らは黙ってはいないだろうと想像したはずだ。そしてドイツ語のイディオムの復習にとりかかったはずだ。

エセニエに向う道中ずっとそれを復習する彼の声が耳もとで聞こえるくらいだ。実際に次の日の夜、ヴラトノがおそらく不規則動詞の活用をさらっているあいだに、ベオグラードで革命側の参謀本部が革命の最終的な詰めに入っていた。そして大胆な政権奪取が進行し、ドイツに対する望みのない抵抗計画が練られているあいだ、ヴラトノはウムラウトの発音練習をしていた。

ベオグラードでは売国内閣が打倒され、チェトコヴィッチ首相は午前二時半に逮捕された。パウル皇太子はそのあとザグレブの車内で捕えられ、ギリシャに追放された。ベオグラードには何人か英雄たちが存在していた。戦車隊長であるダニロ・ゾベニツァ中将は年若いペーター王を救出した。ラドエ・クネゼヴィッチ教授はペーター王のかつての家庭教師だ。イリヤ・トリフノヴィッチ・ビルチャニンはチェトニクの隊長だった。チェトニクは第一次大戦中に活躍した頑強なセルビア人のゲリラ部隊で、トルコ人たちと接近戦でわたりあえるのは彼らの他にはいないと言われていた。そしてエセニエには僕の父がいた。彼は語学に通じることで要領よく生きのびようと目論んでいたのだ。

九回めの動物園偵察　一九六七年六月六日・火曜日・午前三時十五分

ほんの数分前に、僕はどうしても象の寝床を点検しなくちゃと思いついた。僕に限らずみんなどこかで必ず、象は眠らないという説を耳にしているはずだ。そこで僕はたとえ他のようやく寝ついた動物たちの目を覚ます危険を冒しても象を見にいってやろうと決心した。たとえあの職業的不眠症のO・シュルットの注意をひくというおそろしい危険を冒したとしてもだ。結局のところ、伝説の真偽をたしかめるチャンスというのはそうしょっちゅうあるわけではないし、僕はかねがね象の不眠については是非たしかめてみたいと思っていたのだ。

はっきり言って、僕はこの説に対して否定的見解を抱いていた。僕は厚皮動物館の中で象たちが大岩のちらばる野原のごとくぐっすりと眠りこんでいるところを予想していた。檻の中に丘陵のごとくうずくまっている象たちをだ。僕は象たちがかさなりあいながら、西部劇の幌馬車隊のように輪になっている姿を思い描いていた。大蛇が大きな岩の上で日光浴するように、それぞれの鼻をお互いに相手の体にかけてだ。

しかしもし今夜の例証を採用するなら、象が眠らないという説は実証されたことになる。象のいる一郭ではみんなが驚くほどしっかりと目を覚ましていた。象たちはきちんと一列に並んで、その巨大な頭をまるで馬屋にいる馬たちが落ちつかないときによくやるように、それぞれの枠の上に置いていた。彼らは僕に向って首を上下に振って、鼻をなびかせ、ゆっくりとした動作で呼吸していた。

僕がその枠の前を通りかかると、象たちは鼻を僕の方にのばした。彼らはその鼻の穴を開けたり閉めたりした。彼らはその鼻先で僕の手にキスをした。一頭の象は風邪をひいていて、鼻水の流れる鼻をぐしゅぐしゅと言わせていた。

「決行のときは咳どめドロップを持ってきてあげるからね」と僕は小声で言った。

象は肯いた。もし覚えていてくれたら頼むよ、と象は言った。でもはじめて風邪をひいたってわけでもないんだけどね。

他の象たちも退屈そうに肯いた。咳どめドロップをいっぱい持ってきてよ。その頃には我々みんな風邪をひいちゃってるかもしれない。ここではなんでもすぐ伝染《うつ》っちゃうんだ。

僕にはどうもよく理解できない。おそらく彼らの眠らないこととその寿命のあいだには何かしらの関連性があるのだろう。七十年間一睡たりともしないのだろうか？　ありそうもない話だけれど、おそらく象たちは鼻から鼻へと語りつたえているのだろう。眠るんじゃないぞ、眠ったら死んじまうんだぞ、と。

誰かが睡眠はとても体に良いと象たちに教えてやるべきなんだ。

しかしＯ・シュルットにそのことを説得することなんて誰にもできまいな。

厚皮動物館から植込みに忍び足で戻る途中で、僕はＯ・シュルットの立てる物音を耳にした。彼は音を立てて、動物たちが眠っているかどうかをためしているのだ。小型哺乳類館のドアはみしみしと音を立て、窓はばたばたと上下に開閉された。

Ｏ・シュルットは赤外線の光の中をこそこそと歩きまわっているのだ。Ｏ・シュルットは間違いなく良からぬことを企んでいる。しかし奴が小型哺乳類館の中に居すわりをつづけている限り、僕はこのままじっとチャンスを待つしかないのだ。

それともあるいは僕は、眠ったら死ぬという誤った考えかたにとりつかれた象たちのところに戻って、Ｏ・シュルットはいったい何のつもりで赤外線を好き勝手にもてあそんでいるのかと訊ねてみるべきなのだろうか？　そして二十年ほど前にはＯ・シュルットはいったい何をしていたのか、と。象たちならそれを知っているに違いない。

ジークフリート・ヤヴォトニクの自伝　精選抜粋編・前史のⅡ（承前）

ドイツ空軍《ルフトヴァッフェ》が宣戦布告もなしに無防備都市ベオグラードを爆撃したとき、要領の良い我が父はどこにいたのだろう？　もっともヴラトノだって条約を遵守するようなタイプの人物じゃない。

一九四一年の四月六日、ハインケルとステューカが同時に街を襲った。ドイツ陸軍《ヴェールマハト》はユーゴスラヴィアに三十三個師団を投入した。そのうち六個師団は戦車部隊であり、四個師団は車両部隊だった。その目的は五月半ばの乾期のあいだに——まだ土地が固く乾いているあいだに——ソ連に侵攻することにあった。それ故に勃発した革命に対するドイツ軍の弾圧は熾烈をきわめた。それはあまりにも熾烈で、五月四日にはドイツ軍はユーゴスラヴィアという国はもはや存在しないと発表したほどだった。しかし五月十日にドラツァ・ミハイロヴィッチ大佐と粗暴なチェトニクの一団はラヴナ・ゴラの山にユーゴスラヴィアの旗を揚げた。ミハイロヴィッチと彼の配下の自由の信徒たちは一夏中その手のことをやりつづけていた。

そうそう、クロアティア人の売国奴たちとその他の降服したユーゴスラヴィア人たちがドイツ軍に協力してチェトニク掃討に従事したことを君に言っておかなくちゃならないな。チェトニクたちが売国奴のクロアティア人たちに化けて、自分たちを掃討するふりをしたこともね。そしてミハイロヴィッチは山岳地帯では魔術的とも言える能力を発揮して、セルビア中でドイツ軍を手痛い目にあわせたのだ。実際目の早いアメリカでは、『タイム』誌の〈今年度のもっとも注目すべき人物〉投票でドラッァ・ミハイロヴィッチが一位に選ばれたほどだった。共産系の新聞でもやはり彼は賞賛を受けた。結局ドイツ軍は五月半ばまでにソ連に侵攻することはできなかった。予定は五週間遅れ、ドイツ軍はぐしょぐしょの泥道の中を進まねばならなかった。そしてその兵力はもう三十三個師団ではなかった。十個から二十個師団が占領軍として残留して、狂信的なチェトニクの掃討に従事した。

しかしそれは英雄たちの話であって、一方父がどこにいたかということになると、僕にはわからない。これは僕の想像だが、彼はエセニエで夏を過し、勝者になりそうな国の言葉の習得にうちこんでいたのではないだろうか？　外国のワインとかスープの名前とか、葉巻の銘柄とか映画スターのことまでせっせと詰めこんでたりしてね。とにかく彼の消息は一九四一年の秋まで不明なんだ。秋になるとヴラトノ・ヤヴォトニクはスロヴェニグラデクにあらわれた。

スロヴェニアグラデクの街は降服したスロヴェニア人とクロアティア人であふれていた。彼らはドイツ軍に占領されていることでほっと一息ついており、南東部でやみくもに暴れまわっているセルビア人たちに対して反感を抱いていた。スロヴェニグラデクの街で父が怖れなくてはならない相手は故郷を追われた数人のセルビア人たちだけだった。セルビア人たちはクラグイェヴァッツで行われた虐殺についてのいくぶん食いちがった報道に対して一九四一年の十月二十一日に抗議に立ちあがることで人々の関心をひいた。ある報道によれば子供もふくめた二千三百にのぼるセルビア人の男たちがチェトニクに殺された十人のドイツ兵と狙撃されて負傷した二十六人のドイツ兵の報復として機銃によって射殺されたが、別の放送によれば三千四百のセルビア人が射殺されたということだった。これはおそらくドイツ軍がチェトニク部隊の狙撃に対して報復処刑すると発表した人数よりも多かったことになる。ドイツ軍は死んだドイツ兵一人に対して百人の、負傷したドイツ兵一人に対して五十人のセルビア人を殺すと言ったのだ。

どちらの報道が正しいにせよ、クラグイェヴァッツの女たちは水曜から日曜まで墓穴を掘りつづけた。少なくともスロヴェニグラデクの市民感情はクラグイェヴァッツ市民評議会にドイツ軍が三十八万ディナールを貧民のために寄贈したというニュースを耳にしていくぶん和らいだが、虐殺のあとに残されたのはだいたいみんな貧民みたいなものだったし、奇妙なことにドイツ軍の寄贈の総額は死んだ二千か三千のセルビア人の男や男の子たちがポケットに持っていたと想定される金の半分より少々少ない額のものだった。

しかしクラグイェヴァッツの虐殺はスロヴェニグラデクの住民たちを家の外に駆りたてた。彼らはいろいろに食いちがうラジオ放送を聴いて、街の人々のそれに対する感想を道ばたの立ち話から仕入れるために外に出たのだ。虐殺は結果的に、もしそれがなければ我関せずと構えていたであろう人々を社会へとひきずりだすことになったのだ。

すなわち、それは我が父のことでもある。彼は外に出て彼の母国語であるセルビア＝クロアティア語の方言に耳を澄ませ、カフェからカフェへとまわってドイツ語の会話を聞きかじった。

そしてすなわちそれはスリヴニカ一家として知られていた、鬼のように恐れられている連中のことでもあった。彼らはみんなファシストであるアンテ・パヴェリッチに率いられていると想像されるテロリスト集団ウスタシの活動に参入していた。アレクサンダル国王と仏外相バルトゥーを一九三四年にマルセイユで暗殺したのはパヴェリッチに雇われた人間だったと噂されている。

ファシスト政権のイタリーはこのウスタシの背後にいて組織をあやつっていたらしい。ユーゴスラヴィアの隣国たちがセルビア人とクロアティア人との際限ないいさかいをうまく利用していたのはよく知られた話だ。もっともこのスリヴニカ一家は特殊な種類のウスタシの殺し屋たちだった。そう、彼らの遂行したテロには毛ほども政治的意図はなかった。彼らはただ単に美味いものを食べるための手段としてその職に就いていたのだ。実際、ヴラトノがスリヴニカ一家に出会ったとき、彼らは食事をしていた。とはいっても僕の父の目を最初に引いたのは美しいダブリンカだったわけだがね。

スリヴニカ一家はミスリニャ河を見下ろせるレストランの戸外テラスの細長いテーブルに陣どっていた。美人のダブリンカは二人の姉と四人の兄たちにワインを注いでいた。ヴラトノの目から見れば、二人の姉はダブリンカに比べれば無も同然だった。ずんぐりとして丸いかたちの口をしたバーバと、陰気でメロンみたいに丸々としたユルカだ。ダブリンカはやせっぽちだったが、体より顔さというのが我が父の口癖だった。ダブリンカはクールでほっそりとした小柄な女だった。花というよりは、むしろ緑色の茎といった風情である。父は彼女のことをウェイトレスだと思った。彼女が彼女の給仕しているひどく肉づきの良い一家の一員だとはとても思えなかったのだ。

ひとつ向うのテーブルからヴラトノは彼女に空のグラスをあげて合図した。「ねえ君、僕の方にも入れてくれないかな?」彼は言った。ダブリンカはデカンタをひしと抱きしめて目をそらした。スリヴニカ一家の男たちは言語学者である我が父（彼はそのときはセルビア＝クロアティア語を使っていた）の方を向いた。父は彼らの怒りを身のうちに感じた。まったくそのとおりさ。彼ら四人はそりゃたいしたものだった。がっちりとした双子のガヴロとルトヴォ、長兄でリーダー格のビジェロ、そしておそろしい体軀の凶暴なトドールだ。

「何を入れてほしいんだね、あんた?」とビジェロが訊いた。

「釘かい?　それとも粉ガラスかい?」とトドールが言った。

「ああ、君たちはみんな家族なんだ」と父は叫んだ。「なるほど、なるほど」というのは、ダブリンカをべつにすれば、彼らみんなはおそろしいくらいよく似ていたからだ。彼女と彼らの共通点といえばそのオリーヴ・ブラックとオリーヴ・グリーンの眼の色だけで、一家の特徴である髪の後退した広い額も皮膚の浅黒さも引きついではいなかった。叩かれて平たくなったような頰でもなく（バーバとユルカでさえ同じ頰をしていた）、双子のいまにもくっついてしまいそうな細い目でもない。長兄ビジェロの大げさなえくぼもなく、兄トドールの巨体の片鱗もなく、そのまん中が切れこんだ（まるで鼠のしっぽのような細いやすりで何時間もかけて切れめをつけたように見える）顎もない。

「七人もねえ！」と父は言った。「こりゃすごい大家族だ！」そしていったいどんな男女が結びついてこんな連中を産みおとしたのか見当もつかないや、と心中ひそかに思った。

「あんた俺たちのこと知ってんのかい？」とビジェロが訊いた。双子はむっつりと黙って坐りこんだまま、二人で首を振った。バーバとユルカは唇をなめながら思いだそうとした。ダブリンカはブラウスの中まで赤くなった。トドールはのそっとしていた。

「いや、光栄ですな」と父はごく標準語のセルビア＝クロアティア語で言った。父はぎごちなく立ちあがった。「お目にかかれて」と彼はドイツ語で言い、「なによりです」と英語で言い、それから汎スラヴ感情に訴えかけられぬものかと母なるロシア語を使って「とても嬉しい」と言った。

「こいつ言葉学者だぜ！」とトドールが言った。

「言語学者ってんだよ」とビジェロが言った。

「ちょっと良い男じゃない」とバーバが言った。

「ただのガキよ」とユルカは吐きだすように言った。双子はどちらも黙りこくったままだった。

「そいであんたは俺たちとどっかで会ったことがあるわけじゃねえんだな?」とリーダー格のビジェロは言った。

「ええ、でもお近づきを願えればと思いまして」と父は折目正しくセルビア＝クロアティア語で言った。

「ワイングラス持ってこちらに来なよ」とビジェロが命令した。

「グラスの縁を細かく削ってやるから、その粉を一杯いかがかな?」とトドールが言った。

「もうからからうのは止せ」とビジェロは言った。

「俺はただガラス粉を喉に入れたとき奴が何語を話すのかちょいと知りたかっただけさ」とトドールは言った。

ビジェロは双子を平手で打って「言語学者にひとつお前らの椅子をやって、どっかで新しい椅子を探してこい」と言った。ガヴロとルトヴォは二人揃って椅子を探しに行った。

父が腰を下ろすと、「彼をモノにしなくっちゃ!」とバーバは言った。

「やりたきゃ好きにやんな」とユルカは言った。

ガヴロとルトヴォは椅子をひとつずつ持って戻ってきた。

「あいつら二人は馬鹿なんだよ」とバーバが言った。

「二人揃ってさ」とユルカは言った。

「一個の脳味噌を二人でわけあってんだ」とトドールは言った。「少ない割当てでよくやってるよな」

「軽口はもうよしな、トドール」とビジェロが言ったので、トドールは双子と同じように黙りこんだ。双子は新しい椅子に腰を下ろしてわけがわからないという顔をしていた。

若いダブリンカが彼の方を向いたとき、父にはワイングラスがひどく重く感じられた。

父とスリヴニカ一家との出会いはこのようなものだった。そのウスタシ暗殺団の雇われ下請け集団は言語学者を一人求めていたのである。

ウスタシは慎重を要する仕事を計画していた。実際それはきわめてデリケートな計画だったので、スリヴニカ一家はそれにぴったりの人物が見つかるまでのこの二週間というもの、手持ち無沙汰な時を送っていたのである。おそらく一家は仕事をしたくてうずうずしていたのだろう。それも言語学者を探すなんていうような運まかせの仕事ではないものをだ。彼らのいちばん最近の仕事は一家全員が力をあわせてやらなくてはならないことで、それはみんなを満足させた。ユーゴスラヴィア政府から公式の認可を得ずに、あるフランス人の新聞記者が、スロヴェニグラデクに住むごく一般的な一家と生活をともにしたいと望んでいたのだ。彼は平均的なスロヴェニア人かあるいはクロアティア人の親ファシズム、親イタリー・ドイツ感情の度合を調べるつもりだったのだが、ウスタシとしてはその手の広報活動には興味を抱かなかった。そのフランス人はバルトゥー外相の暗殺についてかなり不快に思っているように見えたからだ。そんなわけでウスタシはそのフランス人記者に対してスリヴニカ一家を典型的な家族として紹介した。

しかしペシル氏にはスリヴニカ一家が平均的家庭だとは考えられなかった。あるいは少なくとも彼はきちんと両親が健在で、口のきけない双子なんかがいない家庭に入りたいと望んでいた。おそらく彼は（ヴラトノと同じように）複数の父親が存在するのではないかと疑ったのだろう。あるいはおそらく彼はダブリンカに色目をつかい、そんな彼にバーバとユルカはさかんに秋波を送ったりで、スリヴニカ一家の連中の気分を害したのだろう。何はともあれ、ガヴロとルトヴォの双子は上機嫌でフランス人の車のほこりのつもったボンネットに絵を描いた。それはペシル氏がミスリニャ河に石みたいにどぶんと投げこまれる図だった。

今回の仕事は彼ら全員が参加する仕事だった。文字どおりの一家総出演というわけだ。しかし言語学者探しはなかなか簡単にはいかなかった。こんなつまらない仕事をしてちゃ軽口も鈍っちまうさ、とトドールはこぼした。

まったくの話、ウスタシのテロリストたちがヴラトノのために用意していた仕事は政府の許可を受けていないフランス人記者の抹殺といったような単純な種類のものではなかった。新しい目標はゴットロープ・ヴットという名のドイツ人で、彼は彼の同僚たちと同じように正規の資格でユーゴスラヴィアに駐留していた。ヴラトノに与えられた仕事というのは——少なくとも今のところは——相手を抹殺することではなかった。ゴットロープ・ヴットはオートバイ部隊バルカン4の偵察隊長で、ウスタシはドイツ軍と事をかまえることは望んでいなかった。彼らが父に求めていたのは簡単に言うとそのゴットロープ・ヴットと仲の良い友だちになることだった。

スリヴニカ一家は父のこの簡単ではない使命のためにお膳だてをしてやることになっていた。ゴットロープ・ヴットには人々の知る限りでは友だちと名のつく相手は一人もいなかったのだ。

これはあらゆるドイツ人について言えることではないのだが、ヴットは戦争によってこれまでの生活を捨てることを余儀なくされた気の毒な人物だった。ゴットロープは軍務のために技術を捨ててきたのだが、ウスタシはノスタルジーの中にどっぷりと浸りきったままの口の重いゴットロープ・ヴットがその謎に充ちた過去を友だちに対してなら少しはうちあけるのではないかと期待したのである。

ウスタシがゴットロープにどんな恨みがあったのかは定かではないが、それは傷つけられたプライドにかかわることではないかと僕は考えている。ゴットロープ・ヴットは戦争の始まる前にネッカースウルムのNSUオートバイ工場でレーシング・メカニックをやっていたのだ。オートバイの業界ではゴットロープ・ヴットは魔術的な技能を持っているというもっぱらの噂だったが、彼はそれに加えて暴力的な技能、あえて言うならば犯罪的技能をも持っているとウスタシは考えていた。というのは一九三〇年のイタリー・グランプリで英国人フレディー・ハレルの運転するニュー・モデルのNSUレース車が予想を裏切って優勝したが、ゴットロープがそれに寄与したのはその名人芸的なバルブ調整の面だけではあるまいとウスタシは踏んでいたのである。ウスタシと通じたイタリーの組織はゴットロープ・ヴットがヘアピン・バルブのばねを修繕するよりもっと気の利いた調整をしたというある証拠を示した。話によれば、ゴットロープ・ヴットはイタリー人の人気レーサーであるギド・マジアコモの頭を工具でへこませたということだった。彼の死体はレースのあと車体工場で発見された。死体は前評判の高かったヴェロセッテ・オートバイの横に静かに横たわり、そのオートバイは遂にレース出場を果すことができなかった。当局はギド・マジアコモのこめかみは犯行現場で発見されたアマルのキャブレターによって深く陥没させられたと発表した。その当時ゴットロープ・ヴットがアマルのレース用キャブレターを肌身はなさず持ち歩いているというのは有名な話だった。新型のNSUレーシング・マシーンはほんの少し下向きにうまく曲ったこの型のキャブレターでこれまでにないスピードを得ることができたのである。

具合のわるいことにウスタシと通じたイタリーの組織はいくつかのシンジケートを裏であやつっていて、その組織はギド・マジアコモとその評判の高いヴェロセッテに金をつぎこんでいたのである。配当金が表であらわされたとき、英国人フレディー・ハレルとドイツ人クラウス・ヴォルファーを擁するNSUチームが大もうけをしたように見えた。しかし記録によればその賭け金を積んだのは神秘的メカニック、ゴットロープ・ヴット一人であった。ヴット一人がごっそりともうけていたのだ。

しかしそれははるか昔の一九三〇年のことであって、もしウスタシがその事実をヴットのナチの上官に訴えでたとしても、ドイツ軍はそんなものは相手にもしなかったろう。ゴットロープ・ヴットはオートバイ部隊バルカン4の偵察隊長という要職についていたのだ。

とはいっても、当時彼の部隊にそれほどの価値があったとは思えない。ドイツ軍はユーゴスラヴィア作戦においてはオートバイ偵察隊は無用の長物に等しいと見なしていた。セルビアの山中ではオートバイは狙撃の格好の標的だった。山あいに潜伏して闘うチェトニクにとってはオートバイを撃つくらい簡単なことはないのである。しかしスロヴェニグラデクに駐留したところで、ゴットロープ・ヴットの部隊にはたいしてやることもなかった。スロヴェニアやクロアティアには戦闘らしい戦闘もなくて、ただのんびりと占領しているだけのことである。治安活動ならオートバイ部隊を使う必要なんてない。

ゴットロープのものものしいオートバイ兵たちは平和な街にあっては少々場ちがいに見えた。

もちろんゴットロープに対して金銭上の恨みをはらすことだけがウスタシの目論見ではなかった。彼らはそのかつての神秘的な男を新しい犯罪でひっつかまえられぬものか、それも反ドイツ的な種類のもので、と考えていたのだ。彼らは既にちょっとしたスキャンダルのようなものを仕入れていた。ゴットロープには友だちこそ一人もいなかったかもしれないが、セルビア人の女が一人いたのだ。それもスロヴェニグラデクの政治的に問題のある女だ。ゴットロープ・ヴットが、ドイツ人としての血統を軽々しく考える人物だと糾弾できるかもしれない。実際彼は戦争なんて知ったことかと考えていたのだ。

そんな風にしてヴットの尻尾をつかまえる作戦が開始され、父はスリヴニカの家の台所のテーブルでオートバイについての知識を詰めこんだ。ヴラトノはレーシング・マシーンの名前やレースの日付を覚え、内径やストロークのことを覚え、大事な圧縮比のことを覚えた。そしてサイド・バルブ・モデルと三五〇ccと五〇〇ccのスーパーチャージド・ダブル・オーバーヘッド・カム・ツインを識別した。父はそれまではオートバイというものに乗ったことがなかったので、スリヴニカ兄弟たちはいろいろと手を尽くして協力した。

大男のトドールは床に四つん這いになり、父がその上に乗った。トドールは両肘をハンドルがわりにして、コーナリングのやり方を示した。ビジェロはロード・コンディションを声をあげて指示した。

「右にコーナリング」とビジェロは言った。

「背中ごとぐっと体を曲げるんだ」とトドールは言った。

「俺の肘を動かすんじゃない。オートバイを操縦しようと思うな。ハンドルってのはしっかり握ってるだけでいいんだ。ケツと頭で傾けるんだ。ほら、俺をちょっと右に傾けろ」

「左にコーナリング」とビジェロは言って、父がトドールの大きな背中の上で両膝をすべらせ、体を左に慎重に傾けるのをじっと見守っていた。

「そうじゃねえよ」とトドールは言った。「そんなことをしたらおしゃかだぜ、ヴラトノさんよ。両膝はちゃんとつけとくんだよ、ほら、ぎゅっとはさみこめ」

バーバがくすくすと笑って、「私がオートバイになってあげようか」と言った。

「トドールはなかなか良いオートバイだな」と長兄のビジェロは言った。彼はオートバイについては良い目を持っていたのだ。彼は、一族のリーダーになる以前のことだが、タルヴィソの国境の向うでイタリー人の持っていたノートン車を盗み、その大型バイクを乗りこなして道のない、したがって国境検問所もない山中を越えてユーゴに戻ってきたことがあったのだ。しかし彼はバイクに乗って故郷に帰り、やっときちんとした道を走れたことに有頂天になって、ブレドの郊外でサヴァ河の中につっこんでしまった。ぐしょ濡れになってやっとのことで岸にあがってきたが、それでも彼はひどく幸せだった。そしてもしチャンスがあればまた同じことをやりたいものだと思った。それもこんどはきちんとスロヴェニグラデクまで辿り着くのだ、と彼は話した。

少なくとも我が父にとって、彼は良い教師だった。父は毎晩何時間かトドール・スリヴニカの背中にまたがって、ビジェロの細かい注意を受けた。バーバはトドールがつぶれたら私の背中にまたがんなさいよともちかけ、ユルカは私なら兄さんの胸のガス・タンクをもっときつく締めあげられるわよと主張した。

父は夜の台所で長いあいだトドールにまたがりながら、おそらく内気なダブリンカを一度か二度は目にしたことだろう。彼女はワインを注ぎ、コーヒーを運び、姉たちにつねられ、父と目をあわせないようにしていた。ヴラトノは一度左にコーナリングするときにダブリンカに対してにっこりと微笑みかけてみた。とはいってもどれだけ待ったところで彼女の目からほんの少しの反応を得ることもできなかった。トドールはヘッドライトと計器板の役割を果しているその頭をぐるりとまわしてうしろを振りかえり、左にぎゅっとコーナリングして父を床に振り落とした。

「体を傾けすぎたようだな、ヴラトノ」と彼は言って、尻もちをついた父の方に自分も体を傾けた。「相手にするんなら大人の女にしろよな」と彼は言った。「そうすりゃこの家の中でも間にあうし、命を落とさずに楽しめるってもんさ」。そしてトドールは人さし指と中指ではさみの形を作った。彼はその枝切りばさみのようにごつごつとした指ばさみで父の膝の少し上あたりをちょきちょきと切る真似をした。

言語学者探しがやっと片づいたもので、トドールのユーモアの才がまた戻ってきたというわけだね。

十回めの動物園偵察　一九六七年六月六日・火曜日・午前三時四十五分

象の姿を見ているとだんだん眠くなってきた。しかし象たちがもし七十年以上も眠らずにやってこられたのだとしたら、僕だってあと二、三時間くらいは我慢して起きていられるはずだ。あたりの空気はなんだかぼんやりとしていて、それで僕の方もちょっと気がゆるんでしまったわけなんだ。

僕が厚皮動物館から戻ってきたとき、あたりはあまりにもしんと静まりかえっていたので、僕は隠れていた植込みにそってオリックスのいる囲いまで通路を歩いてみた。どういうわけかオリックスのところを訪れていなかったことにふと気づいたからだ。

柵を上るのは簡単だったが、中に下りるとオリックスが小屋の中にもぐりこんでいることがわかった。後脚が小屋の戸からつきだして、傾斜路の上にのしかかるように広げられていた。ひづめの上にはつやつやとした白い毛がはえていた。その格好は小屋の入口で誰かに待ちぶせられて、ドアを開けたとたんにハンマーで頭を叩きのめされたみたいだった。しかし僕が彼のうしろにそっと近寄ると、オリックスは頭を上げて、顔をさっとドアの外の月光に向けた。僕がその黒い湿った鼻に手を触れると、彼はモーという鳴き声をあげた。僕はそれで少しがっかりした。飼い馴らされてしまっているのだ。僕はオリックスが挑みかかってくることを予想していた。小屋の壁に追いつめられ、角とひづめで脅された末にやっと僕が信頼できる味方であることを彼に納得させられるような場面をね。しかしオリックスには納得する必要なんてべつにないみたいだった。彼はもう一度寝転んで体を伸ばし、また体を起こして大きな尻を体の下からもそもそとずらせた。ひざまずいたんだぜ、まったくの話さ！　彼の巨大な睾丸が傾斜路の板をどすんと打った。それから彼はよろよろと立ちあがったが、それはまるで「いいよ、わかったよ、便所の場所を教えてやるよ。一人じゃたぶん見つけられないだろうからさ」と言っているように見えた。

彼は僕を小屋の中に案内してくれた。つまり傾斜路に出していた体を小屋の中にひっこめ、首をこくこくと振りながら、自分の部屋の中を見せてくれたのだ。「寒いときはここで寝るんだよ。あったかいときは、ほら、君もさっき見たように体の一部をドアの外に出して寝るのさ。ここで僕はブランチを食べる。ガラスの入ってない窓のわきだよ。それからここで本を読むんだ」とね。

彼は（たぶん僕が何か食べものを持っていると思ったんだろうが）小屋の中をうろうろと歩きまわった。僕が何も持っていないことを示すと、彼はなんとなく気を悪くしたみたいに家から出ていった。傾斜路の上で月光がはねていた。オリックスの睾丸がゆらゆらと揺れて、それに反射した月の光がストロボ・ライトのようにそれをきわ立たせていた。

そのサイズについてもう少しきちんと説明した方が良いだろう。バスケット・ボールくらいある――というのはもちろん誇張だ。しかしそれはソフトボールよりでかい――嘘じゃなく！――象のよりもでかい。何しろ僕はほんの少し前に気をつけの姿勢をとっている象たちの睾丸を見てきたばかりだものね。オリックスのはバレーボールくらいのサイズはあった。もっとも重いからまるっきりの円形とはいかないがね。それは抑えつけられて多少空気の抜けたバレーボールみたいに見えた。空気の抜けたところがでこぼこにへしゃげてへこんでいるわけだ。僕に見えるのはそれくらいで、他に言えることはそれが長いだらんとした金袋に入っているということに加えて、いささかごわごわとこわばっていることだった。これはオリックスの糞まみれの哀れな小屋のせいだね。

考えてもみろよ。このオリックスはヒーツィング動物園で生まれたんだぜ！　洗脳されてるんだ！　奴はキンタマというのはぶらぶらと下げてまわるだけのものだと思っているんだ。誰も彼に使い方を教えてやらなかったのさ。だから奴はたぶん女とうまくやるやり方を知らないのだろう。

そこで僕はちょっと考えたんだけど、仲間のレイヨウ類かシロイワヤギか世慣れたヌーだかがどうして哀れなオリックスにそのバレーボールの使いみちを教えてやらないんだろうね。

睾丸があんなに大きくなったのは絶対に禁欲のせいだ！

僕はその付近の囲いをまわって、あのナイーブで無感動なオリックスに手ほどきをしてやるような女がいないものかと探してみた。しかしこれは簡単なことじゃない。ブレスボックじゃ小さすぎるし、臆病すぎて、オリックスに欲求不満の味を覚えさせるだけだろう。オジロヌーは少し毛深すぎるように僕には思えた。ミセス・グレイのミズカモシカはどうしようもない処女のように見えた。小型クドゥーはほとんど役に立ちそうもなかったし、シカレイヨウは背中がほっそりとしすぎていた。唯一のウィルダビーストの雌には髭がはえていた。ヒーツィング動物園じゅう探してもオリックスにぴったりとした相手は見つからなかった。年増の雌牛みたいにやさしく手ほどきしてくれそうな相手はね。

というわけで僕は心を決めたのだ。好色なラマをあてがってオリックスの純潔を汚すよりは、動物園破りの日に期待することにしようってね。我らがオリックス君はドナウ河沿いに無事ヴァッハウの牧草地まで逃げのびて女王のごとき雌牛たちをものにし、おそれおののくその群れの王として君臨するのだ。

かくのごとく意気揚々とした気分で、僕は忍び足で小型哺乳類館のわきをとおり抜けた。O・シュルットは小型哺乳類館の迷路のごとき通路の裏道のどこかに入っていた。彼はあいかわらずドアを軋《きし》ませたり、窓を上げ下げしたりしていて、その音が聞こえた。

しかしO・シュルットのたてるそんなどたどたとした音に加えて、べつの新しい物音が開いた戸口のすぐ外に立っている僕の耳に届いた。O・シュルットは彼の手に委ねられた動物たちの目を覚まさせてしまったのだ。足をひきずる音や、何かをカリカリとひっかく音や、ガラスに爪をたてる音がそこかしこから聞こえてきた。動物たちが目を覚ましたことはO・シュルットが突如通路に姿を見せて開き放しになったドアの方に飛んでくる先ぶれのように思えたので、僕は道を少し引きかえして、もとの植込みにまで後退しようとしていた。そのとき小型哺乳類館の迷路のどこかから悲鳴が聞こえた。そしてその叫びははっと止んだ。それはまるでO・シュルットがどこかの哀れな動物の悪夢に通じるドアをさっと開き、開けたときと同じくらい素速くそれをばたんと閉めたみたいな感じだった。たぶんそんな獣的な夢にひきこまれることを怖れたのだろう。

しかしその悲鳴は伝染した。小型哺乳類館は叫びやうめきでいっぱいになった。ああ、また叫び声が響きわたり、はっと止んだ。でも、それは完全に消えたわけではなく、弱々しく押しつぶされただけだ。まるで動物園列車が君のわきをすばやく通り過ぎて行ってしまったような具合だった。そして怯えた動物たちの悲鳴は御者の鞭のようにぴしりと君を打ったのだ。悲鳴はしばらくのあいだあたりに漂っていた。ちょうど御者が鞭をくれて立ち去ってしまったあとでも君の首筋にちくちくとする痛みが残っているようにだ。

それで僕は手近かな木の根もとをかきわけ、植込みをくぐってそのうしろに這って出た。ずっと息は殺していた。

僕がようやくその息を吐きだしたとき、まわりで何千という数の動物たちの息を吐く音が聞こえた。他の動物たちもみんな再び目を覚ましたのだ。

ジークフリート・ヤヴォトニクの自伝　精選抜粋編・前史のII（承前）

一九四一年十月二十六日の日曜日、スリヴニカ一家はヴラトノ・ヤヴォトニクがゴットロープ・ヴットに会う機は熟したと判断した。ヴットはその邂逅《かいこう》におあつらえむきの判で押したような日曜の過し方をしていたのである。

偵察部隊は日曜が休みだった。スマルティン通りにあるバルカン４の兵舎には警備兵がいなかった。オートバイ部隊の車庫にも警備兵はいなかった。車庫はスマルティン通りの少し先にあって、そのままミスリニャ河の土手につながっていた。

日曜日にヴットはセルビア人の愛人と一緒にのんびりと朝食をとった。彼はその女を堂々とスマルティン通りのアパートに住まわせていたのだ。アパートはバルカン４の兵舎と車庫のちょうどまん中あたりにあった。日曜の朝になると、ヴットは元気よく兵舎を出て、バスローブに紐を結ばない靴という格好で、軍服をこわきに抱えてスマルティン通りを横切った。彼がバイク用ヘルメットをかぶらず、また持ち歩いてもいないのは日曜日だけだった。ヴットはセルビア女の部屋の鍵を持っていた。スマルティン通りの人々はみんなヴットが中に入っていくのを目にしていた。

ときどき偵察隊員の一人が伝令として日曜日にも待機していることがあって、そんな時には六〇〇ｃｃのＮＳＵサイド・バルブ・サイドカー・モデルが兵営の前に停めてあった。それ以外の場合には、オートバイは全部通りの先の方の車庫に収められていた。

ヴットは車庫の鍵も持っていた。彼は午後の三時頃になると女の部屋を出て彼のオートバイの置いてある場所まで歩いて、車庫の中に入った。そういうとき、彼はきちんと軍服を着こみ、以前とは逆にバスローブをこわきに抱えていた。そしてあたりが暗くなるまでオートバイをいじっていた。彼はエンジンをふかし、調整し、ねじをしめ、上に乗ってどすんどすんとはね、いくつかのオートバイのハンドルバーに小さな札をつけた。札には彼が見つけた欠陥の性質や、その欠陥が放置された場合に生じるトラブルが書きつけられていた。そして時には不注意な部下に対する処罰が予告されていることもあった。

空ぶかしをするとき、彼は排気ガスの通風のために車庫のドアを開け放しにしていたので、見物人も集まることになった。その大半は子供たちで、彼らは戸口に立ってぶるんぶるんというエンジン音の口真似をした。ヴットは子供たちをサイドカー・モデルに乗せてやったが、キックスタンドがはずれて子供たちをつぶしてしまうかもしれないようなオートバイには決して乗せなかった。ゴットロープはセルビア女のところから菓子パンを持ってきていたので、車庫を閉める前に子供たちと一緒にそれをおやつに食べた。しかし盗みをした子は――その盗品が記章のようなささやかなものであっても――二度と中には入れなかった。ヴットには誰が何を盗んだかちゃんとわかっていたのだ。

ゴットロープ・ヴットはがりがりにやせて尻の肉もほとんどついていないような男だった。背中は曲り、ひきつったようなぎごちない動き方をする。そしてまるで関節をまっすぐに伸ばすと痛みが走るとでも言わんばかりにびくびくとした歩き方をした。おそらく実際に痛んだのだろう。過去に彼は手の指を全部残らず折り、足の指も半分折っていた。手首も両方折ったし、足首も両方、片方の脚とその反対側の肘も折った。左わき腹のいちばん上の肋骨以外は全部だ。顎は一度、鼻は二度、左の頬骨は三度折ってへこんでしまった。右の方は一度も折ったことはない。ヴットはレースには出場しなかったが、欠陥を補正するために全てのレース用オートバイをテスト・ドライブした。NSUはゴットロープ・ヴットという人間をたたき台にして機械の欠陥を見つけだしたのだ。哀れなヴットは何度も試作品の下敷きになり、手のひらをフロント・ブレーキハンドルに突き刺され、胸にガソリンを浴び、ツーレンスポートの旧式の手動ギア・シフトを腿に突きたてられた。仲間がその巨大な怪物の下から彼をひっぱりだしているあいだ、ヴットは「リア・サスペンションというのが全然ないね、これは。もしサスペンションをつけようと思うなら、前輪のガーダー・フォークはそのままにしとかなくちゃならん。なにしろ俺がミスったあのコーナーじゃサスペンションなんてまるできかなかったもんな」としゃべりつづけていた。

しかし現在ヴットに与えられているのは退屈な仕事だった。札に注意を書きこむだけだ。ブロンスキー、お前のタイヤはいつもふにゃふにゃだ。ゴルツ、ちり紙をつめたって油洩れはとまらんぞ。トランスミッションの弁がなくなっているんだ。ちり紙みたいなべちゃべちゃしたものを二度と中に入れてはならん。ヴァルナー、お前はコーナリングのときに車体を寝かせすぎる。おかげでテイルパイプにすり傷がついて、キックスタンドが曲っている。こういう荒っぽい運転をしているとスピードの出ないサイドカーつきのオートバイに乗せられることになるぞ、この馬鹿者。それからファッチ、お前の後部フェンダーから鉄十字章がなくなっている。俺のところに来る子供が盗んだなんて言うなよ。俺にはちゃんとわかってる。どっかの娘のところにそれはあるんだ。それとも家にでも送ったのか？　勲章をとれないもんで、そのかわりのつもりなんだろうが、そんなことしたってねじ穴がついてるからすぐにばれちまうんだ。

ちゃんと後部フェンダーにそれを戻しとけ。メッツ、お前の点火プラグはべらぼうに汚ない。俺は他人のためにすすを落としてやったりはせん。それはお前みたいな阿呆の初心者にだってできることだ。月曜日の昼飯を抜いて掃除しろ。

そう、ゴットロープ・ヴットは毎日が退屈でたまらなかった。数々の冒険をくぐりぬけてきたあげくに、こんな退屈死にしそうな境遇に放りこまれるとは。彼は隊でいちばんの運転技術を持っているヴァルナーに教えてやりたかった。どうすればテイルパイプをぼろぼろになるまでこすりつけることができるかとか、どうすればコーナーで車体を倒してテイルパイプを粉々に砕いてしまえるかとか、そういうことをだ。キックスタンドにだけは注意しなくてはならない。地面にひっかけるとはねとばされてしまうことがある。だからレース用オートバイにはキックスタンドがついていないし、テイルパイプがついていないものだって珍しくはないのだ。しかしゴットロープは日曜日に注意書きを書いた。バルカン4部隊を完全無欠にしておくために（たとえそれが無用の長物であるにせよだ）、彼はそれを書かないわけにはいかなかった。スロヴェニグラデクの町ではネッカースウルムの工場とは違って部品やドライバーの補充は簡単にはいかないのだ。

スリヴニカ家の連中が、ゴットロープ・ヴットの退屈きわまりない生活にいささかの刺激を加えるべく我が父を送りこむ日として一九四一年十月二十六日の日曜日を選んだのはたしかに正解であった。

それはまたクラグイェヴァッツの後家さんたちが墓を掘りつづけた五日めであり、そして最後の日でもあった。彼女たちはくたくたに疲れて、手にはシャベルのまめができていた。

そしてそれはおそらくミハイロヴィッチの率いるチェトニクとその当時チェトニクの部隊に協力してドイツ軍と戦っていたコミュニストのパルチザンにとっては、いつもと同じようにゲリラ戦をくりひろげた一日であったはずだ。コミュニストのパルチザンはクラニイェッツという村から来たまだ無名のクロアティア人の鍛冶屋の息子に率いられていた。その鍛冶屋の息子はオーストリア・ハンガリー軍の一員としてロシア戦線に送られたが途中でロシア側に寝がえり、赤軍に加わって革命後の内戦を戦った。そしてユーゴスラヴィア共産党のリーダーとして帰国した。一九二八年には共産党員であるという理由で逮捕され、五年間獄中に入った。そして非合法時代のユーゴスラヴィア共産党の指導にあたったということになっている。もっともウィーンのバルカン地下組織の関係者はこの鍛冶屋の息子のことなんてその当時一度も耳にしていないと断言している。バルカン地下組織の何人かのメンバーはその鍛冶屋の息子は実はソ連のスパイ組織の一員であって、ドイツ軍がついに侵攻してくるまでソ連国内にいたんだと主張している。歴史の真相がどうであれ、鍛冶屋の息子は謎の人物であった。彼は共産ゲリラのリーダーとして――チェトニクと戦っていないときにはということだが――チェトニクと共同でドイツ軍と戦った。彼はコミュニストであり、頭は大きく端整なスラヴ風の容貌をしていた。彼ははじめミハイロヴィッチと組んで戦ったが、やがてミハイロヴィッチと敵対するようになった。彼は実に謎に充ちた人物だった。

我が父がゴットロープ・ヴットのもとに向っている頃、その鍛冶屋の息子であるヨシプ・ブロツ・チトーの名を知るものはほとんどいなかった。

父は明らかに彼のことなんて知らなかった。しかし前にも言ったように、ヴラトノは根っから政治というものに興味がないのだ。彼の頭はもっと変化の少ない細かい物事（アマル・キャブレターのさまざまの使用法とか、ダブル・オーバーヘッド・カムの利点とか、ウムラウトの発音とか動詞の語尾変化）でいっぱいだった。実際、父はその一九四一年十月二十六日の日曜日までに、自己紹介の科白を頭の中にすっかり丸暗記していた。

ヴラトノはドイツ語の文章をそっと口にだしてしゃべってみた。ヴットの科白まででっちあげてしゃべってみたくらいだった。それから彼は赤味がかった日よけのついたインディゴ・ブルーのレース用ヘルメットを少しうしろにずらせて被り、ぶらぶらとオートバイ部隊の車庫の中に入っていった。顎紐はだらんと気取ってたれさがり、ヘルメットの耳の穴の上には交差したレース・フラッグのマークがついて、マークのまわりには〈スピード一番、寿命一番のアマル・キャブレター〉という文字が書かれていた。

「ヴット隊長」と彼は声をかけた。「間違いない、僕にはわかります。もちろんお年は召されましたがね。僕だってあの頃は十一でしたから年は取ってます。あの天才的なヴットさんだ！」とヴラトノは叫んだ。「おじさんも生きてあなたに巡り会うことができたらどんなに喜んだことだろう」

「なんだって？」とヴットは言って工具を放りだし子供たちを追い払った。「誰だ君は？」ヴットはそう言うと、ふくれあがって年老いた手でソケット・レンチを握りしめた。それまで父はそんなに汚なく、ささくれだった手を見たことがなかった。

「ほら、ヤヴォトニクですよ。ヴラトノ・ヤヴォトニク」と父は言った。

「ドイツ語が話せるのか。そんな革のスーツ着て何してるんだ？」とヴットは言った。

「ヴットさん。僕はあなたのチームに加わるために来たんですよ」

「俺のなんだって？」

「もう一度習いたいんですよ、ヴットさん。やっと先生が見つかったんだもの」

「俺にはチームなんてないし、ヤヴォトニクなんて名前は聞いたこともない」

「一九三〇年のイタリー・グランプリを覚えてますか？　ヴットさんのあの見事なやりくち」

　ゴットロープ・ヴットは腰ベルトについたホルスターのスナップを外した。

「僕の死んだおじさんがつれてってくれたんです。僕は十一でした。あなたは最高のやり手だっておじさんは言ってました」とヴラトノは言った。

「何のやり手だって？」とヴットは言って、ホルスターのふたを開けた。

「オートバイですよ、もちろん、ヴットさん。オートバイの調整と運転、テストやドライバーのコーチ。天才だっておじさんは言ってました。もちろん政治的なことが邪魔して果せませんでしたが、もしそうじゃなければおじさんはあなたのチームに加わっていたでしょうね」

「でもな君、俺はチームなんて持っちゃいないぜ」とヴットは言った。

「ねえヴットさん、僕は問題を抱えているんです」と父は言った。

「そりゃ気の毒に」とゴットロープ・ヴットは本当に気の毒そうに言った。

「僕はドライバーになるつもりだったんです」とヴラトノは言った。「でもそのときおじさんが死んでしまいました。ブレドの郊外でノートンに乗ったままサヴァ河につっこんでしまったんです。そのショックで僕は駄目になっちゃったんです、ヴットさん。それ以来僕はオートバイに乗ったことはありません」

「それでどうしたいって言うんだ？」

「教えてほしいんです、ヴットさん。オートバイの乗り方を隅から隅までです。僕の腕はなかなか良かったんです。でもおじさんがサヴァ河の底に沈んじゃったとき、僕は勇気を失くしてしまいました。あなたは最高だっておじさんは言ってました」

「君のおじさんはどうして俺のことを知ってるんだ？」とヴットは訊いた。

「世界中があなたのことを知ってますよ、ヴットさん。一九三〇年のイタリー・グランプリ。すごいやりくちだったじゃないですか！」

「それ、さっき聞いた」とヴットは言った。

「僕はおじさんに運転を習いました。おじさんは僕の腕が良いって言ってくれました。でも僕は勇気を失くしました。良い先生がいれば、僕はもう一度オートバイに乗れるはずです」

「馬鹿言うんじゃない。今は戦争中なんだぜ」とヴットは言った。「そもそも君はいったい何者だ？」

「クロアティア人だと思います。でもそんなのどうでもいい。オートバイに国境はありません」

「あのな、今は戦争中なんだ」とヴットは言った。「俺はオートバイ部隊バルカン4の偵察隊のリーダーなんだ」

「それそれ、そのチームに僕は入りたい！」と父は言った。

「偵察隊はチームなんかじゃない！」とヴットは言った。「戦争なんだぞ！」

「本当に戦争やってるんですか、ヴットさん？」とヴラトノは訊いた。「戦争でNSUはどうなるんでしょう？」

「十年前に逆戻りさせられるのさ」とヴットは言った。「レース用のオートバイはもう作られんだろうし、技術的な発展もないだろう。戻るべき工場もないかもしれんし、俺のドライバーたちはみんな脚を失くしているかもしれん。何もかもが迷彩ペンキを塗られて戻ってくるこったろうね」

「実におっしゃるとおりです。オートバイというのは政治とは無縁のものであるはずだ」と父は言った。「ねえヴットさん、僕が勇気を回復する道はあるのでしょうか？」

「よしてくれよ、俺たちはドイツ軍部隊なんだぜ」

「あなたなら僕を助けられるはずです、ヴットさん。僕にはわかるんです。僕はもう一度オートバイに乗れるようになりたいんですよ」

「どうして君はドイツ語をしゃべるんだ？」とヴットは言った。

「あなたはセルビア＝クロアティア語をしゃべれますか？」と父は訊ねた。

「まさか」とゴットロープは言った。

「じゃあ僕がドイツ語をしゃべった方がいいんじゃないかな。僕はヨーロッパ中のレースで走りました。もちろん大抵はアマチュアの草レースですがね。でも一九三九年のグランプリ・レースじゃ補欠になりました。三九年のレースじゃNSUは残念ながら優勝できませんでしたね。あの年のレーシング・モデルはちょっと重すぎたんじゃありませんかね？　でもとにかく僕はそんな風に旅行しながら語学を学んだわけです」

「神経をやられる前にかね？」とヴットは茫然としたまま言った。

「ええ、おじさんが気の毒にノートンと心中する前までです」

「それで一九三〇年のイタリー・グランプリのとき君は十一だったんだな」

「十一です、ヴットさん。子供心に感銘を受けたものです」

「そして今ここに俺がいることを知ったんだな？」

「見つけたんです、ヴットさん」

「どうして見つけることができたんだね？」とヴットは言った。

「オートバイの世界は狭いですよ。あなたは有名人だし」

「それ、さっきも聞いた」とヴットは言った。

「どんな風にすれば恐怖というのはとりのぞけるものなんでしょうね？」

「お前、頭がどうかしてる。子供たちが怖がるじゃないか」

「お願いです、ヴットさん。僕はすごくいい素質を持っていたのに、今じゃすっかり凍りついてしまってるんです」

「たわごとはもう沢山だ」とヴットは言った。父はぎらぎらとした目で車庫の中を見まわした。

「サイドカーはいっぱいありますね。でもサイドカーじゃ仕方ない。それからサイド・バルブもの。低速トルクばかりだ。まあ戦争向きではあるけれど、これじゃとてもレースには勝てませんよね？」

「ちょっと待て」とヴットは言った。「六〇〇ccのオーバーヘッド・バルブのも二台あるぜ。これはよく走る」

「でもリア・サスペンションがない。重心が高すぎて、ハンドリングがうまくいかない。たしか三八年のものですね?」

「よく覚えているもんだな。君はその年いくつだったのかね?」

「三八年モデルが二台、サイド・バルブ車、サイドカー」と父は馬鹿にしたような口調で検分した。「すみませんでした、ヴットさん。僕の考え違いでした。ここじゃ僕の役に立ちそうなものはないみたいです」、そして出口に向った。「この戦争が終るころにはNSUはきっとスクーターみたいなものばかり作っているんでしょうね」

「そして俺はこんな運転技術もへちまもないところに押しやられてるってわけさ」とヴットは言った。

父はスマルティィン通りに出たが、ゴットロープはソケット・レンチをブーツにさしこんで、ぴょんぴょんとはねるようにあとを追ってきた。

「たぶんあなたは前線に出るには年をとりすぎてると思われたんでしょう」とヴラトノは言った。「あるいはあなたはもうロートルで、最盛期は過ぎちゃったってね」

「レース・バイクなら防水シートの下に隠してあるよ」とヴットは恥かしそうに言った。

「どんなやつです?」とヴラトノは訊ねた。

「三九年のグランプリ・モデル」とヴットは言った。彼は両脚をぴたりとつけた不安定な姿勢でそこに立ち、体のうしろで両手を組んだり外したりしていた。

「重すぎたやつですか?」

「軽くすることはできる」とヴットは言った。「もちろん多少細工しなくてはならなかった。他の実用車と同じように見せるためにな。でもときどきはそんなものとっぱらっちまって走らせてる。キックスタンドや工具箱や荷物のせや無線のとりつけ台やサドルバッグなんていうガラクタをさ。軍用らしく見せるためにはそういうのを多少つけとく必要があるんだ。でもそれでもれっきとした三九年のグランプリ・モデル五〇〇ccだよ」

父は疑ぐり深そうに戸口に戻った。「それはツイン・カムのやつですか?」と彼は言った。「スーパーチャージのダブル・オーバーヘッドのツイン・カム? 複式のクレイドル・フレームで、リア・サスペンションはボックスプランジャー?」

「どうだ、見たいか?」とヴットは赤くなりながら言った。

防水シートの下には軍用に偽装されたレース・バイクがあった。地の色が黒のエナメルのせいで、迷彩ペンキは普通より多少暗めの色になっている。

「どれくらいのスピードが出ます?」

「身ぐるみはいじまえば一五〇マイルってとこだな。重さは四八〇ポンドとかなりあるが、その原因は燃料だ。燃料を出しちまえば四〇〇以下にまで落ちる」

「走行性はどうです？」とヴラトノは言って、衝撃のことならなんでも知っているとでもいわんばかりに前の部分を派手にゆすってみた。

「いや、調整はまだよくできてない」とヴットは言った。「まだちょっと扱いにくいだろう。でもパワーはばっちりだよ」

「そうでしょうね」とヴラトノは言った。ゴットロープ・ヴットは父のヘルメットの耳穴の上についた交差したレース旗のマークに目をとめ、子供たちの一人に兵営まで自分のヘルメットをとりにやらせた。

「ヤヴォトニク、といったっけ？」と彼は訊いた。

「ヴラトノです。ヴラトノ・ヤヴォトニク」

「なあヴラトノ、君の恐怖のことだがな……」とゴットロープは言った。

「それを克服しなくちゃならないんです、ヴットさん」

「良いドライバーというのはだな」とヴットは言った。「恐怖をべつの形に転換させなくてはならないんだ」

「何にですか、ヴットさん？」

「それをべつの恐怖だと考えるようにするのさ。それを生まれて最初にバイクに乗ったときに感じたのと同じ種類の恐怖だと思いこむのさ」

「思いこむ？」

「できることなら、これまでに一度もオートバイに乗ったことがないんだと思いこむのがいいんだがな」

「それならできそうだな」とヴラトノは言って、ゴットロープ・ヴットがそのモンスターのようなグランプリ・モデルにまたがる前の準備体操として膝を屈伸させて固い節々をほぐすのを眺めた。

スパークの遅れに気をつけること。そうしないとキックスターターの反動でくるぶしが膝の高さまではねあげられ、大腿骨が胸にぶつかって悲鳴をあげることになる。ゴットロープ・ヴットはそう言った。そのオートバイの名人にして三九年型グランプリ・モデルの隠匿者は我が父と同じくらいの政治音痴であり、彼もやはりヨシプ・ブロッツ・チトーの名前なんて耳にしたこともなかった。

十一回めの動物園偵察　一九六七年六月六日・火曜日・午前四時十五分

O・シュルットが動物たちにいったい何をしているのか、僕には見当もつかない。

彼らの声はあいかわらず聞こえる。動物園じゅうが聞き耳を立てている。ときどきドアがさっと開いておぞましい動物の叫びが聞こえ、それはまたさっと閉じられる。そして悲鳴は押し殺される。

これは僕の想像にすぎないのだが、O・シュルットは一匹一匹動物をひっぱたいてまわっているのではあるまいか。

それは明らかに苦悶の叫びなのだ。悲鳴が炸裂するたびに動物園じゅうから反応が起こった。猿はわめきたて、大型猫類は息づかいを荒くし、水鳥は飛び立ったり降りたりの練習をくりかえした。熊はのしのしと歩き、大灰色カンガルーは激しくシャドウ・ボクシングを行っていた。爬虫類館では大蛇たちがこっそりと身を絡めたり解いたりしていた。全ての動物たちは赤外線の中にいる連中のために怒りのうめき声をあげているようだった。

これも僕の想像にすぎないのだが、O・シュルットは動物たち一匹一匹と交尾してまわっているのではあるまいか。

僕の隠れている生け垣のすぐ裏手には、いろんな家畜が集められているのだが、彼らはみんなで身を寄せあって、こそこそと何かを語りあっている。彼らがその草食動物特有の平たい歯で互いの耳をかみながら何を語っているのかは僕には想像がつく。

シュルットの奴がまたやってやがる。今のを聞いたかい？　あれはブランニック・オオネズミだ。僕はそいつの鳴き声ならよく知ってるんだ、といったようなことだろう。

動物園はゴシップの囁きであふれかえっている。

僕はついさっき熊たちと言葉を交すために人気のないビア・ガーデンに行ってきたところだ。熊たちはみんな苛々としていた。僕が足ばやに檻の前をとおりすぎると、その凶暴にして名高いアジア・クロクマはしゃがみこんだり吼えて二本足で立ちあがって鉄格子に突きをくらわせたりした。動物園のブロックを半分くらい離れたところで振り返ると、その毛むくじゃらの両腕がまだ僕を求めてつきだされているのが見えた。アジア・クロクマはきっと彼を捕えたヒンリイ・ガウチのことを考えていたのに違いない。そしてそのO・シュルットの極悪非道の仕打ちを狡猾なヒンリイ・ガウチと同類の人間がまたべつの犠牲者を捕えていると解釈していたのだ。その怖ろしいアジア・クロクマにとっては全ての人間はみんなヒンリイ・ガウチということになるのだろう。とりわけO・シュルットはね。

僕は動物たちみんなを静かにさせようと思ったのだが、アジア・クロクマには道理なんて通じない。僕は北極熊たちに君たちはそんな風にお互いにやつあたりすべきじゃないよと小声で説いた。それで彼らは落ちつかなげにではあるが、ゆっくりと歩きはじめた。そして僕は灰色熊に向って、ちょっと腰を下ろしたらどうかねと言った。彼はしばらくやみくもに挑みかかったあとで、しぶしぶ言われたとおりにした。心やさしきメガネグマたちはとても不安がっていて、二本足で立ってしっかりと互いの体を抱きあっていた。

僕にはただ想像するしかない。あの狂ったフェティシストであるO・シュルットは動物園中を戦慄させているどのような悪の快楽に耽《ふけ》っているというのだ？

しかし誰も僕にそれを説明してはくれない。僕はイスタンブールなんかよりずっと複雑怪奇な街の不吉なバザールのただ中にいるようなものだ。鉄格子の中や金網のうしろで動物たちは噂話を囁きあっているのだが、彼らの話すことばはトルコ語よりもっと荒々しく、もっと耳なれないものである。

僕はスラヴ風の顔つきをした大きなヒグマに向ってセルビア＝クロアティア語まで使ってみた。でも誰も僕には何ひとつとして教えてくれない。

今の叫び声について僕にはあくまで想像してみるしかないのだが、O・シュルットは儀式でもやるみたいにゆっくりとハナグマの首を締めているのではあるまいか。その叫びは紫色に染まった迷路をつたって重苦しくこぼれでてきたが、やがて他の例と同じようにぷつんと断ち切られた。

スライド式ガラスの開く音が聞こえる。そして動物たちはまた僕に向ってトルコ語の説明を繰り返している。

ジークフリート・ヤヴォトニクの自伝　精選抜粋編・前史のⅡ（承前）

ヴラトノの三九年型グランプリ・モデル操縦の講習儀式がとりおこなわれるのは日曜日に限られていた。父は日曜になるとスマルティン通りのセルビア女のアパートの玄関前の舗道に立ってゴットロープ・ヴットを待った。ヴットは時間どおりにバスローブにヘルメット、紐を結んでいない靴という格好で制服をこわきに抱えて姿を現わした。父はビジェロ・スリヴニカの革のスーツに身を包み、インディゴ・ブルーのヘルメットを磨きながらヴットがやってくるのを待った。

日曜の朝、ゴットロープ・ヴットは二時間かけて風呂に入った。浴槽にははりだしがついていて、彼はそこに菓子パンとコーヒーを置いた。父はふたを下ろした便器の上に坐って朝食を食べた。二人は彼らのあいだを行ったり来たりするセルビア女の巨体をよけるように、ときにはその巨体ごしに話をした。彼女はコーヒーや風呂の湯をとりかえたが、浴槽と便器のあいだにしゃがみこんで湯の中でヴットの体じゅうの傷が色を変えていくのをじっと見物していることもあった。

ツィヴァナ・スロボドくらいこともなげに愛人の役をつとめている女はまずいなかった。中年女で、顎と尻にたっぷりと肉がつき、つやつやとした黒髪がジプシーのようなたくましい印象を与えていた。彼女はヴットとはひとことも口をきかず、父がセルビア＝クロアティア語でもてなしに対する礼を言っても、頭をちょっとあげて首のまわりについた細く脈打つ血管とごつい真白な歯を見せるだけだった。

ツィヴァナは風呂あがりのヴットを父のもとから連れ去り、半時間後に返しにきた。これはまさに大マッサージ大会とでも称すべきもので、湯ですっかりのぼせたヴットは体にタオルを何枚もまきつけられ、力持ちのツィヴァナに抱えられるようにして浴室から連れだされた。ヴラトノはラジオの音を大きくし、盛大な音を立てて浴槽の湯を抜き、ちゃんとドアのしまる唯一の部屋の累々と積みあげられた息もつまらんばかりの寝具の上でゴットロープ・ヴットの関節がときほぐされていく想像を絶した音を耳に入れないようにした。ヴラトノは一度その寝具の山を目にしたことがあった。ある朝ヴットのあとからついていくとドアが開いていたのだ。それはまるで寝具の球の上で眠るようなものだった。ツィヴァナのベッドの上には——というのはその寝具の下にベッドなんてものがあるとすれば の話だが——絹や毛皮や毛の枕や大きなつるつるとした掛け布がばらまかれ、その山のてっぺんには果物のボウルが不安定な格好に置かれていた。

ゴットロープ・ヴットの放縦な日曜日に恵みあれ。彼は一週間という日々をどのようにしめくくるべきかをちゃんと心得ていたのだ。

そしてまた彼は一九三九年型グランプリ・モデルについての全てを心得ていた。彼は十分でそのオートバイを丸裸にすることができた。しかしながら迷彩ペンキを落とすほどの余裕がないという事実はヴットをたまらなく悲しませた。ある程度の見かけだけは保たれなければならないのだ。きわめて協調的な部隊を率いていたというのはヴットにとっては実に幸運なことであった。部下たちはレーシング・バイクの存在をドイツ軍偵察司令部の監督官に報告しなかったからである。ゴットロープは（そうするのは彼にはかなり辛いことであったのだが）みんなを順番にレーシング・バイクに乗せて楽しませていたのである。ヴァルナーはそのパワーのすさまじさなんかおかまいなく傲慢にそれを乗りまわした。ファッチは怖がって、ギアを決してセカンドから外そうとはしなかった。ゴルツはギアをぎいぎい言わせた。ブロンスキーはギアを上げすぎてコーナーでぐらぐらになった。メッツは馬鹿みたいにブレーキを使いすぎて戻ってきたら煙が出ていたくらいだった。スロヴェニグラデクの街の外の人気のない道路でさえ、そのオートバイに他人を乗せるのはゴットロープにとってはひやひやものだった。しかしある程度の犠牲は払わねばならない。

父に対してヴットはきわめて慎重に振舞った。彼らはまず二人乗りで練習を始めた。運転するのはもちろんヴットの方で、彼はうしろの席に向ってしっかりと指示を与えた。「いいか、よく見てろよ」とヴットは言って曲り角できいんと音を立てて完璧なシフト・ダウンをし、上手にコーナリングをして見せた。父はしっかりと目をとじた。耳穴で風が悲鳴をあげ、ヘルメットが上下に揺れた。「カーブがバンク状になってるときはギアを上げたっていいんだ」とヴットは言った、「見てろよ」。そしてギアを変えるときにも、そのすさまじいスピードをゆるめようとはしなかったし、また決してギアを外したりすることもなかった。「お前のうしろにはものすごい重さがかかっているから、ギアをミスったりしたらどっかに飛んでっちまうぞ」、そして彼はその実演をしてみせた。クラッチを入れて、惰力だけでバイクをターンさせたのだ。「ほら、どうだ」とヴットは訊いた。「ギアを外してコーナーを曲りきることはできんだろう？」

「わあ、神様、助けて！」というのが父の答だった。コーナーを曲りきれないことはよくわかったという意味である。ヴットがゆっくりとクラッチを戻すと、心地良くどっしりとしたギアの感触がよみがえり、二人を道のまん中に連れ戻した。

もし君の耳が聞こえなかったとしたら、君はゴットロープ・ヴットがいつギアを変えたか絶対にわからないだろう。彼のギア操作はオートマティック・トランスミッションよりずっと滑らかだった。

「体で感じることができたか、ヴラトノ?」というのがヴットがいつもする質問だった。

「条件反射のようなもんですね」と父は答えた。「あなたは根っからのパヴロフですよ、ヴットさん」

しかし四一年の十一月もまだあまり深まらないうちに雪が降りはじめ、それで父は後部席を卒業するのをしばらく先にのばさなくてはならなかった。ヴットはヴラトノをサイドカーつき六〇〇ccサイド・バルブ・モデルに乗せてギアの感触を覚えさせた。しかし道路の氷が融けるまで彼は父に普通のオートバイを絶対に運転させなかった。

ヴット自身は氷結なんて気にもしなかった。一九四二年の二月、彼は普通の六〇〇ccオーバーヘッド・モデルにまたがって後部席にヴラトノを乗せ、スロヴェニグラデクの北にあるブコフスカ・ヴァス村にでかけたりもした。村はミスリニャ河の曲りぐちにあって、河の氷はそこがいちばん厚いという話だった。父は河の土手の端にある松の木立ちの中に立ってがたがたと震えながら、ヴットが三八年モデルを氷の上で慎重に乗りまわすのを眺めていた。「見てろよ」とヴットは言って、ゆっくりと父の左側から右側へと車を移動させた。確実なファースト・ギアできわめてゆっくりとした速度で、ヴットはコーナリングをして見せ、右から左へと戻ってきた。次に彼はもう一度コーナリングをして左から右へと戻った。今回はギアはセカンドに入っていた。セカンドでコーナリングすると後輪がスリップしてテイルパイプが氷に触れた。車体をたてなおそうとするとまたスリップして反対側のパイプが氷に触れ、それをまたたてなおした。そして右から左に戻ってくると、今度はギアをサードに入れた。「見てろよ」と彼は叫んで今回は車体の傾いた方の側の脚を外して逆の側の後輪ハブにまで移した。彼はひとつのペダルの上に両足をのせ、スロットルを一定にしてバイクを直立させた。そしてまた上にまたがり、こちらに戻ってきた。ターンするたびにバイクの描く軌跡が両方に広がっていったので、父は松の木立ちから身をのりだして河の氷の上で爪先立ちをして、ヴットの神業のごときターンの曲りっぱなを見学しなくてはならなかった。何度も何度もオートバイはテイルパイプをこすってよろけ、後輪ハブを氷面につけた。ヴットはそのこわばった脚を反対側に移動して車体をたてなおした。

「見てろよ！」とヴァットが絶叫し、河の氷がバイクの下でキューンと鋭い音を立てた。ますますスピードを上げ、そのターンする半径を広げ、何度も往ったり来たりした。バイクはまるで氷面に寝そべったような具合になり、車輪のハブはまるで氷をつき通して下を流れる河に到達せんばかりだった。やがてヴァットがあざやかな身のこなしで後輪ブレーキを軽く叩くと、彼がひょいと上げた脚の下をくぐるようにオートバイは滑り抜けていった。オートバイは燃料タンクを氷面につけてひとしきりスピンしてから、やっと動きを停めて静かに横たわった。

ヴァットの唯一苦労したのはその重い古兵の三八年モデルを持ちあげて直立させることだった。持ちあげようとすると彼の足は氷の上でつるつると滑った。父は土手から下りて彼を手伝ってオートバイを起こし、燃料タンクにとびちったガソリンを拭きとった。

「もちろんお前も自分の体でそれを感じとらなくちゃならんが、要はこうすればいいわけだ」とヴァットは言った。

「河の上で運転するときにですか？」と父は訊いた。

「たわけたことを言うな」とヴァットは言った。「こういう要領でタールや油で滑りやすくなったところを乗りきるってことだ。スロットルを一定にして、脚を引き抜いて、ブレーキを踏まない。そうすれば車体は自然にもとに戻るんだ」

それから二人は三八年モデルを土手のいちばん平らなところまでとぼとぼと押していった。すると対岸の土手から四人連れの氷穴釣りの漁師が鈍い音を立てる一台のそりに乗って現われ、口々にはやしたてた。彼らはどこかでその美技を見物していたのだが、今姿を見せて手袋をはめた手で奇妙な音のする喝采を送っていた。

ゴットロープ・ヴットはこれほどの観衆の前に立ったことはなかったらしく、それで上気してしまったようだった。彼はヘルメットをとってこわきに抱え、まるで花冠かトロフィーの授与か、あるいはそこまでいかずとも髭もじゃの氷穴漁師のキスを待っているようだった。彼は突然のことに照れてはにかんでいた。しかし漁師たちをのせたそりがやってくると、父にはそのスロヴェニア人たちがぐでんぐでんに酔って、ヴットの軍服にも気づいていないことがわかった。そりはゴットロープの左足のブーツにあたって止まった。漁師の一人は手袋をはめた手をメガフォンにして、ヴットに向けて「お前は世界一のアホだ！」とセルビア＝クロアティア語でどなった。

そしてみんなで大笑いしてぱたぱたと手袋をはめた手を叩いた。ヴットは微笑を顔に浮かべ、通訳をしてくれないかという風に人の良さそうな目で父の方を見た。

「あなたは世界一にちがいないって言ってます」とヴラトノはゴットロープに言った。

その一方、そりの上の酔払いたちに向って陽気そうにセルビア＝クロアティア語で話しかけた。「にっこり笑え、このとんま野郎ども。小さくお辞儀して行っちまうんだ。この方はドイツ軍の司令官で、もう一言でもお前らが口をきいたら、お前らの膀胱を残らず撃ち抜いちまうぞ」

ヴラトノに言われたように彼らはそりの中から間の抜けた笑みを浮かべて上を見上げた。そして氷の上に出した足をつるつるとすべらせながらあと戻りした。いちばん太った男は河の上によろよろとひざまずいて、そりの足に顔をつけ鼻を鳴らした。彼らはそりにまたがり、おしあいへしあい抱きあうような格好になった。彼らはまるでそりすべりなんかできないような場所かあるいは禁止されている場所にそりを乗り入れてしまった子供たちみたいに見えた。

父がヴットのためにオートバイを支えているあいだ、ヴットは去っていくファンに向って手を振っていた。気の毒なお人よしのヴットはわきの下にヘルメットをはさみ、顎を上げ、きしみを立てる氷の上に無防備につっ立っていた。

「すごかったですよ、ヴットさん」と父は言った。「本当に素晴しかった」

（下巻へつづく）

『熊を放つ』　一九八六年五月　中央公論社刊
一九八九年三月　中公文庫

装幀・カバー写真　和田　誠

村上春樹《むらかみはるき》 翻訳《ほんやく》ライブラリー

熊《くま》を放《はな》つ 上

2008年5月25日 初版発行
2018年11月30日 再版発行

訳　者　村上《むらかみ》 春樹《はるき》
著　者　ジョン・アーヴィング
発行者　松田 陽三
発行所　中央公論新社
〒100-8152 東京都千代田区大手町1-7-1
電話　販売部 03(5299)1730
　　　編集部 03(5299)1740
URL http://www.chuko.co.jp/

印　刷　三晃印刷　　製　本　小泉製本

Published by CHUOKORON-SHINSHA, INC.
Printed in Japan ISBN978-4-12-403509-4 C0097
定価はカバーに表示してあります。
落丁本・乱丁本はお手数ですが小社販売部宛お送り下さい。
送料小社負担にてお取り替えいたします。

村上春樹 翻訳ライブラリー　好評既刊

レイモンド・カーヴァー著
頼むから静かにしてくれ Ⅰ・Ⅱ〔短篇集〕
愛について語るときに我々の語ること〔短篇集〕
大聖堂〔短篇集〕
ファイアズ〔短篇・詩・エッセイ〕
水と水とが出会うところ〔詩集〕
ウルトラマリン〔詩集〕
象〔短篇集〕
滝への新しい小径〔詩集〕
英雄を謳うまい〔短篇・詩・エッセイ〕
必要になったら電話をかけて〔未発表短篇集〕
ビギナーズ〔完全オリジナルテキスト版短篇集〕

スコット・フィッツジェラルド著
マイ・ロスト・シティー〔短篇集〕
グレート・ギャツビー〔長篇〕＊新装版発売中
ザ・スコット・フィッツジェラルド・ブック〔短篇とエッセイ〕
バビロンに帰る ザ・スコット・フィッツジェラルド・ブック2〔短篇とエッセイ〕
冬の夢〔短篇集〕

ジョン・アーヴィング著 熊を放つ 上下〔長篇〕

マーク・ストランド著 犬の人生〔短篇集〕

C・D・B・ブライアン著 偉大なるデスリフ〔長篇〕

ポール・セロー著 ワールズ・エンド（世界の果て）〔短篇集〕

サム・ハルパート編
私たちがレイモンド・カーヴァーについて語ること〔インタビュー集〕

村上春樹編訳
月曜日は最悪だとみんなは言うけれど〔短篇とエッセイ〕
バースデイ・ストーリーズ〔アンソロジー〕
私たちの隣人、レイモンド・カーヴァー〔エッセイ集〕
村上ソングズ〔訳詞とエッセイ〕